ARNO ENDLER

DIE VERSCHWUNDENE LEICHE

Die Fälle der Charlotte Polson

ARNO ENDLER

DIE VERSCHWUNDENE LEICHE

Die Fälle der Charlotte Polson

Die verschwundene Leiche
Die Fälle der Charlotte Polson
von Arno Endler

1. Auflage 2025
ISBN: 978-3-98672-073-5

Dieses Buch ist auch als ePub erhältlich und kann über den Handel
oder den Verlag bezogen werden.
ePub-eBook: 978-3-98672-080-3

Lektorat: Andrea Simon, Flörsheim
Korrektorat: Iris Verhülsdonk, Eschweiler
Satz: abavo GmbH, Buchloe
Umschlaggestaltung: © Christl Glatz | Guter Punkt, München
unter Verwendung von Motiven von iStock/Getty Images Plus
Umschlagabbildungen: © ProVectors/iStock/Getty Images Plus;
1291760876 (Emblem); © CallMeTak/iStock/Getty Images Plus;
1157319773 (Tartan); © GiorgioMorara/iStock/Getty Images Plus;
470761293 (Auto); © CSA-Archive/iStock/Getty Images Plus;
1003181438 (Flasche); © MARIIA VEDISHCHEVA/iStock/
Getty Images Plus; 1461418384 (Cottage); © IMOGI/iStock/
Getty Images Plus; 1305079537 (Helm); © Dmytro Synelnychenko/iStock/
Getty Images Plus; 875739500 (Naturpapier)

Bibliografische Information der Deutschen Nationalbibliothek:
Die Deutsche Nationalbibliothek verzeichnet diese Publikation
in der Deutschen Nationalbibliografie; detaillierte bibliografische Daten
sind im Internet über https://dnb.d-nb.de abrufbar.

Der Dryas Verlag ist ein Imprint der Bedey und Thoms Media GmbH,
Hermannstal 119k, 22119 Hamburg, kontakt@bedey-media.de

https://www.dryas.de
Gedruckt in Deutschland

Prolog

– Gestatten? Eine wahre Maid of the Highlands – Heimat –
Die Spürnase der Charlotte Polson –

Im Spülbecken gluckerte das restliche Schmutzwasser in den Abfluss.

Charlotte Polson spülte mit klarem Wasser nach, trocknete anschließend den letzten Teller, stellte ihn zurück in den Schrank zu seinen Verwandten und hing das Abtrockentuch an den Haken. Sie sah sich in der leeren Küche um, alles war sauber. Ihr Blick fing die schmucklose Wanduhr ein. Der Tag war noch jung, ihr einziger Gast bereits aufgebrochen und das Bett in dem Zimmer frisch gemacht. Nichts zu tun, außer dem Verstreichen der Zeit zu lauschen.

Charlotte lächelte bei dem Gedanken. Sie cremte sich die Hände ein und hypnotisierte das Smartphone auf der Tischplatte. »Melde dich, Darling«, murmelte sie leise, dann schnappte sie sich das Handy und verließ die Küche.

Es war einsam ohne ihre Freundin Mona, die heute jedoch endlich aus Deutschland zurückkehren würde.

Mona musste einige Dinge in ihrer alten Heimat klären, doch nun würde sie wirklich heimkehren.

Heim nach Lochaber, den vergessenen Streifen Landes abseits der Road to the isles, die von zahlreichen Touristen heimgesucht wurde. Was gab es an der Verbindungsstraße zwischen den Orten Fort William und Mallaig nicht alles zu sehen. Neben der fantastischen Aussicht auf das Meer, die Seen mit winzigen Inseln darin, den Silver Sands of Morar und schroffer natürlicher Landschaft, führte auch die Bahnlinie ein scheinbares Eigenleben, gekrönt vom weltbekannten Glenfinnan Viadukt. Der Jacobite-Train stampfte in der Saison darüber hinweg, verhüllte das liebliche Tal, in dem Highland-Games stattfanden, mit dichtem Dampf. Nahe des Lochs Shiel gab es auch noch das Mahnmal mit dem Highlander auf der Spitze.

Welchen Touristen interessierte da die unscheinbare Straße, die sich Richtung Nordwest davonschlich?

Charlotte trat vor die Haustür ihres Hauses, in dem sie zusammen mit Mona das Bed and Breakfast Quiet Place betrieb.

Neben der Haustür hing das Schild mit der Aufschrift, wunderschöne Lettern, frisch von Mona aufgepinselt.

Unter der Tafel schmiegte sich eine gemütliche Holzbank an die Mauer.

Charlotte ächzte ein wenig, als sie sich setzte. An niemandem gingen achtzig Jahre spurlos vorbei, dachte sie und begrüßte die bekannten Schmerzen in Hüften und Beinen mit einem Lächeln.

Die Seniorin mit den breiten Hüften und den schmalen Schultern hatte beinahe ihr gesamtes Leben in Schottland verbracht. Eine wahre Maid of the Highlands. Kein Grund, vor ein paar winzigen Unannehmlichkeiten wie kleine Alterswehwehchen zu kapitulieren.

Sie blickte auf die wunderschöne Szenerie, die sie umgab.

Quiet Place mochte als Bezeichnung für Touristen taugen, doch Charlotte hörte die vertrauten Laute ihrer Heimat. Der böige Westwind umschmeichelte sie, Möwen kreischten und ein leises Schafgeblöke erreichte ihre Ohren. Sie schloss die Augen und genoss den Augenblick. Ja, Charlotte liebte diesen Ort, saugte alle Geräusche in sich auf und schöpfte aus dem Konzert der Natur ihre Kraft.

Es kribbelte in ihrer Nase. Sie hob die Lider, betrachtete den Wolkenzug am Himmel. Es würde ein Unwetter geben, soviel spürte sie.

Doch ihre Nase meldete sich selten ohne Grund. Etwas würde geschehen.

Nur was?

Charlotte erhob sich, strich Dreck von der Hose.

Ein Kribbeln in der Nase. Hoffentlich ist Mona bald zu Hause, dachte die Schottin.

Wenn sie geahnt hätte, dass in den folgenden Tagen eine verschwundene Leiche, sie und alle ihre Freunde und Bekannten in helle Aufregung versetzen würde, wäre sie nicht so ruhig zurück ins Haus gegangen.

Aber noch war es nur ihre Spürnase, die von den kommenden Ereignissen zu wissen schien.

Kapitel Eins

– Eine Heimkehrerin hört Nachrichten – Im Pub wird über Probleme diskutiert – Eine Influencerin sucht nach dem Netz – Im Old-McManor-House herrscht schlechte Stimmung – Scones werden gebacken – Der Sturm kommt –

Der Duft des Ginsters nahm sie gefangen. Durch das geöffnete Fenster ihres Mietwagens fegte der Geruch herein, durch sie hindurch und wärmte ihr Herz.

Mona hob den Fuß vom Gaspedal und ließ den klapprigen Wagen, der inzwischen drei Dellen mehr hatte, ausrollen. Sie bremste in einer der zahlreichen Haltebuchten ab, die für die Single-Line-Traffic-Road typisch waren, damit zwei Fahrzeuge aneinander vorbeikamen.

Noch befuhren nur wenige Touristen die Straßen, da die Hauptsaison erst bevorstand. Daher begegneten der jungen Frau so gut wie keine Autos.

Mona stellte auf P und drückte die Stop-Taste des Vauxhall. Der Motor erstarb und nun hörte sie es endlich:

Das Geräusch der Wellen unten an den Felsen, das Rauschen des Windes in den Bäumen und den dichten Büschen voller gelber Blütenblätter.

Sie stieg aus. Ein metallisches Quietschen der schlecht geölten Tür klang überlaut in ihren Ohren. Sie warf die Autotür zu, lehnte sich mit dem Rücken gegen die Seite des Wagens und blickte sich um.

Das wohlige Gefühl, eine Mischung aus Entzücken und Erleichterung, übermannte sie beinahe. Wieder zurück. In der Wahlheimat, dem Schutzhafen Schottland. Zu dem Duft des Ginsters gesellte sich die frische Brise des Meeres.

Endlich weg vom Verkehrslärm und Gestank, den tausenden Menschen, die nur Hektik und miese Laune verbreiteten. Weg von Hamburg, wo nur die Erinnerungen an eine gescheiterte Ehe und eine furchtbar arrogante Scheidungsanwältin lauerten.

Möwen kreischten und jagten sich gegenseitig.

Mona lächelte. Am Horizont über der offenen See braute sich eine dunkle Wolkenmasse zusammen. Hier wechselte das Wetter schnell und man musste deshalb jeden Sonnenstrahl genießen.

Es wurde Zeit. Charlotte wartete sicherlich schon auf sie.

Wind kam auf, packte Monas lange braune Haare und wirbelte sie umher.

Sie stieg wieder in den Vauxhall und startete den Motor.

Das Radio sprang an und silberklare Harfenklänge füllten das Auto, bis sie endeten und eine Frauenstimme die eingetretene Stille ablöste. Sie betonte die Worte mit hartem Akzent, mehr walisisch als schottisch, aber dennoch sprach sie Loch wie Loch aus und nicht lock, wie es beinahe jeder in Großbritannien tat, außer den Schotten.

»Heimatkunde und Heimatnews mit Sally von Sender Four-o-four. Danke, dass ihr zuhört!«

Ein kurzer Jingle aus schottischen Bagpipes und Drums erklang, dann setzte die Radiomoderatorin wieder an: »Da leben wir nun, umgeben von Bergen und Loches inmitten einer der schönsten Landschaften. Nicht weit entfernt, befinden sich die Tourismusmagneten: Das Glenfinnan-Viadukt und Monument, das Eilean Donan Castle, die Road to the Isles und die Inseln Skye, Rum und Eigg. Doch verirren sich mehr als ein paar Hundert Besucher im Jahr zu uns? Nein. Trotz der grandiosen Schönheit der Natur, des Meeres, der Buchten, der Berge, Moore und dem Wild, das hier ungestört lebt.«

Eine Pause entstand. Die Frau holte tief Luft, als würde sie Anlauf nehmen, um von Klippe zu Klippe zu springen. »Die Zentralregierung in London kümmert sich nicht darum, schützt mehr oder weniger nur die Umwelt, was selbstverständlich auch gut ist, uns aber nicht weiterhilft. Die Übernachtungszahlen in den Lodges und den B&Bs sind weiter zurückgegangen. Trotz aller Bemühungen. Ich persönlich genieße die Einsamkeit und Ruhe. Für unsere Wirtschaft sind es doch Pluspunkte, Aktivposten, mit denen wir aus der Masse herausstechen. Aber es ist problematisch, wenn die Touristen uns links liegen lassen. Es sind nur wenige, die von den Reisenden leben, aber diese sehen sich einem Problem ausgesetzt.«

Ein leises Pfeifen erklang, mit dem die Sendung unterbrochen wurde.

»Dies sind die News für Lochaber. Es sind keine guten. Aber wann verkünden die Nachrichten schon mal Good News.«

Die Moderatorin setzte nach einer Pause erneut an: »Unser Paradies könnte bedroht sein. Ein lange Ferngebliebener ist zurück. Der Erbe des Hauses McManor ist back in town. Und ihr, meine lieben Zuhörer, wisst, was das bedeutet. Alte Rechnungen werden präsentiert, Schulden eingetrieben, Gefallen eingefordert. Bereitet euch vor. Ich bin Sally vom Sender Four-o-four, das Wetter wechselt auf stürmisch. Weiter geht es mit Musik.«

Mona fuhr mit gemäßigtem Tempo die Straße entlang. Ob die Wolkenwand über dem Meer schon von Sallys angekündigtem Sturm getrieben wurde?

Sie lenkte den Wagen in eine enge Rechtskurve, ein Reifen sackte in ein tiefes Schlagloch und es schepperte vernehmlich.

Mona machte sich jedoch mehr Gedanken um den Erben des Hauses McManor. Seit sie hier lebte, war der alte Herr von Old-McManor-House noch nie vor Ort gewesen. Drei Angestellte wohnten dort und hielten Anwesen und Garten in Ordnung. Martha Bientowitz war ihr eine gute Freundin geworden und das, obwohl ihr Ehemann Tymi ein recht zwielichtiger Mensch zu sein schien.

Der dritte im Bunde kümmerte sich um die Grünanlagen des herrschaftlichen Anwesens. Peter, der in jeder Siebzigerjahre-Brit-Crime-Serie als Ermittler durchgegangen wäre.

Auch er war immer nett zu Mona gewesen und beherrschte sogar ein paar Brocken Deutsch. Er versorgte Charlottes und Monas B&B mit frischem Gemüse und Salat aus dem Garten des Old-McManor-Houses.

Jetzt trat ein Erbe auf den Plan. Das würde Unruhe bringen. Und wenn die Bewohner dieses einsamen Landstriches eines wussten, dann, dass Unruhe nicht gut war.

In der nächsten engen Rechtskurve klapperte es vernehmlich vorne rechts. Die Straße verbreiterte sich danach, die Aussicht öffnete sich hin zum Meer. In Sichtweite lag die Tankstelle mit dem angeschlossenen kleinen Tesco-Supermarkt.

Mona steuerte den Vauxhall auf den Parkplatz, stoppte und stieg aus.

Die Automatiktüren der Tankstelle glitten zur Seite und Sophie Hall trat heraus. »Mona!«, grüßte sie die Wahlschottin. Seitdem sie zusammen mit Charlie das B&B betrieb, waren die Sympathien, die Charlotte entgegengebracht wurden, zum Teil auch auf sie übergegangen. Niemand störte sich an Monas deutschem Akzent, jeder freute sich, dass Charlotte Gesellschaft hatte.

»Hi, Soph«, erwiderte Mona den Gruß und beugte sich herunter, um in den Radkasten des vorderen rechten Rads zu spähen.

»Was ist geschehen?«, fragte Hall, deren kurze blonden Haare im Sonnenlicht leuchteten.

»Schlagloch. Es klappert.« Mona sah, dass der Kotflügel ein wenig verrutscht war.

»Nichts, was man mit Panzertape nicht fixen könnte.« Hall inspizierte die losen Teile. »Ich mach das schon.« Sie lächelte. »Und du solltest schnell nach Hause. Charlotte macht sich sicher schon Sorgen, denn es zieht ein Unwetter auf.«

»Ich kann mir nicht vorstellen, dass Charlotte sich vor einem Sturm sorgt. Es wird nicht der erste sein«, meinte Mona.

»O ja. Das ist richtig. Und ich denke, sie sorgt sich mehr um dich als um sich selbst. Dennoch ist jedem hier wohler, wenn du bei ihr bist. Sie ist nicht mehr die Jüngste.«

»Aber wettererprobt.«

»Wetterfest. Stimmt. Ja. Ich hole das Tape.«

Karg eingerichtet und zu dunkel. Es war die einzige Bewertung in einem der zahllosen Pub-Guides und die lag auch schon einige Jährchen zurück. The Pirates Parrot!

Doch obwohl der Besitzer gewechselt hatte, die Zeit gerast und das Internet alles verändert hatte, bis auf das Leben der Menschen in den abgelegensten Regionen der Highlands, hätte jeder dieser abfälligen Aussage wahrscheinlich zugestimmt.

Zwei Flachbildfernseher von minderer Qualität hingen an den Seitenwänden und wirkten wie schwarze Löcher, in die sämtliches Licht hineingesogen wurde.

Hinter dem Tresen putzte Connor Askaig Gläser und stellte sie zurück in die Schränke. Musik drang aus der schmalen Durchreiche zur Küche. Eine Sängerin war zu hören, die auf Gälisch eine Ballade vortrug. Connor summte die Melodie falsch mit.

Ein Touripärchen, Studenten, wie Connor vermutete, saßen an einem der flachen runden Tische neben dem Ausgang und diskutierten leidenschaftlich über eine neue Wandertour. Beide hielten Smartphones gezückt und deuteten auf die jeweiligen Displays. Ihr breiter amerikanischer Akzent hallte durch den Raum. Es war elf Uhr, gerade mal eine halbe Stunde seit Öffnung. Adam Kieran saß mit düsterem Gesichtsausdruck am Tresen und beobachtete, wie die dünne Schaumschicht auf seinem Bier sich auflöste.

Connor griff sich zwei schmale Gläser für die kleinen Tröster, wie er es immer nannte. An der Wand hingen kopfüber acht Flaschen mit einem Portionierer am Ausguss. Er entschied sich für einen Talisker und presste die Gläser gegen den Ausguss, die sich mit goldgelber Flüssigkeit füllten.

Er stellte eines neben das Bierglas Adams und stieß mit dem zweiten dagegen. »Nimm einen Single, Adam. Du siehst so aus, als hättest du ihn nötig.«

Kieran sah mit dunklen Ringen unter den Augen zu ihm auf und verzog das Gesicht zu einer Art dankbaren Lächelns.

»Ärger zu Hause?«, erkundigte sich Connor.

Kieran schüttelte den Kopf, »Nein. Mit Elsie ist alles in Butter.« Er zog den kleinen Tröster zu sich heran, beugte die Nase vor und nahm einen kräftigen Zug der alkoholhaltigen Dünste. »Mhm. Der Atem der Engel. Talisker?«

»Was sonst«, bestätigte Connor. Er nickte dem Mittfünfziger mit den schütteren Haaren und der Hakennase zu.

Beide tranken einen Schluck.

»Ahh. Lecker«, bekannte Kieran, dessen Falten sich auf der weiten Stirn geglättet hatten. »Wenn nur alles auf der Welt mit einem Single Malt zu klären wäre.«

»Erzähl.« Connor beugte sich vor, lehnte sich mit den Unterarmen auf den Tresen und sah Adam Kieran auffordernd an. »Schmerzen? Sorgen? Geld?«

»Geld, was sonst.« Kierans Blick verlor sich im Rest des bernsteinfarbenen Malts. »Es war eine Scheiß-Saison im letzten Jahr. Wenn es so weitergeht, können wir die Lodges nicht halten.«

Connor wusste von der schlechten Auslastung der Ferienhausanlage, die nur ein paar Meilen von seinem Pub entfernt direkt am Meer gelegen war. Adam und seine Frau Elsa betrieben sie nun im zehnten Jahr. Je nach Wetter gingen die Geschäfte mal besser, mal schlechter. Die Touristenhotspots lagen nun mal nicht in dieser menschenleeren Gegend, sondern entlang der Road to the isles. Es verirrten sich nur wenige Touris hierher.

»Die Kredite sind einfach erdrückend. Liegen manchmal nachts wie tonnenschwere Betonbrocken auf mir.«

»Das Geld. Das liebe Geld«, murmelte Connor. »Ihr schafft das bestimmt. Ihr habt es bisher noch immer hingekriegt.« Er spürte jedoch selbst, wie schwach seine Aufmunterung klang, kannte diese Art von Ängsten nur zu gut.

Auch er hatte solche Zeiten erlebt. Wenn die Schulden einen erdrückten und man nicht mehr atmen konnte. Er war dem Teufel von der Schippe gesprungen. Aber für wie lange?

»Wie schaffst du das nur?«, fragte Adam, sah sich um und deutete in den weiten Raum hinein. »Das kann doch nicht reichen.«

»Maddie und ich brauchen nicht viel. Und ich habe ein Haus in Morar, meine Sicherheit, falls es mit dem Geld doch mal knapp werden sollte.« Connor verstummte abrupt. Denn was er nicht erwähnte, war, dass irgendwo in London noch ein Schuldschein in den Händen von Männern lag, mit denen man besser keine Geschäfte machen sollte.

Er durfte nicht daran denken, was passieren würde, wenn diese herausfanden, wo er lebte. Ein Versteck am Ende der Welt und ein Name, der nicht der seine war. Siebzehn Jahre hielt seine Tarnung nun bereits.

»Sorry«, unterbrach nun der amerikanische Student die beiden Männer. Er hatte sich zu ihnen gesellt.

Connor sah ihn an. »Hm?«

»Ähm. Dieser Weg hier«, sagte der Tourist in den wetterfesten Wanderklamotten und legte sein Smartphone mit dem übergroßen Display auf den Tresen. Darauf war eine Karte der Umgebung zu sehen. Ein blaues Band schlängelte sich in die Berge. »Ist der Weg begehbar? Da sind Flüsse und ein Moor, nicht wahr?«

»Haben sich schon viele in den Bergen verirrt«, gab Connor zurück. »Nicht alle sind wiedergekommen.«

»Hören Sie nicht auf ihn«, widersprach Adam Kieran. »Es sind nur zwei Stellen, an denen Sie durch Wasser müssen. Hier und hier. Aber es hat in den letzten Wochen nicht so viel geregnet. Der Wasserstand der Bäche wird nicht allzu hoch sein. Mehr als nasse Schuhe werden Sie sich da nicht holen.«

»Super! Fantastisch. Danke.« Der junge Amerikaner packte sein Handy weg und vibrierte nur so vor Energie, als er zu seiner Freundin an den Tisch zurückkehrte.

Connor spürte einen Hauch von Neid, konnte sich aber nicht erklären, woher diese Empfindung kam.

Die Doppelflügeltür des Eingangs schwang kraftvoll auf.

»Doc!«, grüßten Adam Kieran und Connor im Chor.

Der alte Arzt trug sein typisches Outfit: grüne Jägerklamotten, Gummistiefel und einen australischen Outbackhut, von dem die Bommeln abgefallen waren. Er humpelte ein wenig, was der kühleren Jahreszeit geschuldet war. Im Sommer schienen seine Muskeln und Knochen besser zu funktionieren.

»Connor, Adam. Ein schöner Tag ist es heute, nicht wahr?« Der Arzt kam an den Tresen und keuchte. »Trockene Kehle. Zwei Helle bitte.«

»Zwei?« Connor musste schmunzeln, schnappte sich aber die Gläser, und begann zu zapfen.

»Eines für Paul. Der kommt gleich.«

Auf Kierans Stirn bildeten sich Falten. »Mittags an einem Werktag? Ist er nicht im Dienst?«

Doc schüttelte den Kopf. »Ich musste ein Schaf von McDougal einfangen. Auf dem Rückweg habe ich Paul eingesammelt. Er war in ein Loch getreten. Hab sein Bein getapt und ihn auf ein Trostbier eingeladen.«

»McDougal und seine Schafe«, warf Connor dazwischen. »Er sollte endlich den verfluchten Zaun reparieren. Eines Tages wird ihm mehr als ein Tier abhandenkommen.«

Doc nahm sein Bier in Empfang, hob es wie zum Gruß in die Höhe, bewunderte kurz die Farbe und trank einen kräftigen Schluck.

»Ahh. Das kühlt.« Er legte seinen Hut auf einem der beiden Barhocker ab, die niemand je benutzte, weil sie wackelten wie nach einem Erdbeben. »Es waren diesmal wohl Wanderer, die an einer unübersichtlichen Stelle den Zaun plattgetreten haben.«

»Hey! Macht keinen Unsinn!«, appellierte Connor in Richtung des amerikanischen Pärchens. »Bleibt auf den Wegen und tretet nicht irgendwelche Drähte nieder.«

»Yes, Sir!«, rief der junge US-Boy, grüßte und schulterte den mächtigen Rucksack. Seine Freundin nahm den kleineren. Sie winkten zum Abschied und verließen das Pirates Parrot.

Die Schwingtür stand kaum wieder still, als ein schlanker, in ziemlich verdreckten Tweedklamotten gekleideter, durchtrainiert wirkender Mann mittleren Alters eintrat.

»Paul!« Doc hob die Hand und deutete auf das volle Glas. »Hier ist dein Helles.«

Paul Laing wohnte zusammen mit seiner Mutter in einem kleinen Haus mitten in Morar. Er hatte bereits drei Beförderungen zum Detective Inspektor abgelehnt, um weiterhin in der Mallaig-Station als einfacher Officer arbeiten zu können. Tatsächlich lief wenig ohne den ortskundigen Laing, wenn es denn mal zu einer Ermittlung kam.

Laing sah sich um, dann humpelte er weiter auf den Tresen zu. »Hat den beiden gut ausgestatteten Touristen jemand gesagt, dass sie keine Zäune umtreten sollen?«

»Haben wir«, meinte Adam

Connor schob das Glas dem Polizisten in Zivil zu. »Hast du frei?«

»Ja, zwei Tage. Habe Maire nach Inverness ins Krankenhaus gefahren.«

»Wieder diese Strombehandlung?«, erkundigte sich Doc.

Paul Laing nickte und trank in großen Schlucken von seinem Bier. »Ihr tut es gut. Dann geht sie für einige Zeit schmerzfrei.«

»Wenns hilft«, murmelte Doc. »Ich denke, sie sollte sich mehr bewegen.« Er widmete sich seinem Bier.

»Was hast du mit deinem Bein gemacht?«, fragte Connor den Polizisten.

Paul Laing trank, wischte sich danach Flüssigkeit von der Lippe und wirkte plötzlich übel gelaunt. »Nicht aufgepasst, ich Idiot. Manchmal möchte man sich für die Blödheit, die man an den Tag legt, selbst schlagen.«

»Stimmt«, bekräftigte der Doc. »Warst du wandern?«

»Jepp. Wollte den Küstentrail nehmen, wo ich schon mal frei hab. Die Gelegenheit war günstig. Und dann das. Meine Karre steht da noch auf einem Parkplatz.«

»Ich kann dich fahren«, meinte der Arzt und leerte sein Glas. »Noch eins, bitte«, bestellte er bei Connor. »Mit dem Tape wirst du Gas geben und bremsen können. Du hast auf jeden Fall Glück gehabt«, sagte er an Paul gewandt.

»Wieso?«

»Ist heftiges Wetter auf dem Weg«, trug Adam zur Unterhaltung bei. »BBC2 hat einen Sturm angekündigt.«

»Wer traut schon BBC2«, zweifelte Paul. »Was berichtet denn Four-o-four?«

Connor nahm das als Aufforderung und sah auf die Uhr. An der hinteren Wand, direkt zwischen Kasse und Getränkeregal, war ein altes Radio verbaut worden. »Ist gleich 12.«

Sender Four-o-four war der einzige Kanal, den er im Pirates Parrot empfangen wollte. Ein illegaler Piratensender, allerdings eine unverzichtbare Quelle für lokale Neuigkeiten.

Leise Musik kam aus den Lautsprechern. Eine unbekannte schottische Folkband, die einen gefühlvollen Vortrag über die Einsamkeit und Schönheit der Highlands zum Besten gaben. Der Dudelsack klang etwas verstimmt, aber niemanden schien es zu stören.

Die Männer tranken schweigend, warteten auf die volle Stunde.

Mit einem dreifachen Tonsignal verkündete der Sender, dass es zwölf Uhr schlug.

Doc kontrollierte die Uhrzeit seiner Armbanduhr und stellte sie nach.

Eine sehr tiefe Frauenstimme, die vom Alter her nur schwer einzuschätzen war, räusperte sich, dann sprach sie: »Dies ist Sender Four-o-four mit den Nachrichten um Zwölf. Doch bevor wir zu den Meldungen kommen, möchte ich kurz eine Warnung durchgeben. Ein Sturmtief rast von Grönland her auf uns zu. In ungefähr zwei Stunden sollten die ersten Ausläufer Skye erreichen. Der Fährbetrieb ab Mallaig wird bereits eingestellt. Der Peak des Sturms mit Windgeschwindigkeiten um die 100 Meilen pro Stunde, wird uns etwa gegen zwei Uhr nachmittags treffen. Sichert die Boote und bringt das Vieh in Sicherheit.«

»Heilige Sch...«, entfuhr es Connor. »Wohin sind die beiden Touris auf dem Weg, Adam?«, fragte er Kieran. »Du hast sicher den Weg gesehen. Auf dem Smartphone, meine ich. Die hatten doch eine App, nicht wahr?«

»Klar. Habe ich.«

»Dann hinterher«, ordnete Paul an. »Wir können die jungen Leute nicht einfach in ihr Verderben laufen lassen.«

»Ich fahre«, bestimmte Doc. »Mein Range Rover ist langsam, aber wir sind allemal schneller als zwei Zivilisationsmüde, nicht wahr?«

Paul Laing blieb, bewegte sich zunächst nicht. Er trank sein Bier leer. »Für einen Torabhaig, Fassstärke, sollte es noch reichen, findet ihr nicht?«

Connor stellte für jeden ein Glas auf den Tresen, griff unter die Bar und präsentierte eine Flasche, die bereits geöffnet war und keinerlei Etikett trug.

»Ich liebe es, dass du die Kontakte zu Millies Schwager aufrechterhalten hast«, meinte Paul.

»Ist so«, bestätigte Connor und schenkte großzügig ein. »Was wären wir nur ohne gute Kontakte?«

»Sláinte«, prosteten sich die Männer zu.

Vor dem unscheinbaren grauen Haus standen mehrere hölzerne Bänke, daneben Schirmständer, in denen nicht aufgespannte Sonnenschirme steckten. An der Seite lag ein kleiner Parkplatz für acht Autos, wenn sie eng parkten.

Das alles nur rund fünfzig Meter von der eigentlichen Landstraße der A861 entfernt. Ein nicht geteerter Weg mit einigen Schlaglöchern und Pfützen führt bis dorthin.

An der Straße wies ein handgeschriebenes Schild auf das Café hin.

Café Clotted Cream las man in wunderschön geschwungenen tiefdunkelblauen Buchstaben auf kanarienvogelgelbem Hintergrund. In kräftigem Rot umrahmte eine gewellte Linie die Schrift. Dazu verwies ein dunkelroter Pfeil auf die Abzweigung.

Eine Frau in hypermodernen pastellfarbenen Wanderklamotten stoppte an dem Schild, reckte den rechten Arm in die Höhe. In der Hand hielt sie ein Smartphone. Sie fluchte in einer Sprache, die hier nur wenige Leute verstehen würden.

Ihre Kleidung wirkte so neu, als hätte sie diese gerade erst in einer Boutique erworben, was auch der Wahrheit entsprach. Weiter vor sich hin murmelnd blickte sie zu dem Gebäude, dessen Tür offenstand, und betrat den unebenen Weg.

Ohne Unterlass begaffte sie das Display des Smartphones, richtete es in verschiedene Richtungen, schüttelte den Kopf und übersah daher eine Pfütze, in die sie mit einem lauten Platschen trat.

»Scheiße!«, fluchte sie auf Deutsch, denn das war die Sprache, die sie nutzte. Braune Schmutzflecke verteilten sich bis übers Knie an beiden Beinen. Der wunderschöne Eindruck auf den Fotos für ihren Kanal wäre damit dahin. Sie würde dem Werbepartner sicher keinen Gefallen tun mit dreckverschmierter Kleidung zu posen.

»Kann ich Ihnen helfen?«, riss eine melodisch klingende Altstimme die Influencerin aus ihrem Ärger. Sie sah der älteren, freundlich wirkenden Dame, die am offenen Eingang zum Café stand mit wachsender Hoffnung entgegen, eilte auf sie zu und lächelte. Denn sie wusste, dass ihr Lächeln ihr Kapital war.

»Hallo«, grüßte sie und sprach dann in einem entsetzlichen Akzent auf Englisch weiter: »Ich habe kein Netz. Ich suche ein Netz. Sonst kann ich nicht arbeiten.«

Im Gesicht der vielleicht Mittsechzigerin zeigte sich ein verwirrter Ausdruck.

Im Inneren des Cafés brandete der unverkennbare Lärm eines Handrührers auf, der mit dem Geräuschpegel eines Presslufthammers jegliche Konversation im Keim erstickte.

»Netz, Internet, Sie verstehen?«, brüllte die Influencerin.

Die Dame des Hauses nickte, wandte sich um und übertönte locker den Krach: »Sammy! Mach mal Pause!«

Stille.

Nur der Wind pfiff noch um das Gebäude herum, zerzauste die sorgfältig hergerichtete Frisur der netzlosen Influencerin.

»Kommen Sie doch auf einen Scone herein. Sind im Ofen und gleich fertig, Sie können es schon riechen. Wenn Sammy dann die Clotted Cream geschlagen hat, ist der Tag gerettet.« Sie machte eine einladende Geste und trat zur Seite.

Die jüngere Frau stöhnte theatralisch auf, wandte sich brüsk um und stakte davon, diesmal achtsamer, zumindest was die Pfützen anging.

Kopfschüttelnd sah die Betreiberin des Cafés der Touristin nach. »Ich würde Ihnen auch das WLAN-Passwort geben«, murmelte sie leise. »Aber wenn Sie nicht wollen …«

»Neue Generation, ich weiß nicht«, bekannte Simona Tavish und kehrte in den Gastraum des Cafés zurück. Fünf Tische und zehn Stühle befanden sich darin, alles Einzelstücke. Die blauweißen Tischdecken leuchteten in den schottischen Nationalfarben. An den fliederfarben gestrichenen Wänden hingen rund ein Dutzend Fotos aus den längst vergangenen Tagen der Landflucht. Familien vor ihren kargen Farmhäusern, schmutzige Gesichter und viele Kinder waren darauf zu sehen.

Am Stirnende des Raumes befand sich ein Tresen mit Glaseinsatz. Den hatte sie einst von einem königlichen Butcher gekauft, da die Kühlung wichtig für sie war.

Für die wenigen Kunden, die sich hierher verirrten, präsentierte sie dort die selbst gemachten Kuchen und natürlich die namensgebende Spezialität: Clotted Cream. Fett und lecker. Dazu die hausgemachte Erdbeermarmelade. So war der Name des Cafés entstanden.

Simona registrierte den fragenden Blick Sammys, die hinter dem Tresen stand, eine Plastikschüssel in der einen, den Handmixer in der anderen Hand.

»Mach ruhig weiter, Liebes«, sagte Simona und schenkte ihr ein Lächeln.

Sammy nickte. Sie trug ein violettes Kopftuch, sodass von ihren strohblonden Haaren nichts zu sehen war. Seitdem sie in dem Gästezimmer im oberen Stockwerk wohnte, hatte sie kein Wort gesprochen. Es schmerzte Simona, da sie gerne erfahren hätte, was Sammy auf dem Herzen lastete, aber sie akzeptierte das freiwillige Schweigegelübde der Mittzwanzigerin. Sie erledigte die Arbeit im Café ohne Murren und war Gesellschaft genug für Simona. Nach dem Tod ihres geliebten Arthurs war die Einsamkeit wie ein Wintersturm über sie gekommen. Die Tage fühlten sich lang und dunkel an. Erst mit der Ankunft der jungen Frau fand die Witwe wieder ins Leben zurück.

Der Handmixer brüllte wieder auf. Sammy schlug die fette Sahne zur Clotted Cream auf.

Der Duft der Scones im Ofen füllte inzwischen den ganzen Raum. Simona würde sich den ersten noch heiß genehmigen, so viel stand fest. Mal sehen, ob an diesem Tag Kundschaft die Kasse zum Klingeln brachte, dachte sie, trat hinter den Tresen und lächelte Sammy zu.

Das schmutzig-graue Gebäude wirkte wie aus der Zeit gefallen. Inmitten der nicht allzu umfangreichen Parkanlage ragte es aus dem Boden heraus. Ein Ungetüm aus Stein, aschgrau, die Fenster so gleichmäßig wie lieblos über die gesamte Front verteilt. Eine Treppe mit beidseitigem Zugang führte hinauf zur bräunlich-grauen Eingangstür, die einen neuen Anstrich nötig gehabt hätte. Ein Mann in grüner Gärtneruniform schleppte sich die ungleichmäßigen Stufen aufwärts. Oben angekommen rang er nach Atem, als hätte er einen Berg bestiegen. Er wandte sich um und schaute auf sein Reich hinab. Peter Cunningham ließ den Gesamteindruck auf sich wirken. Er wusste, dass eine solche Parklandschaft mehr Pflege benötigte, als er ihr geben konnte. Doch er war der einzige Gärtner von Old-McManor-House und die silbergrauen Haare in Verbindung mit seinem Alter von 65 verrieten ihm, dass es seine letzte Anstellung sein würde. Angus McManor, von allen liebevoll Lord McManor genannt, lebte in Amerika und hatte den Familienbesitz in den vergangenen zwanzig Jahren nur einmal besucht. Die Familie hatte es für schottische Verhältnisse zu einigem Reichtum gebracht, wobei der Ursprung des Vermögens wohl eher auf zwielichtigen Geschäften während des hundertjährigen Krieges mit beiden Seiten, Engländern und Franzosen, beruhte.

Trotz der offensichtlichen Abwesenheit des alten McManors legte er Wert darauf, dass der Garten in Schuss blieb. Seine Briefe enthielten klare Anweisungen, von denen eine lautete, alle zwei Tage die Grünanlagen vollständig zu fotografieren und die Aufnahmen an eine Mail-Adresse zu versenden.

Auch dies gehörte zu Peters Aufgaben. Er wohnte kostenfrei in dem ehemaligen Gartenhaus und durfte sich so viel Obst, Gemüse und Salat nehmen, was immer der Nutzgarten hergab. Dafür akzeptierte er den geringen Lohn. Außerdem liebte er die Gartenarbeit und was sein Auge sah, gefiel ihm. Der gekieste Weg durchschnitt in optimalem Bogen das kurz geschnittene Grün, auf dem einige sehr betagte Bäume standen, wahre Riesen, wettergegerbt und mächtig, gepflanzt vor seiner Zeit.

Peter seufzte. Konnte dieses perfekte Leben wirklich vor dem Aus stehen? So lange hatten die Bientowitzes und er hier gelebt, das Haus, den Garten gehegt und gepflegt und nun würden sie gehen müssen?

Er wollte sich mit Tymi und Martha besprechen. Hatten die beiden einen Plan?

Peter öffnete die hakende Tür mit jahrelanger Erfahrung. Im Innern empfing ihn die Kühle einer unmöblierten Halle. Eine mächtige steinerne Treppe hoch in den ersten Stock beherrschte den wenig einladend wirkenden Raum. Weiterhin gab es im Parterre vier Türen, die in das Esszimmer, zwei Salons und in den Küchentrakt führten.

An den Wänden reihten sich die Familienporträts der McManors auf. Mit einer Ausnahme starrten von dort lauter weißhaarige greise Männer mit kräftigen Bärten und einem sehr ernsten Gesichtsausdruck auf jeden Besucher herab. Rund die Hälfte waren in irgendwelchen fantasievollen Armeeuniformen abgebildet, die anderen in stattlicher Kleidung. Alle vereinten die blauen Augen, eine Glatze und äußerst schmale Lippen.

Das derzeitige Familienoberhaupt hing noch nicht hier. Erst nach seinem Tod würde ein solches Andenken an ihn angebracht werden.

Nur ein Bild stach hervor. Lady Marion McManor, die unverheiratete Tochter, deren unehelicher Sohn ihren Adelstitel nicht geerbt hatte. Sie war die letzte echte Adlige der Familie gewesen. Doch der Fehltritt, als unverheiratete Frau einen Sohn zu gebären, lastete wie ein Fluch auf dem Geschlecht der McManors.

Dennoch lächelte sie auf ihrem Gemälde, das man zentral über dem Treppengeländer aufgehängt hatte. Selbst nach heutigen Gesichtspunkten stellte sie eine Schönheit dar, vielleicht lag dies aber nur an der Kunst des Porträtisten. Die Lady hatte vor rund 250 Jahren das Zeitliche gesegnet und ihren augenscheinlichen Sinn für Humor, gepaart mit gutem Aussehen, nicht auf die Nachkommenschaft vererbt.

Peter grüßte sie wie stets mit einem Nicken und eilte dann auf die Küchentür zu.

Er stockte, als er die laute Stimme Tymis aus der Küche hörte. Vorsichtig horchte er zunächst an der Tür.

Er verstand nicht alles, was der polnische Immigrant und Housekeeper mit seiner Frau Martha zu besprechen hatte.

Doch einige Fetzen des Gesprächs konnte Peter nicht überhören.

Es ging um den Erben des Lords, der vor einem Monat eingetroffen war. Es fielen Worte wie Schnösel und Schmarotzer. Peter glaubte sogar, der muss weg zu hören.

Tymi verfiel dann und wann in die polnische Sprache. Tonfall und Lautstärke weckten sehr ungute Gefühle in Peter.

Er löste sich von der Tür und schlich leise davon. Es war nicht der richtige Zeitpunkt, um mit den beiden Bientowitzes zu sprechen, fand er.

Zurück in seinem Gartenhaus, das er sich gemütlich eingerichtet hatte, setzte er Teewasser auf. Es gab kein Ungemach, das eine gute Tasse Tee nicht hätte mildern können.

Aber noch während der Wasserkocher seine Arbeit verrichtete, zweifelte Peter Cunningham doch, ob Tee hier wirklich eine Lösung darstellte.

Monas Herz machte einen Sprung, als hinter der nächsten Kurve Charlottes B&B auftauchte. Der Vauxhall klapperte seit der Panzertape-Operation nicht mehr und schüttelte sie ordentlich durch, als sie den Naturpfad nahm, um auf der rückwärtigen Seite des Hauses einzuparken. Von hier hatte man einen wunderschönen Blick auf das Meer. Bei guter Sicht bis hin zu den Inseln Eigg und Port Mòr. Eigg verdeckte Rum beinahe vollständig. Die viel größere Insel lag noch weiter im Atlantik und nur ein erfahrener Beobachter konnte erkennen, welche Linien zu Eigg und welche zu Rum gehörten.

Doch mit der Aussicht war das so eine Sache.

Mona stieg aus und spürte sofort die an ihr zerrenden Böen, Vorboten des Unwetters, dessen Wolkenfront sich bereits wie ein Bettlaken über Eigg geworfen hatte.

Der angekündigte Sturm ließ nicht mehr auf sich warten. Mona schnappte sich ihre Tasche aus dem Kofferraum und rannte auf die hintere Tür des Hauses zu. Oben befanden sich die Fenster der drei Gästezimmer des B&Bs, das Charlotte Polson Quiet Place genannt hatte.

Mona selbst wohnte unter dem Dach, Charlotte im Erdgeschoss.

Seit nunmehr vier Jahren teilten die beiden ungleichen Frauen, Charlotte hatte gerade ihren Achtzigsten gefeiert, das Leben, die Kosten und ihre Sorgen.

Ein vorwitziger Regentropfen traf Mona im Nacken. Sie öffnete die nicht abgeschlossene Tür und fühlte sich sofort heimisch.

Es roch nach schwarzem Tee und frisch gebackenem Brot.

»Charlie?«, rief sie. »Ich bin wieder zu Hause.«

Kapitel Zwei

– Illegale Substanzen müssen gesichert werden – Ein planloser Überfall – Eine fehlgeschlagene Werbekampagne – Touristen in Sicherheit – Austausch von Neuigkeiten –

Der Wind toste überlaut, rüttelte mit Macht an dem silbernen zigarrenförmigen Caravan, der in den USA als Airstream bekannt war. Schutzlos dem Sturm ausgesetzt, erzitterte das Gefährt, schwankte sogar gelegentlich. Unzweifelhaft war das der exponierten Lage, auf einem Grasstreifen dicht neben einem idyllisch gelegenen Strand von vielleicht dreißig Metern, geschuldet. Leicht gebogen, bildete er eine Art Miniaturbucht mit feinstem Sand, wobei die Flut nun weite Teile überschwemmen würde.

Niemand hätte sagen können, wie der Airstream dorthin gekommen war. Der einzige Weg zu dem Standort schien für normale Fahrzeuge unpassierbar. Und dennoch gehörte der Anblick dieses Wohnwagens schon seit Jahren zu dem Strandabschnitt, der von unterschiedlichsten Einsiedlern bewohnt wurde, die sich irgendwie die Klinke in die Hand gedrückt hatten.

Derzeit lebte dort Stuart, der es in jenem Augenblick allerdings bereute.

»O heilige Sch...«, begann er einen Fluch, den er nicht beendete, um nicht die mahnende Stimme seiner Mutter im Kopf zu hören, die ihm solche Reden verboten hatte. Krampfhaft stützte er sich an der Wand ab, als ein erneuter Stoß den Airstreamer zum Wackeln brachte. Aus einem der Hängeschränke kippten Dosen heraus, polterten zu Boden. Die Türen der Schränke klapperten in den schwächlichen Schlössern, hielten dem wachsenden Ansturm von Windböen und dem dadurch entstehenden Gerüttel nicht stand.

Diesen Frühlingssturm hatte niemand erwartet. Zur Herbst- und Winterzeit hatten ihm Connor Askaig und Paul Laing mit Tauen geholfen, das Beach House, wie es bei den Einheimischen hieß, zusätzlich zu sichern.

Doch die Befestigungen waren mittlerweile fort. So einen mächtigen Sturm hatte Stuart nicht für möglich gehalten.

Es hallte wie Donnerschläge an den Seitenwänden, als immer wieder kurze Regengüsse niederprasselten. Dabei würde der Höhepunkt des Unwetters erst noch folgen.

Stuarts ausgemergelter Körper verlor langsam an Kraft. Er wirkte wie die sprichwörtliche Bohnenstange, als wenn bereits ein laues Lüftchen ihn fortwehen könne.

Mühsam riss er sich zusammen, verkniff sich jegliches Selbstmitleid und rief sich im Selbstgespräch zur Ordnung. »Jetzt komm schon, Stu!«, schrie er gegen den Lärm an. »Es gibt Schlimmeres als das bisschen Wind!« Er versuchte sich selbst zu belügen, spürte jedoch die Höllenangst in seinen Gedärmen. Stuart führte viele laute Monologe, denn sein Alltag bestand aus Einsamkeit und zumeist kannte er nur einen Gesprächspartner: sich selbst.

Eine Fensterverriegelung löste sich unter dem Ansturm des Windes, der nun an dem Seitenfenster zerrte. Es klapperte stetig, als würde jemand Applaus klatschen.

Stuart stolperte durch den Mittelgang bis zu der Öffnung, zog die Lasche zu sich und hakte sie erneut ein. Nur kurz hatte er die Kälte des Windes gespürt, die durch die Lücke auf ihn eingeströmt war, aber er fror sofort.

Zurück am Schrank, warf er sich deswegen eine viel zu große wettertaugliche, fellgefütterte Jacke über. Wärmer wurde ihm dennoch nicht.

Doch das war nicht wichtig. Er musste ins Freie. Das Versteck zwischen den Felsen war nicht mehr sicher. Die aufgepeitschte Brandung könnte seine Vorräte mit sich reißen.

»Was bleibt mir also zu tun?«, sagte er zu sich selbst. »Du musst da raus, Stu«, plapperte er vor sich hin. »Du schaffst das, Stu«, sprach er sich Mut zu.

Er zog den Reißverschluss der Jacke hoch, knöpfte die Druckknöpfe zu, zog die Kapuze über die kurz geschorenen Haare und zog sie mit den Bändeln so weit zu, wie er nur konnte. Die Schleife wollte ihm erst beim zweiten Anlauf gelingen, aber endlich war er soweit. »Bin ich das?«, fragte er laut, schüttelte den Kopf. »Ich führe zu viele Selbstgespräche«, gab er zu, ohne das Kernproblem damit zu lösen oder sich der Absurdität dieser Forderung auf Besserung bewusst zu werden.

»Los jetzt!«

Er stellte sich an die Tür, die sich zur Seeseite öffnen würde und wappnete sich gegen Wind und Regen. Dreimal atmete er tief durch, verschluckte sich und hustete sich die Seele aus dem Leib. Dann stieß er die Tür nach außen auf.

Verdutzt registrierte er, dass der Sturm ihn nicht empfing, nur ein paar Tropfen lösten sich von der Außenwand und stürzten sich hinab. Die Sicht war schlecht, nur vier oder fünf Meter weit.

Stuart trat hinaus, schob die Tür zu und verriegelte sie sorgfältig.

Er schrie auf, als eine unsichtbare Faust ihn gegen das Metall des Airstreamers presste. Statt Regen war es plötzlich ein Wasserfall, der sich über ihn ergoss.

»Mist, Mist, Mist«, murmelte der Eremit aus freien Stücken sein Mantra. »War nur ein Loch im Sturm.«

Was durchaus eine korrekte Einschätzung darstellte.

In den nächsten Minuten kämpfte sich Stuart durch eine tiefgraue Wand aus peitschendem Regen. Mit gesenktem Kopf bemühte er sich, beim Einatmen nicht zu ertrinken. Die Windstöße zerrten an ihm, ließen ihn wie einen Betrunkenen schwanken. Er bewegte sich zunächst auf den Strand zu, versank an einigen Stellen im nassen Untergrund und ging einmal sogar in die Knie. Die Brandung toste von der Seite, auf der das Wasser gegen die Felsen schlug.

Stuart konnte seine laut ausgesprochenen Flüche nicht hören. Der Wind trug die Worte mit sich fort.

Eine besonders heftige Böe warf ihn zu Boden. Es tat nicht weh, der Sand war weich genug, aber danach hatte er irgendwie die Orientierung verloren. Er krabbelte auf allen

Vieren weiter, bis seine Hände von dem kalten Wasser der aufbrandenden Wellen erfasst wurden.

Was für ein Orkan, kam es ihm in den Sinn. Ob der Sandstrand das überleben würde? Hatte es da nicht so ein Wunder in Irland gegeben? Ein Strand, den das Meer mit sich gerissen hatte und der nach mehr als dreißig Jahren über Nacht wieder aufgetaucht war? Konnte es sein, dass dies hier auch geschah?

Das salzige, eiskalte Wasser brannte auf der Haut. Nun erreichte der Wellenschlag seine Knie, die Hose wurde nass.

Er versuchte vergebens, sich an die Gebete seiner Mutter zu erinnern. Das Unwetter vernichtete jeden geordneten Gedanken.

Stuart stemmte sich gegen die Urgewalten hoch, bog nach rechts ab und streckte die Arme vor. Die Sichtweite betrug vielleicht drei Meter. So sah er die dunkle Masse der Felsen, die den Strand einrahmten, erst, als er sie beinahe berühren konnte.

»Geschafft«, murmelte er, beugte sich vor und lehnte sich mit ausgestreckten Armen gegen den kühlen Fels, als würde er einen alten Freund umarmen wollen. Für eine Weile schloss er die Augen, atmete regungslos durch, schöpfte Kraft, streichelte den Stein unter seinen Händen. Nass und glitschig. Es würde nicht einfach werden, zu seinem Versteck zu gelangen.

Zu seiner Rechten musste es einen Spalt geben, der eine Aufstiegsmöglichkeit bot, ohne auf blank polierten spiegelglatten Granitbrocken auszurutschen.

Stuart bewegte sich vorsichtig und zielstrebig. Er hatte ein Ziel. Gelegentlich schien der Wind nachzulassen, um dann in Böen wieder zuzuschlagen. Doch dies gab Stuart

Hoffnung, dass der Sturm bei dem Tempo rasch vorbeiziehen würde.

Endlich erreichte er den Einschnitt, mannsbreit, zerklüftet mit einigen wenigen sehr scharfen Kanten. Hier boten sich Händen und Füßen genug Ansatzpunkte, um nach oben klettern zu können. Seine Finger schmerzten ob der Kälte, aber zu seiner eigenen Genugtuung verhielt er sich stumm, bis er sich auf dem Plateau festkrallen konnte. »Ah«, keuchte er in den stürmenden Wind. »Ich bin zu alt für so was.«

Er wartete, bis sein Herz nicht mehr ganz so schnell pochte, dann krabbelte er weiter. So viel Muskelkraft hatte er schon lange nicht mehr aufwenden müssen. Es kam, wie es kommen musste.

Seine Arme knickten unter einer besonders kräftigen Böe ein. Er krachte auf den Fels und schmeckte Blut in seinem Mund. Mit geschlossenen Augen, völlig außer Atem, blieb er flach liegen.

Nur ein paar Minuten, dachte er bei sich. Ich will nicht sterben, kam es ihm theatralisch in den Sinn.

Stuart atmete, den halb geöffneten Mund auf dem Felsen, leckte sich das salzige Wasser von den Lippen und roch das Meer. Der Wind ließ langsam nach.

Der Sturm! Konnte es sein, dass das Unwetter vorbeigezogen war?

Er bewegte die bleischweren Lider. Durch den grauen Regenvorhang verschwamm alles vor seinem Blickfeld.

Vorsichtig hob er den Kopf, sah sich um. Sein Versteck. Das konnten nur noch zehn Meter sein. Er war beinahe dort. »Gütige Mutter Gottes«, flüsterte er, stemmte sich ein wenig aufrechter.

In dem von der starken Brise gepeitschten Vorhang aus Wasser erkannte er nahe seines geheimen Ortes einen Umriss.

Eine Gestalt, die sich zielstrebig fortbewegte.

»Wer ist das?«, murmelte Stuart. »Was zur … hat er bei diesem Unwetter hier zu suchen?«

Er erstarrte, beobachtete.

Es musste ein Mann sein. Im nachlassenden Regen wurde es deutlicher. Breite Schultern, massiger Körperbau und er schien etwas zu suchen.

»Bitte nicht«, flüsterte Stuart und verharrte. Wenn er mich entdeckt …, dachte er, brachte seine Befürchtung aber nicht zu Ende.

Die Gestalt im Regen blieb stehen, beugte sich tief hinab, dann richtete sie sich auf. Der Typ drehte sich um und stiefelte davon.

Stuart atmete erleichtert auf.

Die Sicht besserte sich enorm, als hätte jemand den Wasserhahn der Dusche zugedreht. Stuart kniff die Augen zusammen und verbiss sich in den Einzelheiten des Rückens des Fremden.

Die grüne Jacke mit Kapuze über dem Kopf, der seltsame Gang, leicht hinkend und irgendwie schwankend.

In rund zwanzig Metern Entfernung kletterte er in die Tiefe und verschwand aus dem Sichtfeld. Stuart wusste, dass dort ein Trampelpfad bis hoch zu einem versteckten Waldparkplatz führte.

Er wartete nicht länger, hetzte auf sein Versteck zu, rutschte auf dem glatten Stein aus und schlug beinahe hin.

»Bitte, bitte, bitte«, flehte er. Dann endlich kniete er neben der kaum sichtbaren Markierung, die nicht für ihn, sondern für seinen Zwischenhändler gedacht war. Wenn man nicht wusste, wonach man suchte, fielen einem die allzu regelmäßigen Linien nicht auf, die ein Rechteck im Fels bildeten.

Stuart langte in eine gezackte Lücke und zerrte die metallene Klappe, auf die er eine markante Jakobsmuschel geklebt hatte, in die Höhe.

Darunter befand sich eine Art natürliche Vertiefung. Ein Viertelkubikmeter großes verstecktes Lager. Stuart griff hinein. Eine Tüte, zwei Tüten, drei Tüten …

Das war es.

Er sank auf die Knie und schniefte. Jemand hatte sein Versteck entdeckt und sich bedient. Ein Beutel mit bestem Gras war verschwunden.

Stuart konnte so etwas nicht dulden. Er richtete sich auf und rannte dem Dieb hinterher.

Sophie Hall schnappte sich gerade eines der fertig abgepackten Sandwiches aus dem Convenience Food Regal, als die Automatiktür sich öffnete und der Sturm einige Blätter hereinwehte.

Bei dem Unwetter dort draußen gab es nichts zu tun, denn niemand würde einkaufen oder tanken, soviel war klar.

Für die Tankstelle mit dem angeschlossenen Mini-Tesco bestand keine Gefahr. Sie stand relativ windgeschützt im Schatten des Berges, umgeben von Felsen.

Sophie hatte nur ihre Schicht verlängern müssen, da Beth es wegen des Orkans nicht geschafft hatte. Und nun hatte sie Hunger und bediente sich. Ein O-Saft, frisch gepresst, sollte ihren Nachmittagssnack ergänzen.

Die Tür glitt wieder zu.

Sophie sah auf. Ein Auto parkte an einer der Zapfsäulen.

Wer war so behämmert, bei diesem Wetter unterwegs zu sein? Draußen sah sie niemanden, also spähte sie in jeden Gang, als sie zur Kasse zurückkehrte.

Hatte der Wind den Sensor ausgelöst?

Die junge Schottin mit den kurzen Haaren und der kecken spitzen Nase spürte unerwartet eine leichte Anspannung. Nicht Furcht, das wäre zu viel gesagt, aber Unruhe.

»Hallo?«, rief sie in den weiten Raum hinein.

Keine Antwort.

Sie schaute durch die Fensterfront nach draußen. Der beständige Regen an der Scheibe machte es schwierig, Einzelheiten zu erkennen. Sie glaubte, jemanden in dem Auto sitzen zu sehen, allerdings auf der Rückbank. Doch sie konnte sich auch täuschen. Nachdenklich kehrte sie zur Kasse zurück.

»Hey!«

Sophie zuckte erschrocken zusammen. »Himmel!« Vor dem Tresen stand ein junger Bursche, vielleicht zwanzig, mit buschigen Augenbrauen, durchnässter Wollmütze und lächelte sie an.

»Was schleichst du dich so an?«, herrschte Sophie den Unbekannten an und brachte sich gleichzeitig hinter dem abgesperrten Kassenbereich in Sicherheit.

»Hab nich geschlichen.«

»Ich habe gerufen«, ergänzte Sophie.

»Hab nichts gehört.«

»Okay«, gab Sophie klein bei und checkte die Anzeige auf dem Monitor. »Säule zwei, zwanzig Pfund und 45. Karte oder bar?«

»Ich will noch was«, meinte der Fremde.

»Der Markt ist geöffnet.« Der Kerl ging Sophie langsam auf die Nerven.

»Ich will nichts kaufen.« Der Typ mit der Mütze sah zur Tür und nickte. Dann griff er in die Tasche und präsentierte ihr kurze Zeit später ein Klappmesser, das mit einem hässlichen Geräusch aufklappte. »Was haste in der Kasse?«

Sophie hob beide Hände. Natürlich konnte er ihr nichts antun, da weiterhin die Plexiglastrennwand zwischen ihnen war. Dennoch löste die Situation etwas in ihr aus. Sie spürte Aufregung und eine eisige Kälte in sich aufsteigen. »Okay, Kumpel«, sagte sie. »Du weißt, dass du da gerade in eine Kamera starrst?« Sie zeigte über sich.

»Die sind doch alle Fake. Kasse auf!«

Sophie trat einen Schritt zur Seite und deutete auf den Monitor hinter sich im Regal, den sie bislang mit ihrem Körper verdeckt hatte. »Diese Kamera funktioniert. Genau wie die Aufnahme von eurem Auto, deinen beiden Kumpels, die dich bestimmt sehnlichst erwarten, nachdem du mir den Diesel bezahlt hast.«

»Scheiße! Hör auf zu quatschen. Her mit dem Geld!«, kreischte der junge Kerl. Sein Gesicht zeigte Unsicherheit und Wut gleichzeitig.

Sophie hob wieder die Hände. »Okay. Ich muss sie öffnen. Alles klar?« Sie trat an den Tresen, langte, immer unter den wachsamen Augen des Räubers, darunter. Die Klappe der Kasse entriegelte sich. Der Typ atmete auf und hob seinen Kopf, um die Beute zu begutachten.

Sophies rechte Hand fühlte einen Griff, spürte das Gewicht und lächelte. Sie bewegte sich schnell. Viel zu schnell für den nervösen Kleinkriminellen, der nicht wusste, mit wem er es zu tun hatte.

Sie stürzte an der Seite aus dem Kassenbereich heraus und mit erhobenem Shinty-Schläger auf ihn zu.

Er hob seine Hand mit dem Messer.

Der Massivholzschläger traf seinen Unterarm. Er schrie. Die Waffe polterte zu Boden.

Sophie versetzte ihm noch einen leichteren Schlag in den Unterleib.

»Umpf«, kam ein seltsames Geräusch aus seinem Mund. Der Typ klappte zusammen, krümmte sich am Boden wie ein Embryo, presste seine Hände in seine Kronjuwelen und schrie.

Sophie hielt ihm die Schlagfläche des Shinty-Schlägers dicht vor die Augen. »Stillhalten!« Sie tastete die Taschen seiner Jacke ab und fand doch tatsächlich eine Geldbörse, in der sich einige Scheine befanden. Zu viele für einen solch abgerissenen Kerl. Wahrscheinlich war es nicht der erste Überfall an diesem Tag. Sie schnappte sich eine der grünen Fünfzig-Pfund-Noten. Eine alte schottische Banknote. Die neuen roten hasste sie.

»Danke fürs Bezahlen und nun ab mit dir. Der Rest ist Trinkgeld.« Sie tippte ihn mehrfach mit dem Schläger an. »Und jetzt geh. Die Aufnahmen schicke ich heute Nachmittag an die Polizeiwache in Mallaig. Dort arbeitet mein Onkel Paul. Der wird bestimmt interessiert daran sein, wer sich in seinem Bezirk so alles rumtreibt.«

Der Typ rappelte sich auf und schlich immer noch gekrümmt auf die Tür zu. Sophie stellte sich in entspannter Haltung an die offene Tür und winkte den Kumpanen im Auto mit dem Schläger zu.

Sie wartete in Ruhe ab, bis der rote Golf mit den vielen Rostflecken davongefahren war. Das Nummernschild war zu dreckig, um es lesen zu können.

Sie schüttelte den Kopf, ging zurück an die Kasse und tippte die Tankrechnung, ihr Sandwich und den O-Saft ein. Das Wechselgeld von rund 25 Pfund steckte sie in die Kaffeekasse.

Dann schnappte sie sich ihr Smartphone, um ihren Patenonkel Paul Laing anzurufen, aber das Netz war wohl infolge des Sturmes zusammengebrochen.

Sie setzte sich, schaute hinaus in den Wind und den Regen.

Mona fand Charlotte in der Küche. Die Seniorin saß am Küchentisch und trank Tee. »Einen Darjeeling für dich, Darling?«, erkundigte sie sich mit diesem wunderbaren schottischen Akzent, der jeder Lady in alten Hollywoodstreifen gut gestanden hätte.

Charlotte Polson sah man die 80 Jahre nicht an. Sie trug ihre Haare zu einem grauen buschigen Pferdeschwanz gebunden und einen Haarreif mit violetten Blüten darauf. Ihre Augen glänzten hinter der Brille, zeigten immer einen gewissen Anflug von Heiterkeit.

»Das Brot ist auch gleich fertig.« Sie nippte an der Teetasse und verzog ein wenig die Lippen. »Ah. Zu heiß. Wie war die Fahrt, Darling?«

»Endlos, Charlie«, bekannte Mona, setzte sich auf den zweiten Stuhl und seufzte. »Dann auch noch das Wetter. Ich bin geschafft!«

»Wie war Deutschland?«, fragte Charlotte und sagte tatsächlich Deutschland statt Germany. Ein paar Brocken

Deutsch beherrschte sie, aber ihre Konversation lief immer auf Englisch ab.

»Nass. Kalt. Ungemütlich. Hamburg im April kann schön sein. Dieses Mal war es das jedoch nicht. Ich bin froh, wieder hier zu sein.«

»Was ist mit deinen ganzen Terminen rund um die Scheidung?«

»Zum Teil erledigt«, bestätigte Mona.

»Was heißt zum Teil?«

»Nun, die wunderbare Anwältin meines Mannes hat noch ein paar Schlupflöcher gefunden, um das wenige Geld meines ach so armen Ex noch vor mir zu bewahren.«

»Ich dachte, es ginge nur noch um Kleinigkeiten?«, warf Charlotte dazwischen.

»Davon bin ich ausgegangen. Doch dann wurde es ein wenig ärgerlich.«

»Seid ihr euch einig geworden?«

Mona nickte. »Die Papiere werden jetzt dem Gericht übergeben. Der endgültige Termin für die Scheidung ist in drei Monaten. Dann habe ich es endlich hinter mir.«

»Das muss begossen werden«, bestimmte die ältere Frau. »Tee oder der Single des Tages?«

»Tee, Tee!«, beeilte sich Mona zu sagen, bevor Charlotte in den Keller eilte, um dort eine Flasche zu besorgen.

»Gut.« Charlotte goss in eine schnell herbeigezauberte Tasse den schwarzen Tee und schob die Zuckerdose näher an Mona heran

»Sind wir vor dem Sturm sicher? Sallys Aufruf im Radio wirkte dramatisch«, sagte die junge Deutsche, nahm ein wenig Zucker, rührte ihn unter und roch am Rand der Tasse. »Mhm, lecker.«

Charlotte inspizierte die Ofenluke, beugte sich in ihrer unnachahmlichen Art vor und streckte den Po dabei in Richtung des Tisches. Auf ihrem geraden Rücken hätte man bügeln können. Jedem Physiotherapeuten wäre schlecht geworden, wenn er dies hätte mitansehen müssen.

Sie blickte durch die fast blinde Sichtscheibe des Ofens und kam dann elegant wieder in eine aufrechte Haltung. »Braucht noch ein paar Minuten. Der Sturm? Ich weiß nicht. Das Haus hat schon schlimmere Stürme überlebt. Wir sind hier in Sicherheit.«

Mona trank nachdenklich, hörte das Pfeifen des Windes und glaubte, dass es sogar donnerte.

»Wo ist Yvonne?«, fragte sie. Jenseits des Küchenfensters verdunkelte sich die Welt. Das Unwetter verschluckte jegliche Helligkeit.

Charlotte knipste die Küchenlampe an. »Teufel auch. Bald ist es Zeit für den Single des Tages.« Sie stellte sich vor das Fenster und schien ein Loch in die Scheibe zu starren.

»Charlie? Ist Yvonne auf ihrem Zimmer?«

»Denke schon«, murmelte die Seniorin.

»Ich seh mal nach ihr.« Mona leerte die Tasse und erhob sich. Sie holte im Flur ihren Koffer und stieg die schmale Treppe in den ersten Stock hoch, wo die drei Gästezimmer lagen. Alle Türen waren verschlossen, aber nur in einem der Zimmer übernachtete ein Gast. Yvonne T-Punkt, wie sie sich nannte, eine in deutschsprachigen Ländern bekannte Reise-Influencerin, die von Mona in die Wildnis Schottlands gelockt worden war.

Es hatte Wochen gedauert, bis die exaltierte Social-Media-Queen weich geworden war. Erst die Aussicht, hier digital detoxen zu können, hatte den Ausschlag gegeben.

Mit den Worten, meine Follower werden diese neue Entwicklung lieben, kam es zum Abschluss einer Win-win-Situation. Yvonne durfte gratis im Quiet Place übernachten, dafür machte sie kostenlose Werbung für die gesamte Gegend, speziell für das B&B.

Doch schon die Ankunft hatte sich schwierig gestaltet, und irgendwie wurde Mona den Eindruck nicht los, dass der Versuch, auf diese Weise Touristen in diese Gegend zu locken, ein Fehlschlag werden würde.

Müde von der Anreise und den düsteren Gedanken, ließ sie Yvonne erst einmal Yvonne sein und schlich zu dem noch schmaleren Treppenaufgang zur Dachgeschosswohnung hoch. Ihr Reich.

Sie drückte die Tür auf.

Ein Bett, ein Schrank, ein kleiner Tisch direkt vor dem einzigen Fenster, davor stand ein bequemer Stuhl. Hinten an der Seite befand sich ein Ofen, neben dem Torfbarren lagerten und einen heimeligen Duft verströmten.

Mehr brauchte es nicht, um glücklich zu sein und sich sicher zu fühlen. Mona wuchtete den Koffer in die Ecke und lauschte dem Geräusch des tosenden Sturmes gegen die Wände und das Dach des alten Hauses.

Sie wandte sich ab und verließ den Raum. Gegenüber des Flures lag das winzige Bad. Eine Dusche befand sich unter der Schräge, ein Waschbecken und ein WC. Sie trat ein, machte sich frisch.

Kurz darauf nahm sie die Treppe nach unten und klopfte an Yvonnes Zimmertür. »Yvonne? Hallo?«, rief sie auf Deutsch, doch es gab keine Antwort.

Sie wiederholte das Ganze und drückte die Klinke dann herunter. Langsam schob sie die Tür auf. Das Zimmer war verlassen. Auf dem Bett lagen Klamotten unordentlich verteilt herum.

Mona trat ein, lugte ins ebenfalls leere Bad.

Sie rannte nach unten in die Küche. Charlotte hantierte mit Topflappen, um das Brot aus der Form zu lösen. »Langsam, Darling, langsam. Du wirst dich noch verletzen.«

»Yvonne ist nicht auf ihrem Zimmer«, entgegnete Mona. »Wo ist sie?«

Charlotte legte die Backform im Spülbecken ab. »Nicht in ihrem Zimmer? Mhm. Oh, ja. Jetzt fällt es mir wieder ein. Sie wollte eine Tour machen.«

»Eine Tour? Zu Fuß? Bei diesem Wetter?«

»O je. Du hast recht. Das ist nicht gut.«

Mona schnappte sich ihr Smartphone. »Das ist nicht gut, das ist gar nicht gut. Wenn ihr was zustößt, dann sind wir …« Sie wählte Yvonne aus der Kontaktliste aus und schrieb ihr eine Textnachricht. Sie presste den Sendebutton, doch nichts geschah. »Verdammt, das Netz ist weg. Charlie?«

»Ja, Darling.«

»Wir müssen was unternehmen.«

»In der Tat.«

Die Scheibenwischer des Range Rovers kämpften gegen die Wassermassen an, die sich aus den Wolken ergossen.

Doc fuhr extrem langsam, da er nur wenig sah und selbst die Scheinwerfer kein ausreichendes Licht in die unwetterbedingte Dunkelheit brachten.

Adam saß neben ihm auf dem Beifahrersitz und fühlte sich der Fahrweise Docs hilflos ausgeliefert. Am liebsten wäre er gefahren, doch Docs Fahrkünste stammten aus den Zeiten des Zweiten Weltkriegs und waren wahrscheinlich für diese Art des Wetters besser geeignet. Außerdem kannte der ältere Mann seinen Wagen aus dem Effeff.

Auf der Rückbank saßen die beiden amerikanischen Studenten. Am Wanderwegeinstieg, noch am Fuße des Berges, hatten sie die Touristen abgefangen.

Ein Blick auf die drohend dunkle Wolkenfront hatte gereicht. Schon waren sie bereitwillig eingestiegen.

Doch etwas schien die jungen Leute zu beschäftigen. Sie diskutierten heftig in einer sehr melodiösen Sprache, die nur aus Tönen, Vokalen und gehauchten Konsonanten bestand. Adam schaute immer mal wieder zurück. Die junge Frau wirkte ein wenig asiatisch, aber er konnte sich auch täuschen.

»Ist das Chinesisch, das Sie sprechen?«, fragte er in eine Gesprächspause zwischen den beiden.

»Kantonesisch. Ja«, sagte der Junge.

»Verstehe. Stammen Sie nicht aus den Vereinigten Staaten?«

»Doch, doch. Nur Audreys Eltern sind aus Hongkong. Wir haben uns während eines Auslandsjahres kennengelernt.«

»Und Sie sprechen auch Chinesisch? Wow! Das klingt für mich nicht mal wie eine Sprache. Mehr wie ein Gesang.«

Der Student beugte sich vor. »Ich habe es studiert, verstehe sieben verschiedene Dialekte und beherrsche Mandarin und Kantonesisch.«

»Cool.« Adam spürte einen Anflug von Übelkeit. Der Range Rover rumpelte über eine größere Unebenheit und sie wurden alle vier durchgerüttelt. Er sah nach vorne, wo es ein wenig heller wurde. »Wo sind wir, Doc? Ich habe vollkommen die Orientierung verloren.«

»Bis zum Pub ist nicht mehr weit. Wir warten dort das Gröbste ab.«

»Ah, okay.« Adam Kieran wandte sich wieder um. »Wisst ihr schon, wo ihr die Nacht verbringen wollt? Meine Frau und ich betreiben die Lodges, Ferienwohnungen. Wir hätten noch was frei.«

Der Student lächelte bedauernd. »Das sprengt sicher unser Budget. Wir haben es nicht so dicke.«

»Ach, wir werden uns schon einig«, meinte Adam leichthin. Er stützte sich am Armaturenbrett ab, als Doc kräftig bremste. »Was ist?«, fragte er.

»Ich habe, glaube ich, die Abzweigung verpasst.« Docs Antwort klang wie ein Knurren.

Auf der Rückbank zwitscherte die junge Studentin wieder los. Verärgert und eindeutig nicht der Meinung ihres Freundes.

Worüber die beiden sich stritten oder uneins waren, ließ sich schwer sagen. Als sie die zwei aufgelesen hatten, musste zuvor etwas vorgefallen sein, denn sie schienen sich bei irgendetwas ertappt zu fühlen.

Doc fuhr einige Meter rückwärts, schaute dabei angestrengt nach hinten, wodurch der Streit auf den Rücksitzen abrupt endete.

»Ah, da.« Doc stoppte und lenkte den Wagen in einen kaum erkennbaren Weg. »Ich parke direkt vor der Tür, dann werden wir nicht ganz so nass.«

Im Pub hatte Connor den Kamin mit reichlich Torf gefüllt und ihn angezündet. Wohlige Wärme füllte den Gastraum und natürlich hing der intensive Torfgeruch in aller Nasen. Whisky wurde getrunken und die Anwesenden hatten sich zu vier Grüppchen zusammengefunden, während draußen endgültig die Welt unterging. Der Betreiber des Pirates Parrot wischte einen Tisch mit zwei hohen Stühlen neben dem Eingang sauber, an dem zwei französische Touristen saßen. Ein älteres Ehepaar, die kaum ein Wort Englisch sprachen oder verstanden, hatte sich dort niedergelassen. Sie bestellten nichts, hatten sich wohl nur wegen des Sturms in den Pub geflüchtet. Kein Geschäft in Sicht, musste Connor feststellen, lächelte den beiden zu, man wollte ja nicht unhöflich sein, und fragte: »Whisky? Bier? Limonade?«

Heftiges Kopfschütteln seitens der Frau.

»Okay«, sagte Connor und ging zurück hinter die Bar.

Die amerikanischen Studenten hatten sich ihrer Jacken entledigt und sie nahe des Kamins über Stühle drapiert. Sie saßen in einer Ecke, jeder ein volles Glas Cola vor sich, das keiner anrührte, und schwiegen sich an.

Doc saß zusammen mit Adam Kieran am Tresen und tropften den Boden nass. »Fünf verdammte Meter«, murmelte der pensionierte Doktor und schüttelte den Kopf, wobei sich weitere Tropfen von seinen wenigen Haaren lösten. »So ein Unwetter! Kann mich nicht erinnern, wann es je so geschüttet hat.«

Adam Kieran bewegte sich kaum, um nicht das klamme Gefühl der nassen Hose ertragen zu müssen, nippte an seinem Pint Lager und brummte zustimmend.

Paul Laing saß neben dem Gärtner des McManor-Anwesens in der bequemsten Sitzecke, die das Pirates Parrot zu bieten hatte. Der Polizist rieb sich den schmerzenden Knöchel.

Peter Cunningham hielt sich an einem dreifachen Single Malt fest und schwieg.

Paul beobachtete alle weiteren Anwesenden mit dem wachsamen Auge eines aktiven Kriminalexperten. Die Studenten tuschelten nun wütend, die Gesichter dicht aneinander. Was war vorgefallen, nur wenige Stunden nach trauter Zweisamkeit und entspannter Urlaubslaune?

Peter, der Gärtner, wirkte trübsinnig. Er hatte Sorgen und sie klar formuliert. Er nippte an seinem Malt und sprach nach einem heftigen Atemzug weiter: »Wir wissen wirklich nichts über diesen jungen Mann. John. John Lopez. Was für ein Name! Ich frage mich, was den Lord geritten hat, ihn anzuerkennen.«

»Ist er nicht der Enkel vom alten McManor?«, hakte Paul nach.

»Vielleicht? Wie könnte ich es anzweifeln. Eine flüchtige Affäre vom verstorbenen Sir Alan? Möglich. Aber keinerlei Familienähnlichkeit. Und jetzt läuft er überall herum und präsentiert alte Schuldscheine, kündigt Kredite. Und wen rufen die Leute an? Uns?«

»Wer hat euch angerufen?«, wollte Paul wissen.

»Simona. Das Grundstück, auf dem das Clotted Cream Café steht, gehört mit zum Erbe. Lopez hat ihr wohl mit Kündigung gedroht, wenn sie die erhöhte Miete nicht akzeptiert.«

»Simona, mhm.« Paul winkte Connor zu und bestellte sich auch einen Single Malt. »Wer noch?«

»Die Kierans«, antwortete Peter. »Es wurde laut. Die Raten sind seit Monaten überfällig, was wohl nichts Ungewöhnliches ist. Sie haben stets nach Ende der Saison gezahlt, aber der zukünftige Herr von Old-McManor-House hat ihnen nun Druck gemacht.«

Connor Askaig stellte ein gut gefülltes Glas vor Paul ab. »Sprecht ihr von diesem Arsch von Lopez?«

Laing nickte. »Danke. Und ja. Welche Meinung hast du zu ihm?«

»Das ist ein verdammter Zechpreller. So ein mexikanisches Jüngelchen, das wahrscheinlich zu viele amerikanische Gangsterfilme gesehen hat. Kam hier rein, wedelte mit dem Pachtvertrag für das Parrot und benahm sich, als würde der Laden ihm gehören. Hat zwei Bier getrunken und nicht bezahlt. Er hat nur hämisch gelacht, als er gegangen ist.«

»Warum hast du ihn nicht angezeigt?«, fragte Paul. »Ich hätte mich drum gekümmert.«

»Ach!« Connor winkte ab. »Er ist einfach so in die Küche gegangen. Und Maddie ... Nun ...« Der Pubinhaber wirkte einen Augenblick lang unsicher. »Nun, Maddie ist handgreiflich geworden und hat ihn aus der Küche geworfen. Ist schließlich ihr Reich. Selbst ich frage, wenn ich da rein will.«

»Handgreiflich?«

»Ja, Paul. Möglicherweise hat er jetzt ein Veilchen am rechten Auge. Von einer Kelle. Einer Suppenkelle. Okay?«

Der Polizist hob abwehrend die Hände. »Ist Maddisons Angelegenheit. Lopez war auf jeden Fall nicht bei der Mallaig-Station, um sie anzuzeigen. So weit, so gut.«

»Ich denke, er wird das Old-McManor verkaufen, doch vorher setzt er uns alle vor die Tür«, murmelte Peter Cunningham. Er hob sein Glas, um mit dem Polizisten anzustoßen. »Auf feine Pinkel und Emporkömmlinge.«

»Das Wort habe ich schon lange nicht mehr gehört«, bekannte Paul, nahm sein Glas hoch und sie tranken. Ein stechender Schmerz fuhr durch seinen Fußknöchel, aber er beachtete ihn nicht.

»Ah. Nichts, was ein Talisker nicht verbessern könnte«, sagte Paul. »Hat sonst noch jemand im Anwesen angerufen?«

Peter zuckte mit den Schultern. »Das sind die, die ich mitbekommen habe. Aber Tymi meinte, dass es wohl noch mehr Kredite und Hypotheken gibt, die Lopez eintreiben will. Dem geht es nur ums Kassemachen. Danach ist er wieder weg. Er gehört nicht hierher. Er wird niemals ein Highlander werden. Er hat geflucht. Ständig. Die Temperaturen, der Regen, der Wind. Die fehlenden Restaurants, die er soooo vermisst. Ich war froh, wenn ich von dem Schnösel wegkam. Eigentlich hatte ich nur Ruhe vor ihm, wenn ich mich in meine Hütte zurückziehen konnte.«

»Kann ich verstehen«, sagte Paul.

»Was ist denn an dem Wetter auszusetzen?«, erkundigte sich Connor.

In diesem Moment krachte eine weitere Sturmböe an das Pirates Parrot. Der Regen peitschte mit Macht gegen die Fassade, die Fenster waren blind vor Wasser. Die drei Männer starrten sich an und lachten dann laut auf.

Kapitel Drei

– Der Tod fährt mit – Besseres Wetter? – Aufregung im Pirates Parrot – Man hilft sich in den Highlands – Eine Suche an der Küste – Ein unerwartetes Ende – Fund an der frischen Luft –

Charlotte Polson lenkte das geländegängige und übermotorisierte Quad halsbrecherisch durch Pfützen, Schlaglöcher und engste Haarnadelkurven, ohne auf den seltenen Gegenverkehr zu achten.

Sie trug nur eine Windschutzbrille und eine hellbraune Lederkappe, wie sie von Piloten im Ersten Weltkrieg getragen worden war. Sie saß leicht vornübergebeugt, um mehr Gewicht auf die Vorderachse zu bringen und schlitterte durch eine schlammüberflutete Rechtskurve. Eleganter Drift, hätte es ein Sportreporter genannt. Mona klammerte sich fest, hielt die Augen krampfhaft geschlossen und bemühte sich, das Atmen nicht zu vergessen. Vor ihr, auf der Straße, der nächsten Kurve, dem nächsten Abhang, breitete sich das endlose Nichts aus und in ihr tobte magenkrampferzeugende Furcht. Sie wusste, dass sie den Ritt mit Charlotte wahrscheinlich überleben würde, doch ihr gesamtes Nervensystem schrie: LEBENSGEFAHR!

Mona spürte Schwindel und aufkommende Übelkeit.

Der Regen war zu einem kümmerlichen Abklatsch seiner selbst geworden.

So brausten sie auf dem Quad über unbefestigte Wege, die für dieses Tempo nicht gedacht waren, da der Sturm zwei kleinere Straßen unpassierbar gemacht hatte.

Charlotte Polson jauchzte geradezu und beschleunigte enthusiastisch. Ihr Gesicht ähnelte dem eines Motocrossweltmeisters nach einem Schlammrennen. Sie liebte das Quad. »Sind gleich da!«, schrie sie, doch der Fahrtwind ließ nur wenige Buchstaben für Mona übrig. Sie hörte sowieso nicht zu, sondern betete zu einem gnädigen Gott.

Im Pirates Parrot erstickte Paul Laing die allgemeine Aufbruchstimmung. »Bitte, bitte!«, rief er laut in den Saal. »Das war noch nicht das Ende des Sturmes. Es ist immer noch gefährlich dort draußen, also bitte setzen Sie sich wieder.«

Die französischen Touristen verstanden ihn nicht, schulterten ihre taschenähnlichen Rucksäcke und die Nordic-Walking-Sticks.

Connor trat auf sie zu und gestikulierte wild. »No, No! Gefährlich, gefährlich. Oh, verdammt, wie heißt das auf Französisch? Bitte hierbleiben«, flehte er und hoffte, dass sein Gesichtsausdruck Bände sprach.

Die Tür wurde aufgestoßen. Herein stürmte ein Teufel in Menschengestalt, verdreckt und Ehrfurcht gebietend. Laing erkannte sie natürlich sofort, aber die Touristen starrten die Gestalt der Highlands, die den Pub enterte, erschrocken an.

»Paul!«, rief der devil in disguise. »Wir müssen eine Suche starten!«

»Charlie? Hier in der Ecke«, meldete sich der Polizist.

Mrs Polson fasste sich an die Brille, die mit einem Gummiband befestigt war und zog sie vom Gesicht weg. Darunter kam der einzige Teil ihres Gesichtes zutage, der sauber geblieben war. Sie sah sich um und riss sich dabei die Lederkappe vom Kopf.

Nun stolperte auch die Mitbewohnerin Charlottes, sichtlich wackelig auf den Beinen, in den Pub.

Paul winkte Charlotte zu. »Hier, Charlie, hier.«

Die Betreiberin des B&Bs kam auf ihn zu, eine deutliche Fährte von Wasser und Dreck auf dem Boden hinterlassend. »Wir haben einen Gast verloren«, brüllte sie ihm entgegen. »Wir müssen eine Suche organisieren.«

Paul seufzte. »Nur mit der Ruhe. Wer ist verschwunden, wann ist er verschwunden und wohin ist er wahrscheinlich verschwunden?«

Mona kam auf sie zu. Sie wirkte blass, verschreckt und in Sorge. »Eine Deutsche. Sie hat seit drei Tagen im Quiet Place geschlafen und ist wohl noch vor dem Unwetter zu einer Wanderung aufgebrochen.«

»Eher ein Spaziergang, so exaltiert wie die junge Dame war«, mischte sich Charlotte ein.

»Irgendeine Ahnung, wohin sie unterwegs war, Mona?«, hakte Paul nach.

»Nein, leider nicht.«

»Hoch mit deinem Hintern, Paul«, befahl Charlotte. »Lass uns einen Plan machen. Jetzt. Sonst suchen wir eine Tote!«

»Da draußen tobt ein Frühlingssturm, wie wir ihn selten erlebt haben«, widersprach der Polizist.

»Du und dein verdammter Phlegmatismus! Ein Mensch ist in Not und ich weiß, dass draußen ein Sturm tobt, ich bin ja durchgefahren. Aber im Augenblick gibt es ein Zeitfenster, in dem wir unterwegs sein könnten, bis es wieder schlimmer wird.«

»Wir machen das, Charlie. Aber bitte, nicht jetzt. Ich bringe niemanden in Gefahr, wenn es nicht unbedingt sein muss. Setz dich zu mir. Wir warten den Sturm ab, dann machen wir uns auf, okay?«

»Was ist mit deinem Bein?«, fragte die B&B-Betreiberin unvermittelt und deutete auf das hochgelegte Bein.

»Umgeknickt. Beim Wandern. Hab nicht aufgepasst.«

»Mhm. Dennoch! Was, wenn Yvonne dort draußen liegt, irgendwo in einer Spalte eingeklemmt ist? Das Wasser prasselt auf sie herab, sie kann vor Schmerzen kaum atmen und friert, bis die Ohnmacht kommt! Willst du das wirklich riskieren?«

»Ach komm, Charlie. Nicht ganz so dramatisch.«

»Er hat recht, Charlie«, flüsterte die Mona und kam ihm damit zu Hilfe. Sie packte Charlotte bei den Schultern und drängte sie in Richtung des Stuhles.

»Wenn es schiefgeht ...«, murmelte Charlotte an Paul gerichtet.

»Sie wird nass sein und sie wird frieren. Aber wann ist in den letzten Jahren wirklich ein Tourist in Gefahr geraten?«, fragte der Polizist. »Ein verstauchter Knöchel eines 150 Kilo-Mannes ist das Schlimmste, an das ich mich erinnere.«

»O ja«, mischte sich Peter Cunningham ein. »Der Hubschrauber musste aus Inverness kommen, weil er zu schwer war, um ihn auf einer Trage ins Tal zu kriegen. War das nicht der mit der spindeldürren Frau? Ein Strich in der Landschaft? Wir haben uns alle gefragt, wie …«

»Peter, bitte«, flehte Charlotte. »Was trinkst du da?«, fragte sie den Polizisten.

»Talisker.«

»Connor!«, rief Charlotte. »Mir auch einen kleinen Tröster!«

Mona stand daneben und schüttelte den Kopf. Peter Cunninghams Lachen schallte durch den Raum.

Mona spürte die Müdigkeit heranrauschen. Die Luft im Pub war stickig, dazu der leichte Nebel von Torf und natürlich die kräftigen Ausdünstungen der verschiedenen Whiskys. Single Malt, bevorzugt von Skye und Islay, der im Mund gelegentlich brannte, aber ein enorm warmes Gefühl im Magen ergab. Es wurde viel getrunken in den Highlands, keine Polizei kontrollierte hier, und die ihr bekannten Einheimischen vertrugen eine Menge.

Mona schaute hinaus, wo der Sturm mit erneuter Heftigkeit wütete. Das Prasseln des Regens gegen Hauswand und Fenster bewies nun, dass Paul richtig entschieden hatte.

Sie sah sich im Raum um und registrierte die Unbekümmertheit, mit der die Menschen miteinander umgingen. In den letzten Jahren war sie Teil der Gemeinschaft geworden, bezeichnete die meisten als Bekannte, wenn nicht sogar als Freunde.

Charlie saß, nun entspannter wirkend, auf einem Stuhl, das Nosing-Glas in der Hand, das sich wie von Zauberhand bereits zum zweiten Mal gefüllt hatte. Es gab nichts, weder Zorn noch Kummer, das ein Single Malt nicht zu lindern vermochte, war der Wahlspruch der Seniorin.

Mona musste an die vielen Textnachrichten und Video Calls denken, die sie mit der einflussreichen Social Media Queen geführt hatte.

Das B&B lief mehr schlecht als recht und sie wunderte sich immer mal wieder, dass Charlie von den wenigen Einnahmen leben konnte. Soweit Mona wusste, erhielt die unverheiratete Charlotte keine Rente und verzichtete aus Nationalstolz auf die Almosen der Londoner Zentralregierung.

Aber sie kam über die Runden. Irgendwie und natürlich mit der Unterstützung der Einheimischen, denn in den Highlands half man einander. So würde es auch sein, sobald es galt, zur Suche nach Yvonne aufzubrechen.

Anders als in Deutschland, kam es Mona in den Sinn. Dort, wo sich viele ihrer sogenannten besten Freundinnen auf die Seite ihres Mannes geschlagen hatten. Schottland bildete den Neuanfang und es fühlte sich so viel besser an, als in einer lieblosen Ehe gefangen zu sein. Die einsamen Abende, das Ausbleiben jeglichen Miteinanders …

»Darling?«, weckte sie eine Stimme und eine Hand auf ihrer Schulter. Mona brauchte einen Moment, bis sie sich wieder orientiert hatte. »Ich muss eingeschlafen sein, Charlie«, sagte sie.

»Ja, das ist wohl wahr. Aber du hast ja auch eine lange Anreise hinter dir. Komm, Mona«, bat Charlotte sie. »Paul hat eine Gebietskarte. Wir teilen die Gegend in Suchraster ein und teilen uns auf. Dann finden wir sie schneller.«

»Was ist mit dem Sturm?«

»Klingt ab. Sally von Sender Four-o-four hat gemeldet, dass die letzten Ausläufer so in einer Stunde über uns hinweg sind. Der nationale Wetterdienst hat den Sturm herunterkategorisiert. Es dürfte also bald sicher genug sein.«

»Gut.« Mona reckte sich und schüttelte die Erschöpfung aus der Muskulatur.

Sie sah sich um. Außer den französischen Touris tummelten sich alle um Paul Laing, der auf einem der Tische eine Karte ausgebreitet hatte.

Mona rappelte sich auf, obwohl die Müdigkeit in ihrem Körper noch schier übermächtig schien und gesellte sich dazu.

Sie linste über die Schulter von Adam und erkannte eine Landkarte der näheren Umgebung. Paul hatte mit einem Stift mehrere Areale markiert und Namen zugeordnet.

»Hier, Peter! Du könntest diesen Abschnitt übernehmen.«

»Geht klar, Paul«, bestätigte der Gärtner.

»Ich gehe den Küstentrail entlang, Darling«, fegte Charlottes Stimme dazwischen. Sie deutete auf einen bestimmten Strandabschnitt.

»Nein, Charlie. Das ist keine gute Idee«, widersprach Paul nach einer kurzen Pause. »Der Sturm hat den Trail sicherlich schlechter passierbar als ohnehin schon gemacht. Die Felsen sind glitschig. Ich frage Sophie. Die ist jung und kennt sich aus.«

Mona spürte den aufkommenden Konflikt. Sie hatte die merkliche Pause registriert, bevor Paul gesprochen hatte.

Der Polizist ahnte wohl die Reaktion Charlies, wenn er auch in ehrlicher Sorge entschieden hatte.

»Du findest, ich bin zu alt dafür?«, hakte Charlotte nach und der Tonfall klang gefährlich.

»Charlie«, versuchte der Polizist es beschwichtigend.

»Spar dir das. Ich nehme den Trail. Ich kenne ihn wie meine Westentasche und bin ihn schon gelaufen, als du noch nicht geboren warst.«

Mona musste schmunzeln. In den Gesichtern der Umstehenden las man Anspannung und Irritation ob des Wortwechsels. Charlotte verfügte über einen Dickkopf, wie Mona ihn selten zuvor bei einem Menschen wahrgenommen hatte, wenn ihr eine Sache wirklich wichtig war. Und in diesem Fall wirkte sie in der Tat unnachgiebig.

Paul hob zum Widerspruch an, ließ es allerdings dann doch bleiben. »Gut. Dann den Küstentrail.«

»Mona«, wandte er sich an die Deutsche. »Kannst du hier den Wanderpfad Sieben absuchen?« Er deutete auf die Karte.

Mona drängelte sich ein wenig vor, warf einen Blick auf die Karte und nickte. »Klar.«

Kurz darauf waren alle Abschnitte aufgeteilt. Paul zückte ein Smartphone und aktivierte das Display. Er schüttelte den Kopf und sagte: »Immer noch kein Netz. Okay. Das hier ist mein Dienstsmartphone. Jeder bekommt meine Nummer und jeder gibt mir seine. Es kann ja nicht mehr so lange dauern, bis wir wieder Empfang haben. Sobald jemand die Vermisste findet, ergeht Nachricht an mich. Falls jemand seinen Abschnitt abgegrast hat und für Neues bereitsteht, wiederum Nachricht an mich. Ich bleibe hier und bilde so etwas wie eine Kommandozentrale. Sobald ich

Netz habe, werde ich auch die Police-Station Mallaig informieren. Dann ergänzen wir die Suchmannschaften mit meinen Kollegen, falls wir Yvonne bis dahin noch nicht gefunden haben. Alles klar?«

Allgemeines Gemurmel antwortete.

Der Pub leerte sich recht schnell. Mona sah Charlotte hinterher, die durch die Schwingtür rauschte, als wäre sie ein Man-on-a-Mission.

Connor hatte sich in eine Jacke gezwängt und kam aus der Küche. »Ich nehm dich mit, Mona«, sagte er und sah zu Paul, der anscheinend nachdenklich über der Karte hing. »Wenn du was brauchst, Paul, dann wende dich an Maddison. Sie bleibt hier. Einer muss auf den Laden aufpassen.« Er schnappte sich Monas Jacke und reichte sie ihr, als er sie mitzog. Den beiden irgendwie verängstigt wirkenden französischen Touristen nickte er zu, bevor er zusammen mit Mona ins Freie trat.

Die Sonne schickte scharf konturierte Strahlen durch die wenigen Wolkenlücken.

Regen lag in der Luft, der Wind wehte immer noch spürbar und die Luft roch frisch und salzig.

Mona liebte die Düfte der Highlands, die ganz anders waren als im verregneten Hamburg, wo es nach Abgasen, Menschen und Abfall stank.

Außerdem war sie guter Dinge, dass irgendjemand Yvonne schon aufspüren würde.

Charlotte Polson, eine echte Maid der Highlands, hier geboren und hier würde sie auch sterben, parkte das Quad auf dem einsamen Parkplatz dicht oberhalb der Böschung, unter der es steil bergab ging. Mehr als 60 Fuß tiefer lag ein

Strand, breit genug für ein verliebtes Pärchen, der von der Flut regelmäßig überspült wurde. Dort hatten ihre Lippen einst die erste Berührung durch einen jungen Mann erfahren. Charlotte liebte den Ort, die Erinnerungen an die Jugend und die Emotionen.

Eine natürlich entstandene Felstreppe, die aus wenigen Absätzen bestand, führte hinab. Unter den Einheimischen wurde der inoffizielle Trampelpfad als Küstentrail bezeichnet. Entlang der von Felsformationen und Wiesen unterbrochenen Miniaturstrände bot sich dem einsamen Wanderer eine Strecke von beinahe sieben Meilen. An vier, je nach Wetterlage auch fünf Stellen konnte man ihn abkürzen, um ins Landesinnere zu kommen. Allerdings schlossen sich dann lange Fußwege bis zur Straße an.

Charlotte checkte kurz die Anzeige auf ihrem Smartphone. Weiterhin kein Netz. Langsam näherte sie sich der Lücke in den Büschen. Sie hörte trotz des starken Windes, der ihr Haar zerzauste, das Schlagen der Wellen gegen den Fels.

Vorsichtig bahnte sie sich ihren Weg durch das Gestrüpp, erreichte die blanken, scharfkantigen und zerklüfteten Felsen.

Charlotte blieb umsichtig und stieg behutsam Absatz für Absatz hinab. Stets behielt sie die Hände an der Felsformation und achtete auf jeden neuen Tritt, bis sie sicheren Halt spürte.

Am Ende kam sie heil unten an und atmete tief durch. »Jetzt red dir nichts ein«, sprach sie zu sich selbst. »Sind nur zwei Stunden, dann bist du durch, Charlotte Grimelda Polson.«

Sie sank im regendurchweichten Sand ein, stiefelte jedoch unverdrossen los. Wenn das Internetpüppchen aus Deutschland diesen Weg eingeschlagen hatte, konnte sie nicht allzu weit gekommen sein.

Sanfte Wellen umspielten Charlottes Stiefel, als sie sich am Felsen vorbei zum nächsten Strandabschnitt drängte. Trotz der Ebbe schwappte das Wasser bis in die Minibuchten. Die Auswirkungen des Unwetters waren noch spürbar.

Charlotte ließ sich nicht beeindrucken, spähte hinter jede Kurve, suchte Sandbänke und die weitere Umgebung nach Spuren ab. Etwa eine halbe Stunde nach dem Einstieg in den Trail stieß sie auf eine Lesebrille im Sand. Ein Glas war herausgebrochen, das Horngestell verblasst.

Sie steckte sie in die Jackentasche, auch wenn sie nichts mit der Influencerin zu tun hatte. Aktiven Umweltschutz nannte Mona so etwas. Müll aufsammeln.

Sie konnte sich noch gut daran erinnern, wie ihr Vater und ihr Onkel Evan zu vor der Küste havarierten Schiffen getaucht waren und sie auf Schätze untersucht hatten. Andere Zeiten, andere Sitten.

Im Pub hockte Paul Laing auf einer der bequemen Bänke, das lädierte Bein auf einen Stuhl hochgelegt. Von Zeit zu Zeit rieb er es und massierte die Muskeln, auch wenn er wusste, dass es nur kurzzeitig Linderung bedeutete. Der Whisky in seinem Bauch wärmte ihn, aber er verursachte genauso eine gewisse Trägheit in seinem Denken.

Immer wieder checkte er die Netzverfügbarkeit des Dienstsmartphones. Keine Änderung. Da die Geräte nicht dem neuesten Standard entsprachen, die Zentralregierung in den weitab von London gelegenen Gebieten an allem sparte, hatte Paul sein privates Handy danebengelegt. Doch selbst da tat sich nichts.

Die Touris waren gegangen, aus der Küche klangen metallene Geräusche und das gelegentliche Zischen eines Dampfgeräts. Maddisson schien in ihrem Element.

Lärm von draußen drang an das Ohr des Polizisten. Er sah auf.

Die Tür wurde aufgestoßen.

Ein Schrank von einem Kerl kam herein, in seinem Schlepptau eine junge Frau in ehemals pastellfarbenen Kleidungsstücken. Sie zeterte ohne Unterlass, die Stimme klang schrill und überschlagend.

Paul verstand nichts. Möglicherweise brüllte sie das Wort Monster immer dazwischen.

Deutsch war keine schöne Sprache, fand der Polizist und überlegte, wann er Wulf zum letzten Mal gesehen hatte. Der Einsiedler lebte irgendwo in den Bergen, keiner wusste genau wo. Bislang hatte man ihn noch nie beim Wildern erwischt, aber die schottische Polizei zeigte nur wenig Interesse, in dem unwegsamen Gelände zu ermitteln.

Wulf trug braungrüne Kleidung mit dickem Fellbesatz, seine Füße steckten in geschnürten Armeestiefeln. Die ergrauten Haare waren schulterlang und normalerweise eher gepflegt, wie auch immer er das bewerkstelligte. Heute hingen sie jedoch tropfnass in Strähnen herunter. Der beinahe sieben Fuß hohe Wulf wirkte gestresst, ließ den Arm der jungen Frau los und stürzte auf Paul zu. »Bitte«, flehte er, deutete auf die immer noch auf Deutsch kreischende Frau und hob die Schultern. »Da war ein Sturm.«

»Schon gut.« Paul winkte der kreischenden Furie zu. »Hey! Sind Sie die Frau, die im Quiet Place logiert?«

»Was?«

»Diese Yvonne T-Punkt«, versuchte Paul es erneut.

»Wer sind Sie?«, herrschte sie ihn an.

»Officer Laing, Mam«, sagte Paul.

»Mam? Mam? Maam?«, brüllte die Frau.

»Jetzt beruhigen Sie sich doch mal. Sind Sie Yvonne T-Punkt?«

»Klar, Sie … Hinterwäldler!«

Das letzte Wort musste wieder Deutsch gewesen sein. Der Tonfall klang allerdings eindeutig beleidigend. Paul seufzte. »Dort draußen sind rund ein Dutzend Menschen unterwegs, um Sie zu suchen. Was haben Sie sich dabei gedacht, bei diesem Unwetter wandern zu gehen? Es ist gefährlich dort draußen.«

»Dieser Frankenstein hat mir aufgelauert!«, kreischte die Influencerin. »Er hat mich entführt! Verhaften Sie ihn!«

Wulf war hinter die Theke getreten und schenkte sich großzügig einen Whisky ein. Er schüttelte nur den Kopf und Wassertropfen lösten sich aus den Haaren.

»Mäßigen Sie sich«, ermahnte Paul die zeternde Furie.

»Er hat mich in seine Höhle verschleppt! Dort hielt er mich gefangen. In einer Höhle! Hören sie? Ich will nur noch hier weg!«

»Das war mein Haus«, sagte Wulf. »Der Sturm.«

»Schon gut.« Paul hob die Hand in Richtung des Einsiedlers, dann blickte er hoffend auf die beiden Smartphones. »Scheiße, immer noch kein Netz.«

Charlotte kämpfte gegen den Wind an, der unerwartet an Stärke zugenommen hatte. Ständig wehte er ihr die Haare vor die Augen und sie strich sie unentwegt zur Seite. Dennoch lächelte sie.

Es war wie ein Flashback zu ihren Teenagerjahren. Wie sie wiederholt geflohen und diesem Trail gefolgt war. Wie frei sie sich damals gefühlt hatte, sobald sie der Enge des Hauses und der Strenge der Eltern entkommen war.

Der Anblick von Seehunden in der Bucht, die ihre Köpfe aus dem Wasser reckten und neugierig in alle Richtungen spähten, rissen sie aus ihren Erinnerungen.

Charlotte musste sich zwingen, nicht zu winken. Als Kind hatte sie es immer getan. Zu glaubhaft klangen die Erzählungen und Sagen von Menschen in Seehundgestalt, Geistern und Erscheinungen in den Ohren der jungen Charlie. Jeder Seal ein möglicher Verwandter. Eine Selkie, die vielleicht ihre Schwester sein konnte.

Was für schöne Zeiten!

Charlotte stieg einen brusthohen Brocken hinauf, um auf den folgenden Strandabschnitt zu gelangen. Der Fels fühlte sich sehr glitschig an, roch nach Tang und Salz.

Auf der anderen Seite kletterte sie rückwärts wieder hinab, bis ihre Füße im weichen Untergrund einsanken. Charlotte drehte sich um, rechts von ihr befand sich eine relativ steile, zerklüftete Felswand, die nur schwer erklimmbar schien, links das Meer und vor ihr der Sand und der Körper eines Mannes. Leblos, wie eingefroren. Der sanfte Wellenschlag berührte beinahe seine Beine.

Nichts hätte sie darauf vorbereiten können und doch wirkte das Bild auf sie irgendwie friedvoll.

Yvonne konnte es nicht sein. Charlotte schämte sich kurz für die Erleichterung, die dem Schreck und der Erstarrung gefolgt war.

»Hallo?«, rief sie, doch der Wind zerrte das Wort mit sich.

Langsam trat sie näher, blieb dann jedoch instinktiv zwei Meter entfernt stehen. »Hallo! Kann ich Ihnen helfen? Geht es Ihnen gut?« Mit stetig steigender Lautstärke versuchte sie, eine Reaktion des Mannes hervorzurufen. Im Innern wusste sie um die Vergeblichkeit.

»Eine Leiche«, flüsterte sie, wie zur eigenen Bestätigung. Charlotte zückte ihr Smartphone, aktivierte die Kamera und begann mit einer Reihe von Fotos. Sie umrundete den Toten umsichtig. Eine Welle umspülte ihre Füße. Bis zu den Knöcheln stand das Wasser. Endlich sah sie das Gesicht des Mannes. Seine Lider waren geschlossen. Sie inspizierte auch einige Blutergüsse unter dem Auge und an der Stirn. Da schien keine offene Wunde zu sein, kein Blut auf dem Sand. Ein Herzinfarkt? Vom Felsen gestürzt?

Die Fotos enthüllten jede Einzelheit. Ein tolles Smartphone, dachte Charlotte. Nur dass die Netzverbindung weiterhin keinen Balken anzeigte.

»Wozu hat man ein Handy, wenn man nicht damit telefonieren kann?«, herrschte Charlotte das Technikteil an und registrierte, dass sie sich in einem milden Schockzustand befand. Sie konnte nur vermindert klar denken, und der Anblick einer Leiche, hier auf dem Küstentrail, erschreckte sie nicht so, wie sie es erwartet hätte.

Ein Schatten in den Augenwinkeln weckte sie aus der Trance. Sie sah hoch und glaubte, oberhalb der Felsen eine Gestalt zu erkennen. »Hallo?«, brüllte sie. »Ist da wer?« Sie überlegte. Es konnte jemand sein, der diesen Mann hier hinuntergeschubst hatte.

»Ein Mörder«, hauchte sie. Sie löste die Serienfotofunktion aus, hoffte den Kerl, der sich oben herumtrieb, digital zu bannen. War es überhaupt ein Mann?

Im nächsten Moment presste sie sich ängstlich mit dem Rücken gegen die Felswand. Sie atmete schwer, hörte dann allerdings unerwartet eine mahnende Stimme in ihrem Kopf. Charles, seines Zeichens ein ehemaliger – nein, sie durfte gar nicht daran denken, was der sechste Mann in ihrem Leben beruflich getan hatte. Aber seine selbstbewusste Ausstrahlung und sonore Stimmlage rettete sie vor einer aufkommenden Panik. »Ruhig, Charlie. Er ist da oben und du hier unten. Er kommt nicht an dich ran. Schau dich um, präg dir alles genau ein. Nichts ist aufnahmefähiger als das menschliche Gehirn. Keine Kamera, keine Aufzeichnung kann da mithalten.«

Charlotte atmete tief ein, dann betrachtete sie den vor ihr liegenden Körper. Man sah deutlich die Kuhle, in der er lag. Um ihn herum gab es keine Fußabdrücke, außer denen, die sie selbst verursacht hatte. Ganz offensichtlich war er von der Klippe heruntergestürzt oder gestoßen worden.

Sie starrte Löcher in das Display des Smartphones, flehte lautlos um ein funktionsfähiges Netz, um Hilfe holen zu können.

Doch vergeblich.

Es erschien ihr vollkommen sinnlos, hier im Schutz der leicht überhängenden Felsen auszuharren. Kräftige Böen kamen erneut aus Richtung des offenen Meeres. Im dunklen Wasser, das vom auffrischenden Wind aufgepeitscht wurde, erblickte sie immer wieder seltsame Umrisse. In

Charlottes Gehirn nahm sie die Gestalt als Taucher wahr. Aber wahrscheinlich bildete sie sich das nur ein und es war nur ein Seehund, der nach Beute tauchte.

Sie traf eine Entscheidung. Zurück zum Quad und Paul die Fotos zeigen.

Kapitel Vier

– Eine Suche nimmt ein gutes Ende – Begegnung auf regennasser Straße – Aufregung im Pub und ein Anruf bei der Polizei – Tatsachen werden bezweifelt – Eine Leiche ist verschwunden – Ein Gast der Seaside Lodges trifft ein –
Der Single des Tages als lieblicher Sundowner –

Der mit Nummer Sieben gekennzeichnete Wanderweg führte entlang eines der namenlosen, kleinen Bächleins, das nach dem Regen allerdings zu einem meterbreiten Bach angeschwollen war. Neben dem Fußpfad lagerten in größeren Abständen Findlinge, mächtige Steine, auf denen man bequem picknicken und die Aussicht genießen konnte.

Mona nutzte einen der Steine und sah hinab in Richtung des Meeres. Sie erkannte in der Ferne das B&B und die Lodges.

Der Wind, der ihr entgegenblies, fühlte sich erstaunlich mild an, dennoch fror sie innerlich.

Sonnenstrahlen quetschten sich durch die rasch dahinziehende Wolkenwand. Auf dem graubraunen Band des Meeres lieferten sich Schaumkronen ein Wettrennen um die schönste Formation.

Mona sog den Duft des Ozeans ein, sprang von dem Felsen und verschränkte die Arme um ihren Körper, um sich Wärme einbilden zu können. Sie ging weiter, immer sanft bergauf und sah dabei in alle Richtungen, ob irgendwo ein Zeichen Yvonnes zu sehen war.

Der Vibrationsalarm des Smartphones in ihrer Jackentasche brummte vernehmlich.

Sie holte das Phone heraus und sah, dass die Netzverbindung wieder zurück war. Möglicherweise ein wenig schwächer als sonst, aber es genügte, damit Textnachrichten durchkamen.

Eine von dreien hatte Paul geschickt.

SUCHE BEENDET. YVONNE IST GEFUNDEN. KOMMT ZURÜCK.

Erleichtert atmete Mona durch. Hoffentlich ging es der Influencerin gut.

Das Handy fiel ihr fast aus der Hand, als es unvermittelt klingelte.

Sie nahm den Anruf an. »Connor?«, fragte sie leise.

»Ja. Nachricht gelesen?«

»Ja, habe ich. Bin echt erleichtert.«

»Ich hole dich unten am Parkplatz wieder ab und nehme dich mit zum Pub. In Ordnung?«

»Das wird aber eine Weile dauern. Ich bin ziemlich geschafft«, gab Mona zu.

»Ein Grund mehr, dich mitzunehmen. Ich warte. Habs nicht eilig.«

»Danke. Ich komme.«

Mona steckte das Smartphone weg und machte sich mit wackeligen Beinen an den Abstieg.

Charlotte beugte sich tief über den Lenker des Quads, um mehr Gewicht auf die Vorderräder zu bekommen. Sie ärgerte sich über das Fortschreiten des Lebens und ihren Körper, der sich verändert hatte.

Ihr … war so fett geworden und die Balance, die sie einst auf Motorrad und Quad so ausgezeichnet hatte, war dahin. Aber in ihrem Alter noch mit Sport anfangen oder gar einer Diät …? Undenkbar.

Also musste sie es tempomäßig langsamer angehen. Nicht in jede Kurve driften und seltener Risiken eingehen.

Sie erinnerte sich an Monas Forderungen, die genau dies beinhalteten.

Das Lederband der Pilotenbrille verrutschte leicht, als das Quad durch ein tieferes Loch bretterte. Es stauchte sämtliche Muskeln ihres Körpers und sie ächzte.

Weiterhin lag Feuchtigkeit in der Luft, die ihr stetig die Sicht nahm. Die Gläser der Brille waren mit Tropfen bedeckt, die der Fahrtwind zu Schlieren formte.

Charlotte verzichtete darauf, sie abzuwischen, konzentrierte sich auf die Strecke vor ihr und lenkte in die nächste Kurve. Sie kannte die Wege wie ihre Westentasche.

Rechts der Straße würden bald die Baumreihen auftauchen, in deren Mitte sich ein Cattlecrossing befand, zwei Gatter zu beiden Seiten, über die Edgar, einer der wenigen Landwirte in der Umgebung, seine Rinder trieb. Ein verdrecktes Stück, schon rutschig bei Trockenheit, jetzt ein absoluter Albtraum für Biker.

Doch Charlotte fuhr ja auf vier Rädern, genoss das Licht- und Schattenspiel der an eine Allee erinnernden Baumstämme.

Sie lehnte sich in die Rechtskurve und die Luft blieb ihr weg, als ihr ein rotes massives Etwas auf Kollisionskurs entgegenkam.

Sie wich instinktiv aus, wartete auf den unvermeidlichen Knall und fühlte sich plötzlich schwerelos.

Sie betrachtete ihre Hände, während die Welt an ihr vorüberglitt. Warum habe ich den Lenker losgelassen, fragte sie sich.

Verdammt!

Ich habe einen Unfall.

Dann prallte sie auf.

Im Pub herrschte eine seltsame Stimmung.

Paul blieb bemüht, die deutsche Influencerin zu beruhigen. Yvonne T-Punkt wechselte die Launen, wie ein Schmetterling die Flugrichtung.

Zuerst war sie nur wütend über die Behandlung durch Wulf, später entnervt, weil es immer noch kein Netz gab, bis hin zu affektiert wählerisch, als es darum ging, welchen Alkohol man ihr kredenzen dürfe.

Nun jammerte sie wie ein Kleinkind, dass ihr die Füße wehtäten und sie nach Hause wolle.

»Kann nicht mehr allzu lange dauern, Miss T-Punkt«, versuchte es Paul erneut. »Sehen Sie, es fehlen doch nur noch Charlie, Mona und Connor. Alle anderen sind schon da. Und dann geht es flugs zurück ins B&B. Eine Dusche, ein gutes Abendessen und ein warmes Bett. Na?«

Tränen liefen über die Wangen der Touristin.

Paul sparte sich ein Seufzen, denn wahrscheinlich stand sie unter Schock. »Ich rufe sie noch mal an«, sagte er und schnappte sich sein Smartphone.

Diese Bewegung löste etwas in Yvonne aus. Als würde ihr gerade bewusst, dass, wenn Pauls Handy funktionierte, sie ja auch …

»Netz!«, schrie sie begeistert. »Ich bin wieder da!« Sie sprang auf, wischte und tippte auf dem Display herum, als wäre sie schon so geboren worden. Gleichzeitig bewegte sie sich auf die Tür zu.

Paul schüttelte den Kopf und freute sich, dass zumindest Sophie nicht zu dieser Generation von Smartphonejunkies gehörte. Sie vergaß das Gerät ziemlich oft und nutzte es seltener als ihr »alter« Onkel Paul.

Der Polizist wählte erneut Charlies Nummer, doch weiterhin erreichte er nur die Mailbox.

Auch Mona und Connor meldeten sich nicht.

Paul wurde unruhig. Ob irgendwas vorgefallen war?

Er sah auf, als die Klapptür laute Geräusche von sich gab. Herein stürmte jedoch Yvonne, die, hemmungslos exaltiert plappernd und, offenbar livestreamend, zurück in den Pub kam.

Paul stemmte sich mühsam hoch, denn sein Bein schmerzte immer noch.

Connor Askaig liebte das fellummantelte Lenkrad seines aus Frankreich stammenden Toyotas. Die Karre war alt, allerdings bezahlt, und er war in der Lage, so einige Reparaturen selbst durchzuführen, was man bei einem modernen Auto nicht tun könnte. Außerdem verliehen das Lenkrad auf der falschen Seite, die zahlreichen Kratzer und Dellen an der Karosserie dem Wagen eine gewisse Persönlichkeit. Es machte auch wenig, wenn neue Beschädigungen dazukamen, was hier in den Nebenstraßen eher die Regel als die Ausnahme darstellte.

Monas Kopf wackelte unkontrolliert an der Kopfstütze hin und her. Sie war sofort eingeschlafen, als er sie eingesammelt hatte.

Die Arme war vollkommen übermüdet.

Connor ließ sie schlafen, fuhr extra langsam, damit sie ein paar Minuten Ruhe bekam. Vorsichtig steuerte er den Toyota an tiefen Spurrillen vorbei und fluchte, als ein roter Schrottgolf mit Karacho um die nächste Kurve raste und dabei die Fahrbahn schnitt.

Connor lenkte nach links, um aus dem Weg zu sein, kam dabei dicht an den Hang heran und bremste kräftig.

Er hatte keine Zeit für ein Hupsignal, oder sich das Nummernschild zu merken. Aus dem Augenwinkel sah er, dass mehrere junge Kerle in dem Auto saßen und schnell aus seiner Sicht verschwanden. Der Motor des Toyotas erstarb.

»Au!«, kam es rechts von Mona, die sich die Stirn rieb. Bei dem harten Bremsmanöver hatte es sie gegen die Seitenscheibe geschleudert.

»Entschuldige!«, sagte Connor. »Ich musste ein paar Rasern ausweichen. Geht es dir gut?«

»Nix passiert«, entgegnete sie auf Deutsch und wiederholte auf Englisch: »Alles in Ordnung. War nur ein leichter Bumms.«

»Gott sei Dank.«

»Was ist mit deinem Airbag?«, fragte Mona.

»In diesem Auto?« Connor lachte. »Der nachträgliche Einbau würde mehr kosten als die Kaufsumme, die ich seinerzeit hingelegt habe.« Er startete den Motor, legte den Gang ein und fuhr an.

»Ich glaube, dein Handy hat ein paar Anrufe oder Nachrichten erhalten«, informierte er Mona. »Es hat gebimmelt und vibriert und gebimmelt und vibriert.«

»Okay. Habs verstanden.« Die Deutsche rieb sich die Schläfe, checkte ihr Gesicht mithilfe der Handykamera. Ein roter Fleck wurde allmählich sichtbar. Hoffentlich gab es keine Beule.

Connor bremste erneut heftig. »Himmel!«, rief er aus und Mona keuchte. »Charlotte. Das ist Charlie!« Sie schnallte sich ab und drückte die Beifahrertür auf. »Charlie!«, schrie sie. »Charlie! Um Gottes willen!«

»Du kannst mit dem Lachen aufhören, junger Mann!«, herrschte Charlotte Connor an.

Mona versuchte alles, um ihre Hausgenossin aus dem Ginsterbusch zu befreien. »Jetzt hilf doch mal«, befahl sie.

»Ich tue, was ich kann, Darling«, entgegnete Charlotte. »Und du kannst mir glauben, dass es nicht zu meinen besonderen Fähigkeiten gehört, aus einem dornigen Busch zu klettern.«

»Hier. Nimm meine Hand«, sagte Mona.

»Wie bist du denn da reingefallen?«, erkundigte sich Connor, der nach Charlottes zweitem Arm griff. Gemeinsam zerrten sie die Seniorin langsam heraus.

»Das war ein Unfall!« Charlotte atmete schwer.

»Du sollst doch nicht so schnell fahren«, meckerte Mona.

»Du mal wieder«, antwortete Charlotte, die glücklich den ersten Fuß wieder auf den Boden setzte. Kurz darauf stand sie auf beiden Beinen, löste mit einem heftigen Ruck ihre Arme aus der Umklammerung und inspizierte ihre ramponierte Kleidung. »Das waren verdammte Rowdys. In so'nem roten Auto. Auf meiner Fahrbahn und viel zu schnell.« Sie ächzte und verdrehte den Kopf, um ihre Schulter in Augenschein zu nehmen.

Mona pflückte Astreste von ihrem Rücken.

»Die sind uns auch entgegengekommen«, bestätigte Connor, wandte sich ab und richtete das Quad auf. Der Lenker war verbogen und die Schutzbleche hatten auch einigen Schaden genommen. »Das war Fahrerflucht. Du musst Anzeige erstatten.«

»Anzeige, Anzeige.« Charlotte schlug sich vor die Stirn. »Verdammt, wir müssen in den Pub zu Paul. Sofort.«

»Nein, beruhige dich, Charlie«, sagte Mona. »Yvonne ist gefunden. Ihr ist nichts geschehen. Jemand hat sie ins Pirates Parrot gebracht.«

»Okay. Trotzdem muss ich zu Paul. Ich bin über eine Leiche gestolpert!«

»Eine Leiche«, echote Mona.

»Du hast dir nicht zufällig den Kopf doch irgendwo angeschlagen?«, fragte Connor.

»Papperlapapp!« Charlotte gestikulierte wild und energisch. »Ich habe Fotos. Los jetzt! Bringt mich in den Pub!«

Der Pub hatte sich weiter gefüllt. Elsa Kieran war dazugestoßen. Sie saß neben ihrem Mann und redete auf ihn ein.

Paul wunderte sich über ihre distanzierte Begrüßung, spürte eine Kluft zwischen den beiden, was Adam ganz offensichtlich mehr störte als seine Frau.

Paul starrte auf das Display seines Smartphones, hoffte, dass sich Charlie, Mona und Connor endlich melden würden.

Sophie, die ebenfalls im Pirates Parrot eingetroffen war, nahm ihr Bier von der Bar und gesellte sich zu ihm. »Onkel Paul. Man sagt, du bist umgeknickt?«

»Ja, Sophie. Ungeschickt. Deine Schicht ist vorbei?«

»Jepp. Beth ist doch noch gekommen.«

»Ist es nicht ein bisschen früh für ein Bier?«

»Onkel Paul!«, beschwerte sich Sophie in einem bewusst vorwurfsvollen Ton. »Ich bin fast 30. Und ich bin mit dem Fahrrad da. Also? Ich könnte dich da eher fragen.« Sie deutete auf den Tisch mit den drei geleerten Pint-Gläsern.

»Bin nicht im Dienst. Und zwei davon gehören Wulf.«

Sophie sah sich im Pub um. »Wo ist er?«

»Schon gegangen. War ihm zu voll. Und Yvonne dort eindeutig zu laut.«

Sophie trank einen Schluck. »Schade, ich hätte mich gerne mal wieder mit ihm unterhalten.«

Die Tür zum Innenraum wurde aufgestoßen.

Paul atmete zunächst erleichtert auf, da die drei verbliebenen Sucher endlich da waren. Dann sah er jedoch in Charlies Gesicht und wusste, dass etwas geschehen war.

»Paul! Paul!« Sie suchte, fand ihn und stürmte auf ihn los, wie ein Stier in Pamplona.

Sophie Hall wich zur Seite, als sie Mrs Polson heranstürmen sah. Sie wirkte, als würde sie keine Gefangenen machen wollen.

»Ich habe eine Leiche gefunden!«, rief die ältere Dame.

Sophie betrachtete die Mimik ihres Patenonkels. Der Bruder ihrer Mutter gehörte zu den stets entspannten und souveränen Menschen, in diesem Moment jedoch nicht.

»Leiche? Was redest du da, Charlie?«, blaffte er einen Tick zu laut zurück.

»Auf dem dritten Strandabschnitt des Küstentrails liegt sie«, insistierte Mrs Polson.

»Wer?«

»Die Leiche, Officer Laing, die L E I C H E, Paul!«

»Sie hatte einen Unfall«, mischte sich Connor ungefragt ein, was ihm einen vernichtenden Blick von Charlie einbrachte.

»Was redet ihr alle?«, fragte Onkel Paul. »Leiche? Unfall? Was denn jetzt?«

»Ich habe auf der Suche nach Yvonne eine männliche Leiche auf dem Trail gefunden. Er liegt dort, vielleicht ist er vom Felsen gestürzt. Wir müssen ihn bergen.«

Onkel Paul setzte sich auf. Sophie trat neben ihn, als ob sie ihn unterstützen wollte. »Du hast irgendwo dort einen Toten gefunden. Einer aus der Gegend?«

»Nein. Aber ich habe Fotos gemacht.« Mrs Polson kramte nach ihrem Handy.

»Oh, verdammt«, brüllte sie nun. »Es ist kaputt.«

Sophie sah die Sprünge, eine ganze Struktur aus Rissen im Display. Sie kannte das nur zu gut, wenn ihr selbst ein Smartphone heruntergefallen war.

»Oh. Jetzt klappt das nicht«, rief Mrs Polson, während sie ohne jede Scheu auf dem beschädigten Teil herumtippte.

»Bei den Fotos?«, fragte Sophie und streckte hilfereichend die Hand aus.

»Ja. Die letzten«, entgegnete die Seniorin und reichte ihr das Smartphone.

Vorsichtig wischte Sophie über die Sprünge auf dem Display. Auch die Berührungssensitivität hatte durch den Schaden gelitten.

Irgendwann hatte sie es jedoch. »Hier«, sagte sie. »Meinen Sie diese Fotos?«

Mrs Polson lächelte dankbar und wirkte plötzlich viel ruhiger. »Ja, Gut gemacht. Hier Paul. Die Leiche.«

Sie händigte das Gerät Onkel Paul aus. Der betrachtete das unvollständige Bild und versuchte, weitere Fotos aufzurufen, aber da war nur Schwärze. »Halt mal, Sophie.«

Er setzte sich hin, nahm sein Diensthandy und wählte eine Nummer. Es läutete nur einmal, dann meldete sich jemand. »Scott? Ich bin es, Paul. Ihr müsst mit einer Suchmannschaft anrücken, am besten noch die Spurensicherung aus Inverness informieren. Charlotte Polson hat am Küstentrail eine Leiche gefunden. Wo genau, Charlie?«, fragte er an sie gewandt.

»Dritter oder vierter Sandabschnitt von Süden her gezählt«, sagte sie.

»Da ist doch irgendwo ein Parkplatz in der Nähe, wo man abkürzen kann, oder?«

»Ja, Paul, aber dann muss man sich abseilen. Nach dem Unwetter sind die Felsen sicher sehr glitschig.«

»Okay. Verstanden, Scott? Klar. Ich bin im Pirates Parrott. Ich stoße dazu.«

Onkel Paul legte sein Handy auf dem Tisch ab, atmete dreimal tief durch und sah Mrs Polson ins Gesicht. »Charlie, Charlie. Was machst du nur für Sachen? Komm, setz dich hier neben mich und erzähl mal.«

Connor hing das GESCHLOSSEN-Schild an die Tür des Pirates Parrot.

Die Touristen waren alle gegangen. Nun saßen nur noch wenige Einheimische und zwei Deutsche um den kleinen runden Tisch im Pub herum.

Charlotte, Mona, Sophie, die inzwischen angenehm stumme Yvonne, Doc und natürlich Paul, der Charlotte einige Fragen gestellt hatte.

Als Connor sich dazusetzte, meckerte Charlie den Polizisten unterdrückt wütend an: »Du kannst mich doch nicht so einfach als senile Alte hinstellen, die nicht weiß, was sie gesehen hat, Paul.«

»Das habe ich …«

»Und noch viel schlimmer ist es, dass du in diesem herablassenden Tonfall auf mich einredest. Ja, ich habe seinerzeit schon deine Windeln gewechselt, aber das ist noch lange kein Grund. Ich bin vollkommen klar im Kopf.«

»Friede, Charlie. Friede. Bitte«, flehte Paul und hob die Hände. »Ich bemühe mich nur um Aufklärung und darum, dass du nicht eine Hauptverdächtige bist, falls sie die Leiche finden werden.«

»Haupt....« Charlotte verschluckte sich und schwieg verstockt.

»In der Kriminalstatistik gibt es Zahlen, die darauf hinweisen, dass uns oft der Täter auf den Tatort oder die Leiche hinweist. Und genau diesen Eindruck möchte ich vermeiden, Charlie. Also bitte. Wenn du den Mann auf deinem Foto …«

»Der am Strand liegt«, unterbrach Charlotte ihn.

»... auf dem Foto nicht erkannt hast. Ich schon. Und das wird Ärger geben.« Paul lehnte sich zurück, checkte die Zeit auf seinem Smartphone und sah Doc an. »Wir sollten los, damit ich rechtzeitig vor Ort bin. Wir nehmen den Weg zum Parkplatz. Ich will nicht so weit laufen. Das schaffe ich nicht. Wir schauen von oben drauf. Einverstanden?«

Doc nickte.

»Wer ist der Tote?«, fragte Mona, die den Arm um Charlotte gelegt hatte.

»Ich habe eine Vermutung, will aber erst sichergehen, dass er es tatsächlich ist«, sagte Paul. Er stemmte sich hoch, verzog schmerzhaft das Gesicht, als er das lädierte Bein belastete. »Geht alle nach Hause.«

»Ich kümmere mich drum«, meinte der Barkeeper.

»Danke, Connor«, sagte Paul und verließ mit Doc den Pub.

Connor erhob sich, ging hinter die Bar, öffnete die Tür zur Küche und rief: »Ich bringe gerade Charlie, Mona und ihren Gast nach Hause, Maddie. Okay? Den Laden habe ich für heute dichtgemacht. Wenn ich zurück bin, wische ich durch, Liebling. Mach Feierabend.«

Er schloss leise die Tür, schnappte sich seine Jacke und die Autoschlüssel.

»Charlie? Kommt ihr? Ich fahr euch.«

Mona liebte mehrere Räume in dem B&B Quiet Place. Einer davon war, neben ihrem eigenen Schlafzimmer, die Küche. Die Düfte und die Herzlichkeit, mit der Charlotte in ihr residierte.

Getoppt wurde dieser Eindruck noch vom Wohnzimmer, das auch von den Übernachtungsgästen benutzt wurde.

Man versank beinahe in dem plüschigen Teppich, meinte auf Wolken zu wandeln. Die Einrichtung war überbordend kitschig, mit zahlreichen Porzellanfiguren auf den

Regalen zwischen den Büchern und den wohlplatzierten Single Malt Flaschen.

Ein Kamin mit offenem Feuer befand sich an der Stirnseite des Raumes, an der rechten Wand ein Breitwandfernseher, auf dem grundsätzlich Sport lief.

Die Sofakombination in zartem Pastellblau hätte auch in den Kensington Palast gepasst und setzte sich im Ton von der Tapete ab.

Aus dem Fenster blickte man auf den Parkplatz hinaus, dahinter erhoben sich majestätisch die Berge, deren Spitzen selbst im frühen Frühjahr noch weiß getüncht waren.

Neben den beiden Sofas gab es zwei weitere Sessel. Auf einem saß Charlotte und schien irgendwie eingesunken.

Yvonne war auf ihr Zimmer gegangen.

Mona setzte sich dicht zu ihrer Freundin. »Charlie. Brauchst du einen Tee?«

Sie schüttelte andeutungsweise den Kopf. »Ich muss mein Quad reparieren lassen«, murmelte sie.

»Connor kümmert sich doch darum. Er bringt es zu Sophie. Das wird schon.«

»Er hat mein Handy behalten«, flüsterte Charlotte statt einer Antwort.

»Was? Wer? Ach, du meinst Paul?« Mona streichelte über Charlies leicht faltige Hände, die erstmals, seit Mona sie kannte, so alt aussah, wie sie war. Mona wollte sich gar nicht vorstellen, wie es sein musste, über eine Leiche zu stolpern. »Paul wird es zur Reparatur geben, damit er die Fotos retten kann. Und ich denke, ich werde dir jetzt etwas zu essen machen, Charlie. Eier mit Speck?«

»Ich habe keinen Hunger.«

»Der wird beim Essen schon kommen.«

Monas Smartphone plärrte los. Sie erschrak und fummelte es aus der Hosentasche. Es wurde nur eine Telefonnummer angezeigt, kein Name. Wer rief sie an?

Sie drückte den grünen Punkt. »Ja?«

»Mona?«, drang eine männliche Stimme leicht verzerrt aus dem Lautsprecher. »Ist Charlie da?«

Mona schaltete so, dass Charlotte mithören konnte. »Charlie? Das ist Paul. Paul, sie hört mit.«

»Hallo ihr beiden«, sagte der Officer, dessen Worte immer wieder vom Wind übertönt wurden. »Wir stehen hier auf dem Felsen, den du uns genannt hast, Charlie. Du bist dir absolut sicher, dass es der mit dem Zugang über dem versteckten Parkplatz war?«

»Ja, Paul, ich bin mir sicher«, antwortete Charlie in Richtung des Smartphones, das Mona auf dem Tisch platziert hatte.

»Okay. Aber hier ist keine Leiche. Wir lassen gerade Lilian mit einem Sicherungsseil nach unten, damit sie dort nach Spuren suchen kann. Aber müsste man den Toten nicht von hier oben sehen?«

Charlotte dachte nach, dann nickte sie. »Ja, doch, in jedem Fall. Es waren noch mindestens fünf Fuß bis zu dem Überhang, unter dem ich mich versteckt habe.«

»Versteckt?«, hakte Paul nach. »Wieso versteckt?«

»Oben auf dem Felsen war ein Mann, glaube ich. Ich habe Bewegungen gesehen.«

»Was? Warum sagst du das erst jetzt?«

Mona hörte den Frust aus Pauls Stimme heraus. Besorgter war sie jedoch über Charlies Gesichtsausdruck. Ihre Freundin wirkte beinahe apathisch.

»Ich melde mich später.« Paul beendete das Gespräch.

Mona speicherte die Nummer unter den Kontakten und steckte das Handy wieder weg. »Alles klar, Charlie?« Sie beugte sich vor, legte ihr die Hand auf die Schulter und sah ihr in die Augen. So hatte sie Charlie noch nie erlebt.

»Sie ist weg. Die Leiche ist verschwunden.«

»Ja, Charlie. Ich kümmere mich jetzt ums Essen. Komm mit in die Küche.«

Als es klingelte, hing Elsa Kieran das Handtuch, mit dem sie gerade das Geschirr abgetrocknet hatte, an den Haken. Sie würde gleich weitermachen, denn Ordnung musste sein.

Das Big-Ben-Geläute erklang erneut. Während sie zur Haustür eilte, wischte sie sich die feuchten Hände an ihrer Schürze ab.

Hinter der Rauchglastür sah sie eine hochgewachsene Gestalt stehen. Sie öffnete. »Ja bitte?«

»Hi! Mein Name ist Sunnet. Steven Sunnet. Ich habe eine der Lodges reservieren lassen.«

Elsa lächelte geübt professionell, ohne dabei künstlich zu wirken. Sie ließ den Eindruck der ersten Begegnung sacken, denn Mr Sunnets Statur war beeindruckend. Er hatte ein sehr schön geschnittenes junges Gesicht mit freundlichen blauen Augen und hatte dezent unordentliche blonde kurze Haare, die an einigen Stellen wie Stacheln abstanden. Dazu hatte er breite Schultern und eine äußerst schmale Hüfte.

Neben ihm standen zwei Reisetaschen aus echtem Leder. Und seine Schuhe. Oha! Elsa Kieran liebte Männer, die Wert auf herausragendes Schuhwerk legten. Braune italienische Halbschuhe, gepflegt und perfekt zu seinem cremefarbenen Anzug passend.

Die geschmackvolle Krawatte hatte er zu einem Oxfordknoten gebunden. Wer zum Henker trug heute noch Krawatte, schoss es ihr durch den Kopf.

Er lächelte.

Sie strahlte ihn an. »Nun, junger Mann«, sagte sie, »willkommen in den Seaside Lodges.«

»Nennen Sie mich Steven. Bitte.« Er legte den Kopf leicht schräg.

Elsa schmolz dahin. »Steven also.« Sie öffnete den Schlüsselkasten an der linken Wand und nahm Nummer zwei heraus. »Sie können mich Elsa nennen. Oder Elsie, ganz wie Sie wollen. Schauen wir uns mal ihr Quartier an.«

Sie war nicht mehr allzu überrascht, dass er ihr mit einer angedeuteten Verbeugung den Weg freimachte.

Ein Gentleman, soviel war gewiss. Einst hatte sich Adam auch so verhalten.

»Nummer zwei ist der dort vorne. Soll ich die Tasche nehmen?«, fragte sie der Ordnung halber, als sie draußen neben ihm stand.

Steven Sunnet lehnte dankend ab, griff sich sein Gepäck und hielt locker mit ihr Schritt. »Wunderschöne Aussicht, Elsa«, kommentierte er den Blick auf die Bucht, die Inseln und das Meer.

»Ja. Es ist ein Privileg, hier wohnen zu dürfen«, bekannte die Betreiberin der Lodges. Natürlich hätte sie vieles sagen können. Über die Einsamkeit, die dunklen Tage oder die Schwierigkeiten, einen solchen Laden profitabel zu betreiben, aber sie ließ es bleiben.

Lodge zwei, die Lochaber-Suite, hatte die beste Lage der vier flachen Gebäude, die wie Schweizer Chalets aussahen.

Elsa öffnete die Tür, ohne den Schlüssel zu nutzen.

»Schließen Sie hier nicht ab?«, erkundigte sich Sunnet.

»Wir sind auf dem Land, Steven«, erklärte Elsa. »Die meisten Türen hier sind nicht abgeschlossen.« Nachdem er seine Taschen in der Mitte des großen Wohnzimmers abgestellt hatte, hielt sie ihm den Schlüssel hin. Er nahm ihn in Empfang.

Dann ging sie zu den breiten Panoramafenstern und zog die Vorhänge auf. Das Licht der tiefstehenden Sonne flutete den Raum in Orange. »Sie dürfen natürlich abschließen. Dies ist der Wohnraum. Dort ist die Küchenzeile mit Herd und Tee Facilities. Neben dem Kamin finden Sie einen Vorrat an Torf, falls Sie ein offenes Feuer bevorzugen. Ansonsten gibt es Heizkörper, die elektrisch betrieben werden. Ist alles inklusive. Hier geht es zum Bad. Es ist recht klein.« Sie zeigte ihm die Nasszelle.

»Solange ich eine Dusche und warmes Wasser habe, kein Problem«, beruhigte Sunnet sie.

»Und nun das Schlafzimmer.« Sie öffnete ihm auch diese Tür.

Ein breites Doppelbett stand so, dass man vom Kopfteil aus durch ein weiteres Panoramafenster in Richtung der Küste schauen konnte.

»Falls Ihnen zu kalt sein sollte, im Schrank sind zusätzliche Decken.«

»Danke.« Mr Sunnet stellte sich dicht vor das Fenster und sah hinaus.

Elsa ließ ihm einige Sekunden, bevor sie zum Abschluss kam. »Brauchen Sie noch etwas, Steven?«

Er zuckte merklich zusammen. »Nein, das heißt, ja. Wo kriege ich heute Abend noch etwas zu essen?« Er wandte sich zu ihr um. Sein Lächeln schenkte ihr Wärme.

»Der Pub hat zu. Sie müssten nach Morar. Dort gibt es ein Restaurant im Hotel oder nach Mallaig, da haben Sie Auswahl.«

»Danke.« Er nickte ihr zu, »Elsa.«

Sie ging, zog die Tür hinter sich zu. Draußen wischte sie sich die Hände erneut an ihrer Schürze ab, sah an sich herab und seufzte.

Wieder brachen Sonnenstrahlen durch die Wolkendecke, wie Spotlights auf die Schönheit der Highlands. Elsa spazierte zurück zu ihrem Haus. Adams Auto parkte bereits neben einem japanischen Kleinwagen, der wahrscheinlich Steven gehörte.

Sie beeilte sich, war neugierig, ob es weitere Neuigkeiten zu der Leiche gab.

Mona hatte Yvonne einen Teller mit einem Omelett aufs Zimmer gebracht. Die Influencerin wirkte noch leicht geschockt und ziemlich friedlich. Das exaltierte Gehabe schien verschwunden. »Ich glaube, ich sollte mich bei allen entschuldigen, meinst du nicht?«, hatte sie sogar gefragt.

Zurück in der Küche, machte Mona für Charlie und sich einen frischen Salat zum Abendessen.

Charlotte war in sich gekehrt, blickte mehrfach ins Leere und ließ den Tee kalt werden.

Als der Salat vor ihr stand, sah sie auf. »Danke, Darling.«

»Es war bestimmt schlimm, nicht wahr?«, fragte Mona, die sich neben sie setzte und nach der Gabel griff.

»Die Leiche?«

»Mhm.«

»Ja. Nein. Vielleicht. Ich weiß nicht. Es fühlte sich unwirklich an.« Charlotte nahm sich vom Brot, dippte es in die Salatsoße und aß ein paar Bissen. »Lecker. Gute Vinaigrette.«

»Danke, Charlie.«

»Noch viel unangenehmer wäre es, wenn die Leiche tatsächlich verschwunden wäre«, meinte Charlotte. »Für die Angehörigen, meine ich. Nicht zu wissen, wo ihr Liebster ist.«

»Wir haben doch die Fotos. Das sollte hoffentlich für einen Abgleich reichen.«

»Ich denke, dass Paul wusste, wer der Tote ist.« Charlotte aß nun plötzlich mit enormem Appetit. Leben kehrte in ihren Körper und den Teint zurück.

Monas Handy vibrierte. Sie sah kurz auf das Display. »Nachricht von Paul. Keine Leiche, keine Spuren. Sie sichern jetzt die Umgebung und lassen die Spezialisten ans Werk. Er kommt morgen vorbei.«

»Mhm. Okay.« Charlotte schob die leere Schüssel von sich. »Zeit für den Single des Tages vor dem Kamin.«

»Soll ich ihn holen?«

»Danke, das wäre nett.«

Mona sah Charlotte beim Aufstehen und Verlassen der Küche zu. Die Energie war zurück.

Sie legte die benutzten Schüsseln in der Spüle ab, trocknete sich die Hände und ging dann zum Flur. Unter der holzverschalten Treppe gab es eine Tür, durch die man nur gebückt treten konnte. Darunter führten unregelmäßig in den Stein gehauene Stufen hinab in den Keller.

Mona knipste das Licht an. Zwei funzelige alte Glühbirnen, die vermutlich aus dem letzten Jahrhundert stammten, erhellten den schulterbreiten Abgang. Auch hier musste sie den Kopf einziehen.

Unten angelangt, öffnete sich der Raum zu einem Quadrat. Neben dem Vorratsregal erstreckten sich weitere Holzregale mit hunderten von Fächern um die gesamten Wände herum. Zwölf Fächer hoch, die Monate und 31 Fächer breit, die Tage. In nahezu jedem Fach lagerte eine Flasche Single Malt. Alle waren mit dem Datum des Tages gekennzeichnet.

Es war Charlottes Marotte. Der Single Malt des Tages.

Sie suchte den aktuellen Monat und Tag, nahm die Flasche heraus, die tatsächlich schon halb leer war, und machte sich wieder auf den Weg hinauf.

Im Wohnzimmer saß Charlotte mit zwei Nosing-Gläsern und winkte energisch. »Her damit!«

Mona überreichte die Flasche mit dem bernsteinfarbenen Gold.

Das Etikett war beinahe unleserlich.

Sie setzte sich und spürte die Wärme des Torffeuers, das im Kamin brannte. Es gab wunderbare Farben in der Flamme, so ganz anders, als wenn man Holz verfeuerte.

Charlotte inspizierte das Etikett mit ihren Adleraugen. »Ah, ein Springbank, Fassstärke, 17 Jahre alt. Genau das, was ich brauche. Du auch?«

Mona nickte.

Charlotte goss ein und reichte Mona das Glas.

Die Maid der Highlands ließ den Duft des Whiskys mit andächtig geschlossenen Augen in sich strömen. Sie hob die Lider und sah zum Fenster hinaus, bevor sie einen Schluck nahm. Die Berge dort draußen loderten förmlich. Der Sonnenuntergang verwandelte die Landschaft in pure Magie.

Charlotte hob das Glas. »Sláinte!« Sie nippte.

Mona tat es ihr nach. Es brannte wie Chili auf der Zunge. Doch nur für einen Moment, dann spürte sie die angenehme Öligkeit und Wärme, als der hochprozentige Alkohol durch die Kehle rann. Sie konnte den Weg des Whiskys im eigenen Leib verfolgen.

Der Speichel lief Mona im ganzen Mund zusammen.

»Was für ein Single des Tages.« Charlotte schien zufrieden. Ihre Wangen schimmerten in zartem Rosa und aus den wachen Augen sprühten förmlich Blitze. »Wir werden herausfinden, was es mit dieser verschwundenen Leiche auf sich hat«, rief sie und es war, als würden Fanfaren die Verlautbarung begleiten.

Mona kannte solche Ankündigungen Charlottes. Wenn sie etwas derart aussprach, würde sie es umsetzen. Nichts kam zwischen sie und eine Mission.

Mona nahm einen weiteren Schluck.

Kapitel Fünf

– Der Morgen danach – Frühsport – Absperrbänder flattern munter im Wind – Ein Name fällt – Nicht alle sind traurig – Ein unangenehmer Zusammenstoß – Karteikarten werden angelegt – Eine teure Reparatur – Mission im Pub –

Mona zelebrierte ihr Kissendate. Natürlich hätte sie einfach die Augen öffnen, die Bettdecke zurückschlagen und die Beine aus dem Bett schwingen können. Doch was gab es Gemütlicheres, als sich nach dem Wachwerden auf die Seite zu drehen und ins Kopfkissen zu kuscheln. Kindheitserinnerungen kamen hoch, viel reizvoller als die Gedanken an Alltag, Scheidung, Geldnöte und eine verschwundene Leiche.

Mona riss die Augen auf. »Leiche«, keuchte sie und war plötzlich hellwach.

Sie setzte sich und schaute auf die Handyuhr. Es war nach neun, und sie schämte sich, weil sicherlich Charlie das Frühstück für ihren Gast zubereitet hatte.

Nach einem kurzen Intermezzo im Bad, stürmte sie die Küche und blieb abrupt stehen.

»Morgen«, grüßte Yvonne T-Punkt vom Tisch auf Deutsch und winkte fröhlich. Vor ihr bewiesen ein leerer Teller und der geplünderte Toastständer, dass sie bereits mit dem Frühstück fertig war. »Also Bacon and Eggs ist etwas, wofür ich sterben könnte, auch wenn ich das meinen Followern besser verschweige.«

»Du hast Bacon gegessen?«, fragte Mona erstaunt. Yvonne hatte sich nämlich als Vegetarierin bezeichnet.

Charlie stand an der Spüle und grinste ihre Freundin an. »Sie hat ein full scotish breakfast genossen. Black Pudding inklusive.«

»Du hast …« Mona unterbrach sich selbst. »Okay. Yvonne, alles klar bei dir?«

»O ja. Das ist schon spannend, so ein Fall mit einer verschwundenen Leiche.« Sie hatte ins Englische gewechselt. »Außerdem muss ich meinen Fans noch von diesem Mann in den Bergen berichten.«

»Wulf meint sie«, verdeutlichte Charlotte. »Gut geschlafen, Darling? Lust auf Frühstück?«

»Nur einen Toast, bitte. Tee ist noch genug da«, sagte Mona, als sie den Deckel der Teekanne angehoben hatte. Sie griff sich eine Tasse aus dem Cupboard und setzte sich.

Charlotte steckte zwei Scheiben Weißbrot in den Toastautomaten, ihren ganzen Stolz. Das überdimensionale Gerät hatte sie bei einer Auktion einer Hotelpleite erworben. Ein Schnäppchen, wie sie immer betonte.

Die Brotscheiben wurden wie auf einem Laufband in den Apparat hineingezogen und am Ende fertig geröstet wieder ausgespuckt.

»So, hier. Genug Orangenmarmelade?«

»Reicht schon, danke Charlie.« Mona löffelte Zucker in ihren Tee und schmierte sich Butter und bittere Marmelade auf den Toast. »Mhm«, brummte sie nach dem ersten Bissen. »Haben wir gestern den Springbank leer gemacht?«, wollte sie wissen. »Das war doch bestimmt eine Drittelflasche.«

»Hast du gut geschlafen?«, fragte Charlotte statt einer Antwort.

»Bestens.«

»Dann war es genau richtig.« Charlie setzte sich mit an den Tisch und gab Yvonne einen weiteren Toast. »Wo hat dich Wulf eigentlich aufgelesen, meine Liebe?«

»Der Alm-Öhi?«

»Wer?«, stutzte Charlotte.

»So heißt der Großvater in Heidi, der lebt ja auch alleine in den Bergen«, erklärte Mona.

»Ah so. Also?«

»Ich war auf der Suche nach Netzempfang den einen Hang hochgestiegen, da bin ich auf einen Trampelpfad gestoßen, der auf eine Art Ebene führte. Da wollte ich hin.«

»Das muss dann der Fünfer-Pfad gewesen sein«, spekulierte Charlotte. »Und weiter?«

»Das Wetter wurde schlechter. Ich hatte es gar nicht bemerkt, doch es wurde plötzlich so schnell dunkel. Dann waren die Wolken heran und ich habe mich vor dem Sturm gefürchtet.« Yvonne, die sich so ganz anders benahm als noch die Tage zuvor, wirkte plötzlich viel jünger. Sie hatte auch weniger Schminke benutzt, fiel Mona auf.

»So ein heftiges Unwetter ist hier ziemlich selten«, sagte die Auswanderin.

»Also das war wirklich ein Unwetter. Der Regen sah aus wie ein Vorhang, der sich vom Meer her näherte. War echt unheimlich. Ich konnte die Küstenlinie kaum mehr erkennen, plötzlich war sie einfach weg. Da habe ich mich umgesehen und nach Schutz gesucht.«

Charlotte schüttelte den Kopf. »Wir sollten über das Aufstellen von Schutzhütten nachdenken. So, wie in den Alpen. Damit wenigstens an den Hauptwegen eine Zuflucht möglich ist.«

»Das wäre gut.« Yvonne schenkte sich und Mona Tee nach. »Ich habe dann so einen großen Stein oberhalb gesehen, der sah so aus, als würde er ein wenig Schutz vor dem Wetter bieten.«

»Das muss der Big Willy gewesen sein«, schlug Charlotte vor. »Ein anderer Findling wäre mir auf dem Pfad nicht bekannt.«

Mona nickte. »Ja. Und da ist dann Wulf aufgetaucht?«

»Ich war vielleicht noch fünfzig Meter unterhalb des Steins, als sich plötzlich die Erde bewegte. Zumindest kam es mir so vor. Es war gruselig. Nun gut. Heute, in der Rückschau, eher aufregend. Er hatte so einen erdfarbenen Tarnumhang um, mit Moos drauf, glaube ich. Wahrscheinlich hat er mich schon länger beobachtet.«

»Wollte wohl nicht entdeckt werden«, murmelte Charlotte.

»Er kam auf mich zu und ich schrie. Da hat er mich am Arm gepackt und mitgezerrt. Ich habe mich mit Händen und Füßen gewehrt. Da hat er mich einfach über die Schulter geworfen und ist losgerannt. Immer den Berg hoch.«

»Am Big Willy vorbei?«

»An dem Felsen? Ja, Mrs Polson«, antwortete Yvonne. »Es war auch nicht mehr weit, dann wurde es dunkel und ich war in einer Höhle.«

»Höhle? Felswände?«, hakte Charlotte irritiert nach.

»Nein. Wenig Stein.«

»Mehr so eine Erdhöhle?«, schlug Mona vor.

Die Influencerin nickte. »Aber weit ausgebaut. Der Kerl konnte an einigen Stellen aufrecht stehen. Da waren Felle, ein Bettlager und er hatte etwas, das er einen Erdkühlschrank nannte.«

»Wie kam Licht in die Höhle?«, fragte Charlotte.

»Er hatte Lampen. So aufladbare mit einer Kurbel dran. Einen Gaskocher habe ich auch gesehen. Ein Radio. Und ein Gewehr.«

»Er jagt«, erklärte Mona. »Wilderei. Wie hat er dich behandelt?«

»Eigentlich ganz nett. Er hat nicht viel geredet. Ich bekam ein Snickers und er hat von Zeit zu Zeit geschaut, ob der Regen nachgelassen hat.«

»Und dann?«

»Ich weiß nicht so genau.« Yvonne wand sich peinlich berührt. Es musste etwas vorgefallen sein.

»Na, erzähl schon«, drängte Mona, die nun wirklich vor Neugier schier platzte.

»Also, der Regen wurde weniger, hat er gesagt. Und dann hat er sich entschuldigt. Oder auch nicht. Ich habe ihn so schlecht verstanden. Er nuschelte fürchterlich.«

»Entschuldigt?« Mona machte auffordernde Gesten. »Weiter!«

Yvonne trank von ihrem Tee. »Dann kam er mit einem Sack und ich dachte, da wäre was drin.«

Charlotte musste lachen. »Für Santa Claus war es eindeutig zu spät. Er hat ihn dir über den Kopf gestülpt!«

»Genau!«, schrie Yvonne auf Deutsch und sprach auf Englisch weiter. »Ich konnte nichts mehr sehen und dann hat er mich gepackt und wieder über die Schulter geworfen. Er hat mich geschleppt und mir wurde total übel, weil es gewackelt hat und ich kaum Luft bekam. Auf einmal setzte er mich ab und zog mir den Sack vom Kopf. Ich sah nichts, weil es mich blendete und da bin ich auf ihn los, habe ihn geboxt und angeschrien. Er hat mich festgehalten und da hab ich erst gesehen, dass wir beim Pub waren.«

»Er hat dich bei Paul abgeliefert?«, fragte Charlotte. Sie wirkte nachdenklich. »Woher hat er gewusst, dass du gesucht wurdest?«

»Ich weiß es nicht.« Yvonne leerte ihre Tasse. »Aber es ist mir schon peinlich, wie ich mich aufgeführt habe.«

»Er wird es verkraften«, behauptete Mona. »Wie machen wir denn hier weiter. Werbung und so?«

Yvonne nickte. »Ja, ich kümmere mich drum. Ich will aber auch wissen, wie es mit der verschwundenen Leiche weitergeht.«

»Dann kommst du einfach mit«, bestimmte Charlotte. »Wir machen uns fertig und stürzen uns in die Ermittlungen.«

Mona traute ihren Ohren nicht. Was war nur in Charlotte gefahren? Zu viel Whisky gleich zu viel Selbstvertrauen?

Elsa klopfte an die Tür von Nummer zwei. Sie trug einen Korb unter dem rechten Arm. Darin lagen frische Scones, eine Thermoskanne mit Tee, Butter und Marmelade. Sie wollte ihrem Gast einen guten Morgen wünschen.

Niemand öffnete. Auch gab es keine Geräusche aus dem Inneren.

Elsa sah sich um. Der Kleinwagen Sunnets parkte an derselben Stelle, an der er ihn gestern Abend so gegen zehn abgestellt hatte. Er war nach dem Abendessen zurückgekommen.

Sie versuchte es erneut mit Klopfen, lauschte und wanderte dann an der Seite der Lodge entlang, bis zu den Panoramafenstern. Die Vorhänge waren nicht zugezogen und daher hinderte nichts einen Blick ins Wohnzimmer.

Elsa sah ein Notebook auf dem Tisch, daneben Papiere zu zwei Stapeln geordnet. Ein leeres Weinglas mit einem Rest Rotwein. Sie klopfte gegen die Scheibe. Doch Sunnet schien ausgeflogen.

Merkwürdig, dachte sie. Wann? Und wohin?

Sie drehte sich einmal herum und suchte die Landschaft vergeblich nach einer Gestalt ab, dann machte sie weitere Schritte und starrte durch das Schlafzimmerfenster.

Das Bett war benutzt, aber kein Gast lag darin.

Sie seufzte und kehrte auf dem Absatz um.

Eine Bewegung fiel ihr auf. Richtung Norden, dort wo der Küstentrail verlief. Es musste wohl der Platz sein, von dem Charlotte Polson behauptet hatte, auf eine Leiche gestoßen zu sein.

Auf die Entfernung erkannte sie nur wenig. Polizisten möglicherweise, Menschen in weißen Overalls dazu. Schwer zu sagen.

Sie fröstelte. Es hatte aufgefrischt und da sie nur die paar Meter hatte gehen wollen, war sie unpassend gekleidet.

Elsa wollte gerade zurück zum Wohnhaus zurück, als sie ein Geräusch vernahm. Sie suchte nach der Ursache und sah Steven Sunnet, der den Trampelpfad zur Küste hochgejoggt kam. Er trug hautenge Läuferkleidung und lief wie ein junger griechischer Gott. Jeder Zoll des Körpers stimmig, die Bewegungen perfekt harmonisch.

Elsa wartete, bis er näher bei ihr war und schenkte ihm ein freundliches Lächeln. »Mr Sunnet. So früh schon beim Sport?«

»Steven, bitte, Elsa. Und ja. Gehört zu meiner Routine. Morgens vor dem Frühstück acht Kilometer.« Er sah auf seine Smartwatch. »Nun, vielleicht in diesem Fall eher sechs Kilometer, dafür ein stetiges bergauf bergab. Gleicht sich aus. Sie sehen übrigens gut aus, Elsa.«

Die Betreiberin der Lodges ließ ihren Blick ein wenig sinken. Hatte sich der Aufwand mit der Schminke und der vorteilhaften Kleiderwahl doch gelohnt. Für den Moment vergaß sie, dass sie fror. »Danke, Steven. Ich wollte Ihnen was zum Frühstücken vorbeibringen.« Sie präsentierte ihm den Korb, schlug das Handtuch, welches den Inhalt verbarg, zur Seite. »Scones, Belag, Tee. Wie wäre es?«

»Vielen Dank, Elsa.« Seine Stimme ließ etwas in ihr klingen. Wie eine Glocke, die allein durch den Wind in Schwingungen versetzt wurde.

Er griff nach dem Korb und lächelte, was seine blitzweißen Zähne, die dennoch nicht unnatürlich gebleicht wirkten, hergaben. »Aber zunächst muss ich unter die Dusche.«

Elsa nickte ihm zu und sah ihm nach, bis er die Tür zum Apartment hinter sich schloss.

Sie schlenderte zurück zum Haus und musste an Zeiten denken, als Adam noch Sport getrieben hatte.

Mona bremste den Vauxhall ab und parkte neben den drei Polizeiautos. Ein weißer Lieferwagen, an dessen Seite das blaugelbe Polizei-Banner als Band aufgeklebt war, trug die Aufschrift FORENSICS.

Die Spurensicherung aus Inverness war also ebenso da. Mona befürchtete, dass Charlotte hier nicht willkommen war.

Doch ihre Freundin war bereits abgeschnallt, genau wie Yvonne, und quälte sich aus dem Wagen.

Mona nahm den Schlüssel und stieg aus.

»Ah. Da hinten. Das wird wohl Paul sein«, verkündete Charlotte. Sie stiefelte mit Yvonne im Schlepptau los, die ihr Smartphone zückte und filmte oder Fotos machte.

Mona verzichtete auf den Hinweis, dass nur wenige Meter entfernt blau-weiß gestreifte Flatterbänder ein eindeutiges Verbot gegen das Betreten aussprachen.

POLICE LINE – DO NOT CROSS.

Charlotte hob eines der Bänder an und marschierte einfach weiter. Yvonne ging sogar in die Knie, um einen besseren Winkel für die Aufnahme zu haben, bevor sie weiterging.

Mona schüttelte den Kopf. Aber was blieb ihr übrig? Sie folgte.

Hinter einem Ensemble aus Krüppelkiefern öffnete sich der Pfad, den viele Menschen schon gegangen waren. Er bot einen freien Blick auf das Meer, zwei kleine Inseln und direkt vor ihnen ein von Wind und Wasser geglättetes Felsplateau. Zahlreiche Löcher und Riefen machten den Felsen für unachtsame Fußgänger gefährlich, aber die drei Polizisten hatten aufgepasst. Sie standen am äußersten Rand des Plateaus und sahen nach unten.

»Paul! Paul!«, rief Charlotte gegen den Wind, was dazu führte, dass Paul Laing sie erst hörte, als sie beinahe bei ihm waren.

Mona glaubte Verblüffung und Ärger in seinem Gesicht zu erkennen. »Was tut ihr hier?«, fragte er allerdings in normalem Tonfall. »Wozu flattern unsere Absperrbänder wohl im Wind? Damit jeder sie einfach ignoriert?«

»Jetzt hab dich nicht so, Paul«, wiegelte Charlotte ab. »Habt ihr Spuren gefunden?«

Polizist Nummer zwei, leicht beleibt und mit einem dicken roten Backenbart ausgestattet, drehte sich um. »Nein, Mrs Polson. Die forensischen Spezialisten suchen im Augenblick dort unten. Lilian ist bei ihnen.«

»Lilian?« Charlotte wirkte verwirrt. »Ist sie schon fertig mit der Ausbildung?«

»Ja, Charlie«, entgegnete Paul. »Ist ihr Praxisjahr. Und sie wollte in Mallaig bleiben. Also kümmern wir uns um sie.«

»Ah.«

Mona vermutete, dass Backenbart Scott war. Sie hatte mal ein Foto von Paul gezeigt bekommen und meinte sich daran erinnern zu können. Dann musste der dritte im Bunde Jack sein. Er schwieg zumeist, verlegte sich aufs Augenverdrehen, sobald Charlotte sprach und wirkte sowieso sehr unscheinbar. Mittelgroß, mittelschwer und mittelalt. Ihm passte das Officer Cap nicht so ganz. Sein Kopf schien irgendwie zu klein für die Mütze. Er sah von Zeit zu Zeit hinunter zum Strand.

»Was ist mit meinem Handy?«, fragte Charlotte.

»Ist auf dem Weg nach Fort William. Da gibt es einen Laden, in dem es repariert werden kann. Hoffe ich.« Paul zog die Kappe vom Kopf und rieb sich mit dem Arm über die Stirn.

»Aber du weißt, wer es war, den ich fotografiert habe?«

»Ja, Charlie. Ich habe eine Vermutung.«

»Wer?«

»Das ist Teil der polizeilichen Ermittlung.«

»Jetzt komm schon.«

»Ich werde überhaupt nichts sagen, wenn diese Touristin dort weiterhin ihr Smartphone auf mich richtet und alles filmt. Ist das klar, junge Dame?«, herrschte er Yvonne an.

»Klar! Verzeihung«, sagte sie und tippte hektisch auf dem Display herum, steckte das Handy anschließend weg und lächelte Paul an. »Und jetzt?«

»Seid ihr alle verrückt?«, brüllte Paul. »Mona! Sag du doch was. Bring Charlie zur Vernunft. Bitte!«

Mona zuckte mit den Schultern. »Ich bin nur die Chauffeurin. Aber ich weiß, dass du nur aus der Sache herauskommst, wenn du Charlie einen Namen nennst. Sonst gibt sie keine Ruhe, Paul.«

Der Polizist drehte sich um und starrte hinaus aufs Meer.

»Paul«, bettelte Charlotte. »Ich bin geschockt, weil ich über eine Leiche gestolpert bin. Ein guter Anfang für den Heilungsprozess wäre es, wenn ich seinen Namen kennen würde.«

»Lopez.«

»Wie bitte?«, hakte Charlotte nach.

»John Lopez! Das war der Mann auf dem Foto«, behauptete Paul.

»Der Erbe von McManor?«

»Ja.«

»Habt ihr schon bei den Bientowitzes nachgefragt?«, wollte Charlotte wissen.

»Haben wir. Ist bereits den dritten Tag verschwunden. Wurde uns heute früh gemeldet. Vermisstenanzeige ist aufgegeben.« Paul sah Charlie intensiv an. »Reicht dir das?«

»Seit drei Tagen vermisst? Und niemand hat sich darum gekümmert?«

»Verflucht, Charlie! Ist das wichtig? Mona? Schaff sie bitte hier weg. Ich möchte, dass ihr drei jetzt geht. Wenn wir dein Handy zurückhaben, melde ich mich.«

Mona griff nach Charlottes Schultern, die sich erstaunlich friedlich mitzerren ließ. Die drei Frauen spazierten zurück zu dem Trampelpfad und erreichten schweigend den Parkplatz.

Mona steckte den Schlüssel in die Fahrertür und erschrak, als Charlotte mit der flachen Hand auf das Fahrzeugdach schlug. »Verdammt!«

»Was ist?«

»Wir sind sofort auf die Suche nach Yvonne gegangen, als es kritisch wurde, nicht wahr?«

»Ja«, sagte Mona.

»Danke dafür«, meinte die Influencerin leise.

»Wieso haben ihn die Bientowitzes nicht sofort als vermisst gemeldet?«

»Ich weiß nicht. Paul hat es nicht erwähnt. Er muss das auch gar nicht. Aber ich denke, er wird sie wohl dazu befragen, oder Charlie?«

»Ich glaube, wir haben ein Ziel, Mona. Auf zum Old-McManor-House!«

Wolkenschafe spielten Nachlaufen am Himmel. Einzelne unregelmäßig geformte Ballen, die stetig ihre Form veränderten, kleinere Wolken, die sich im kräftigen Wind sogar auflösten. Ein Bild, das Mona liebte und das sie seit ihrer Zeit in Schottland begleitete.

Sie musste sich dazu zwingen, aufmerksam die Fahrbahn zu beobachten, so schön präsentierte sich der Himmel. Neben ihr saß Charlotte in Gedanken versunken. Im Rückspiegel konnte Mona Yvonne dabei zusehen, wie sie mit ihrem Smartphone Fotos machte und Filmchen drehte. Die Influencerin trug am heutigen Tag tatsächlich so etwas wie gewöhnliche Klamotten. Jeans, Sweatshirt, leicht verschmutzte und schon oft getragene Turnschuhe, dazu waren ihre Haare ziemlich durcheinander. Ein Look, den sie bislang vermieden hatte, wie der Teufel das Weihwasser.

Was war nur mit ihr geschehen?

Paul hatte am Tatort noch Mona beiseitegenommen, seine Version von Yvonnes Ausraster im Pub erzählt und Mona heimlich gebeten, auf ihren Gast einzuwirken. Doch das schien gar nicht nötig zu sein. Yvonne entpuppte sich als völlig normal.

»Schöner Himmel, nicht?«, fragte Mona laut.

»Ja. Wie gemalt«, gab Yvonne zur Antwort, ohne das Handy zu senken. »Kann ich das Fenster aufmachen?«

»Klar.«

Mona bremste vor der nächsten Kurve ab und der Vauxhall wurde durchgeschüttelt, da sich in dem dünnen Asphalt Schlaglöcher befanden, in denen das Wasser Pfützen gebildet hatte.

Es wäre fahrlässig gewesen, mit unvermindertem Tempo weiterzufahren. Daher zockelte Mona, die Tachonadel wenig über dem 10-Meilen-Strich, die Straße entlang.

Yvonne schien glücklich, das Fenster weit unten, ihr Arm mit dem filmenden Handy hinausgestreckt, sodass Mona ihn im Seitenspiegel sehen konnte.

»Warum fährst du so langsam?«, fragte Charlotte.

»Schlechte Straße. Yvonne möchte filmen«, gab Mona zur Antwort.

»Mhm.« Charlotte drehte den Kopf und sah nach hinten. »Pass auf, dass es dir nicht aus der Hand fällt.«

»Ja, mach ich. Aber es ist sowieso nur mein Ersatz. Wenn es runterfällt, ist das eben so«, erwiderte die Influencerin.

»Wäre es nicht schade um die Aufnahmen?«, hakte Charlotte nach.

»Die landen doch sowieso sofort in der Cloud. Ich muss da gar nichts tun.«

Mona spürte den Faustschlag Charlies an ihrer Schulter, merklich, aber freundschaftlich. »Au!«

»Cloud, Mona. Cloud!« Charlotte lachte auf. »Da habe ich gar nicht dran gedacht.«

Mona beschleunigte wieder, da die Straße nun schnurgerade verlief und in diesem Teil gut geteert war. »Stimmt. Wir haben es ja synchronisiert.«

»Das heißt, wir müssen gar nicht auf die Reparatur warten. Es reicht, wenn wir uns einloggen.« Charlotte deutete auf ein unscheinbares, kleines, quadratisches, weißes Schild mit unleserlicher Schrift. »Da geht es rein, Darling.«

»Ich weiß.« Mona bremste und bog auf einen gut gepflegten Schotterweg ein. Natürlich kannte sie den Weg zum Old-McManor-House, aber Charlie spielte gerne Navigationssystem.

»Wird gleich holpriger, Yvonne!« Nach hundert Metern durchquerten sie einen Hain aus gemischten Eichen-, Buchen- und Kiefernbäumen. Die Kronen bildeten eine Art Dach, sodass es wirkte, als würden sie in einen grünen Tunnel hineinfahren.

Nach drei mehr als engen Kurven, in denen sich schon Lkws festgefahren hatten, fuhren sie auf zwei gemauerte hohe Pfosten zu, in denen einst ein metallenes Tor befestigt gewesen war.

Das lag allerdings seit Jahren nebenan auf der Wiese und verrottete vor sich hin. Der Preis für den Ersatz war dem alten McManor wohl zu hoch.

»Wow«, flüsterte Yvonne leise. Sie hatte sich vorgebeugt, den Kopf zwischen den Schultern Monas und Charlottes. »Fahren wir zu einem verwunschenen Schloss?«, fragte sie auf Deutsch.

»Hier gibt es nur Castles«, entgegnete Mona konsequent auf Englisch. »Einige dieser Castles würdest du eher als Häuser bezeichnen. Und Old-McManor-House ist ein Herrenhaus, sowas wie die Sommerresidenz der McManors.«

»Adlige?«

»Hier in Schottland? Nein, niemals!«, wehrte Charlotte ab. »Die gibt es nur in England. Wir haben Clanchefs und Familienoberhäupter. Die McManors hatten wohl mal einen Lordtitel. Der ist aber verloren gegangen. Jetzt sind sie einfach nur noch reich.«

»Wie reich?«

»Gute Frage. Der alte McManor lebt inzwischen dauerhaft in Florida. Das Klima scheint ihm behaglicher«, sagte

Charlotte. »Ich habe ihn zuletzt bei der 500-Jahrfeier gesehen.«

»500 Jahre? Was wurde gefeiert?«

»Keine Ahnung. Irgendeine Erhebung in irgendeinen Stand. Was weiß ich. Wir in Schottland feiern Feste um der Feste willen. Der Anlass ist nebensächlich. So, jetzt geht es in den Park.«

Die Bäume schienen zurückzuweichen und die Reifen erzeugten neue Geräusche auf dem gekiesten Weg hinter den Pfosten.

Grünanlagen wurden sichtbar. Eine gepflegte Fläche.

»Englischer Rasen«, hauchte Yvonne und filmte bereits wieder.

»Wir steigen gleich aus«, meinte Mona. »Peter wird dich durch seinen Garten führen, dann kannst du in Ruhe Aufnahmen machen.«

»Okay.«

Martha Bientowitz erwartete Mona und Mrs Polson an der Haustür. Sie lehnte an der Brüstung der Treppe und sah den Vauxhall heranrollen. Auch wenn das Haus alt und der alte McManor schon lange nicht mehr da war, gab es eine eingebaute Infrarotschranke auf dem einzigen Zufahrtsweg und eine Kamera machte Bilder von jedem Besucher, der den Weg benutzte, und übertrug sie auf einen kleinen Monitor.

Martha freute sich auf Mona und die Erzählungen von Hamburg, wohin die junge Frau vor einigen Tagen abgereist war. Sie winkte.

Der Vauxhall stoppte unterhalb der Treppe.

Mona stieg aus, ebenso Charlie und eine Frau, die Martha nicht kannte. Diese sah sich interessiert um, als versuche sie alles in sich aufzunehmen.

»Hi, Mona!«, rief Martha. »Mrs Polson. Was führt euch zu uns?«

»Fragen über Fragen«, erwiderte die ältere Frau und lächelte Martha zu.

»Tee?«

»Natürlich«, sagte Mona und strahlte die polnische Haushälterin an.

»Kommt in die Küche und bringt euren Gast mit«, lud Martha sie ein.

Im Innern mussten sie eine kurze Pause einlegen, da Yvonne, Mona hatte die Influencerin vorgestellt, Fotos von der Eingangshalle und den Porträts machen wollte.

»Wer ist die Frau?«

»Lady Marion McManor«, erklärte Mona Yvonne.

»Sie war echt hübsch.«

»Ja. Und der Grund, warum die McManors keine Adligen mehr sind. Sie war unverheiratet, und bekam einen Sohn, dem sie zwar den Namen, aber nicht den Titel vererben durfte.«

»Das klingt übel.«

»Vielleicht war es auch ganz gut so«, sagte Mrs Polson kryptisch und drängte weiter.

Martha bot ihnen in der geräumigen Küche am Mitteltisch Sitzplätze an, während sie Wasser erhitzte und dann Tee aufgoss. Die Tassen standen schnell bereit und aus einer metallenen Dose zauberte sie Shortbreadfingers hervor.

»Sind das deine selbstgemachten?«, erkundigte sich Mona.

Martha nickte.

»Boah, Yvonne! Du musst sie probieren. Das sind die Besten«, schwärmte Mona.

Mrs Polson wirkte ungeduldig. Sie trommelte mit den Fingerspitzen auf der Tischplatte und blickte sich fahrig um.

»Ist alles klar, Mrs Polson?«, fragte Martha.

»Ja, schon. Mrs Bientowitz. Wo ist Ihr Mann?«

»Tymi? Ähm. Unterwegs.« Martha goss allen Tee ein. Mona und Yvonne griffen zum Zucker und schnappten sich die ersten Shortbreadfingers.

»Hm.« Charlotte nippte am Tee. »Gut.«

Begeisterte Töne kamen von den beiden anderen, die sich gegenseitig zunickten. »Wie lecker«, meinte Yvonne mit halb vollem Mund. »Super. Kann ich das Rezept haben?«

Martha musste grinsen. »Das tut mir leid, aber es steht in der Familienbibel der McManors. Ich darf es, glaube ich, nicht rausgeben. Nur ein Tipp: Es ist viel Butter drin.«

Sie starrte Mrs Polson intensiv an.

»Was hat euch zu uns geführt?«

»Es geht um Lopez«, sagte Mrs Polson.

Martha spürte schlagartig einen dicken Klumpen im Magen. »Ja?«

»Er ist verschwunden?«, erkundigte sich Mona, die deutlich freundlicher wirkte als ihre ältere Freundin. Yvonne griff herzhaft nach dem Shortbread und fühlte sich augenscheinlich pudelwohl. Was war hier nur los, fragte sich Martha insgeheim. »Nun ja, verschwunden. Was heißt das schon.«

»Na, weg, nicht mehr aufgetaucht, man vermisst ihn«, mischte sich Mrs Polson ein.

»Charlie«, ermahnte Mona ihre Freundin leise. »Wann habt ihr ihn das letzte Mal gesehen, Martha?«

»Oh, weiß nicht. Ich vor ein paar Tagen. Der junge Herr hat meine Küche gemieden. Tymi und Peter waren mit ihm vorgestern, nein den Tag davor, noch im Jagdgebiet unterwegs.«

»Das wissen Sie genau?«, bohrte Mrs Polson nach.

»Ja. Sie brachten Hasen mit, die sie geschossen hatten. Zwei, um genau zu sein. Ich habe sie in Beize gelegt.«

»Und seitdem haben Sie ihn nicht mehr gesehen?«

»Nein. Das hat Mr Laing schon gefragt. Ist etwas passiert?«

»Paul war hier?«, fragte Mona.

»Nein. Er hat angerufen. Ist irgendwas mit Mr Lopez?« Martha spürte eine innere Unruhe.

»Er ist tot«, behauptete Mrs Polson und

Martha wurde blass.

Mona war es unangenehm, wie hart Charlie mit ihrer Freundin umsprang. Martha war eine recht ansehnliche Mittvierzigerin, die einen viel zu alten Mann geheiratet hatte und nun in den Highlands als Hausangestellte, Köchin, Metzgerin, Putzfrau und Mädchen für Alles versauerte. Tymi wirkte älter als Anfang sechzig und hätte ruhig etwas zärtlicher und netter zu seiner Frau sein dürfen.

Martha akzeptierte es jedoch, schüttete nur gelegentlich Mona ihr Herz aus.

Die Mitteilung Charlies über das Ableben des Herrn Lopez, schien der Polin zu schaffen zu machen. Sie zitterte am ganzen Leib.

Mona erhob sich, ging zum Küchenschrank, öffnete die Tür und nahm ein Glas und eine unscheinbare Flasche mit dunkler, fast schwarzer Flüssigkeit heraus.

Sie schenkte Martha ein. »Hier trink.«

Die Polin stürzte den Single Malt in einem Zug hinunter.

»Krieg ich auch einen?«, fragte Charlotte.

Mona verdrehte die Augen, holte noch ein Glas, überlegte kurz und stellte dann Yvonne und sich ebenfalls eines auf den Tisch.

»Es ist noch keine elf Uhr«, sagte Yvonne, nachdem sie an der nachtschwarzen Flüssigkeit geschnüffelt hatte.

»Irgendwo ist die Sonne schon untergegangen«, versicherte Charlotte und hob das Glas.

Martha schien auch nichts gegen ein zweites Glas zu haben, das sie sich einschenkte.

Mona, die den Single Malt schon kannte, war dennoch überrascht über die Schärfe auf der Zunge und den heftigen holzigen Geschmack. »Woah!«, stieß sie aus und Yvonne schüttelte sich sogar.

»Okay, Martha«, sagte Mona, nachdem sich der Mundraum wieder beruhigt hatte. »Die Leiche hat Charlie gestern an einem Strandabschnitt des Küstentrails gefunden. Jetzt ist sie weg.«

»Weg?« Martha sank ein wenig in sich zusammen.

Auf Mona wirkte es so, als hätte sie ein schlechtes Gewissen. »Die Polizei ist auf der Suche nach ihr. Und wir wundern uns, warum ihr nicht früher eine Vermisstenmeldung abgegeben habt. Da draußen tobte ein Unwetter. Ist doch sonst nicht eure Art.«

»Ach, Mona.« Martha seufzte, griff nach der Flasche und schenkte sich einen dritten Whisky ein. »Wir waren froh, dass er uns ein paar Tage in Ruhe gelassen hat.« Sie trank.

»Warum?«, hakte Charlotte nach.

»Der junge Herr ist kein sehr angenehmer Mensch. Ähm, war. Er hat nur Streit, Ärger und Sorgen mitgebracht.«

»Wie meinst du das?«, fragte Mona, streckte die Hand dabei aus und streichelte sanft über Marthas Oberarm.

»Er wollte alles verkaufen. Alles. Das Haus, die Ländereien. Ich vermute, er brauchte Geld.«

»Das hätte euch den Job gekostet«, stieß Mona aus.

»Und unsere Wohnung. Ja. Schlimm. Tymi hat alles versucht, um ihn davon abzubringen.«

»Dann sind seine Pläne mit ihm gestorben?«

»Er war kein netter Mensch. Wie ist er gestorben?« Martha sah auf.

»Wissen wir nicht. Aber er ist definitiv tot«, sagte Charlotte.

»Martha?«, fragte Mona. »Alles klar?«

»Es tut mir leid, aber traurig bin ich nicht.« Die Polin stemmte sich energisch vom Tisch hoch. »Das hat uns vielleicht gerettet und ich denke, dass er für seine Sünden bestraft wurde.«

»Sünden?«

»Fragt Tymi. Es tut mir leid, aber könnt ihr jetzt bitte gehen?«

»Klar doch.« Mona hob entschuldigend die Hände. »Wenn ich irgendwas für dich tun kann …?«

Martha schüttelte den Kopf. Sie hatte Tränen in den Augen.

»Dann gehen wir einfach. Kommt.« Mona nickte den beiden anderen Frauen zu.

Charlotte erhob sich still und Yvonne nutzte die Gelegenheit für ein letztes Shortbreadstück.

Kapitel Sechs

– Im Gartenhaus – Spurensuche – Ein unangenehmer Zusammenstoß – Karteikarten werden angelegt – Eine teure Reparatur – Mission im Pub –

Peter Cunninghams Freude war ehrlich und überbordend.

Zuerst umarmte er Mona, dann die zweite Deutsche, die sich als Yvonne vorstellte.

»Ah, der Grund für die Suche. Schön, dass es Ihnen gutgeht«, sagte er, betont langsam sprechend, denn ihn beschlich der Eindruck, dass die Influencerin ein wenig alkoholisiert war.

Mona saß in ihrem Lieblingssessel im Gartenhaus Cunninghams, neben sich Yvonne, und schilderte mit Begeisterung, dass dies der Inbegriff des Detoxens sei. »Ein Tiny-Haus ohne Netzanschluss und Fernsehen. Mitten in der Natur, Yvonne. Der Traum eines jeden Gärtners, nicht wahr, Peter?«

»Ich habe es nicht so mit Internet und dem ganzen Kram«, gab der Gärtner zu. »Wollt ihr was trinken?«

»O nein«, wehrte sich die Influencerin eine Spur zu heftig. »Ich habe schon einen Drink in der Küche gehabt. Ich glaube, das reicht für heute. Was war das für ein Teufelszeug?« Sie lallte vernehmlich.

Peter sah Mona fragend an. »Hat Martha euch was von dem schwarzen Fass eingeschenkt?«

»Ja.«

»Das ist hart für einen Ungeübten«, meinte er an Yvonne gerichtet. »Wir wissen nicht, wie viel Volumen Prozent da drin sind.«

»Wie kommt es?«

»Ein vergessenes Fass aus der Destille Talisker. Möglicherweise am Zoll vorbei abgefüllt.«

»Das war auch Whisky?«, konstatierte Yvonne verwundert.

»Man nimmt an, dass man das Fass einem Alligator Charring ausgesetzt hat und es dann unterließ, es zu kennzeichnen. Daher wohl auch die Färbung. Um jedem Problem aus dem Weg zu gehen, gab es eine Privatabfüllung.«

»Wow!«, machte Yvonne und hielt sich die Stirn, als würde ihr Kopf wackeln.

»Wohin ist Charlotte gegangen?«, fragte Peter.

»Hat sie mir nicht gesagt«, antwortete Mona. »Frische Luft schnappen. Aber ich wollte dir die Neuigkeiten nicht vorenthalten. Lopez ist tot.«

»Was?«

Charlotte genoss die Seebrise. Old-McManor-House lag malerisch zwischen den Bergen und der See. Von der Küste her gab es keinerlei Hindernisse, die die Aussicht gestört hätten. Wiesen bis hin zum Meer.

Die Atmosphäre hatte sich gereinigt, die Sicht war klar, verfügte scheinbar über mehr Kontrast, Farben und Schönheit, als hätte der Sturm, wie eine Putzkolonne, die Landschaft aufgeräumt.

In der Ferne erblickte Charlotte eine Gruppe von Möwen, die einem Fischerboot folgten.

Langsam wanderte sie den Weg an der Seite des Haupthauses entlang, versuchte ihre Gedanken zu ordnen, den Kopf freizubekommen. Sie spürte immer mal wieder ihre protestierenden Gelenke, die schon seit gefühlten Ewigkeiten in ihrem Körper arbeiten mussten.

Sie erinnerte sich an die Zeiten, als sie mit blonden langen Haaren diesen Weg entlanggelaufen war und mit der Tochter des alten McManors Liebesgeheimnisse ausgetauscht hatte. Bonnie war dann leider in ein Internat in Indien abgeschoben worden und der Kontakt so abgerissen.

Charlotte wanderte hinter das Haus, hin zu den sogenannten Stallungen, die früher wahrscheinlich einmal Pferde beherbergt hatten, jetzt nur noch für Fahrzeuge und allerlei Sonstiges herhalten mussten.

Vor dem breiten Tor stand ein jägergrün gefärbtes Lasten-Quad, mit Fahrerkabine und Überrollbügel, am Heck die offene Ladefläche. Charlotte war schon immer neidisch auf so ein Quad gewesen, da es ein Auto vollends ersetzen konnte. Doch der Spaß blieb beim Fahren auf der Strecke und die Kosten für ein solches Gefährt lagen immens über ihrem Budget.

Sie schaute hinauf zu den Fenstern im ersten Stockwerk. Das zweite von links hatte zu Bonnies Zimmer gehört.

Stunden hatten sie dort verbracht, sich gegenseitig Bücher vorgelesen und Lieder gesungen. Wenn die Sonne unterging, erstrahlte der Raum in goldenem Glanz.

Wie man das Zimmer wohl heute nutzte?

Es kitzelte in Charlottes Nase. Ein eher strenger Geruch verschaffte sich Geltung. Metallisch, erdig. Sehr irritierend.

Charlotte bewegte sich auf die Quelle zu und stand kurz darauf vor dem Quad. Im Innern der Kabine war Platz für zwei. Der Schlüssel steckte, die Scheibe zeigte deutliche Spuren von Dreck, den man mit dem Scheibenwischer nur schwer würde entfernen können. Es strotzte nur so vor Matsch und Schmutz. Das tiefe Profil der Räder war beinahe vollständig mit Schlamm aufgefüllt. Tymi schien sich das Waschen für später aufgehoben zu haben.

Charlotte inspizierte die Ladefläche.

Inzwischen nahezu getrocknetes Blut hatte sich darauf verteilt. Dies war die Ursache des Geruches. Charlotte beugte sich vor und suchte nach weiteren Hinweisen, auf eine mögliche Gewalttat.

Doch da waren keine Fellhaare, die man hätte sehen müssen, wenn es ein Reh oder Rotwild gewesen wäre. Für einen oder zwei Hasen, wie die Köchin berichtet hatte, erschien es deutlich zu viel Blut.

Charlotte machte sich gedankliche Notizen.

Mona spürte Peters inneren Widerwillen, sich zu Lopez und dessen Verhalten zu äußern. Der Gärtner spielte nicht nur den zurückhaltenden Engländer, er hatte diese Haltung verinnerlicht. Bevor Peter auch nur ein schlechtes Wort über jemanden fallen ließ, musste schon viel geschehen.

»Ach, Mona«, wand er sich sichtlich. »Es war sein gesamtes Auftreten. Er war wirklich kein angenehmer Zeitgenosse.«

»Okay, das hat Martha bereits geäußert. Was hat ihn denn so unangenehm gemacht?«

»Die Art, wie er mit Menschen redete. Ich denke, er hielt niemanden für gleichwertig. Dabei bestand sein einziger Anspruch auf das Erbe aus einem Fehltritt des verstorbenen Sir Alan, irgendwo in Südamerika.«

»Wurde das überprüft?«, fragte Yvonne T-Punkt.

Peter Cunningham zuckte mit den Schultern. »Es stand uns nicht zu, eine Entscheidung des alten Lords anzuzweifeln. Er tauchte auf. Er brachte Papiere mit und drohte den Bientowitzes und mir sofort damit, dass er das House veräußern wolle. Aber das war noch nicht alles.«

»Was noch?«, drängte Mona.

»Da waren verschiedene Mietverträge, die nun auf seinen Namen liefen. Ich glaube, er erwähnte die Kierans und deren Ferienhausanlage.«

»Die Lodges?«

»Ja. Aber es gab noch mehr. Er zeigte uns Kopien, die er oben in seinem Zimmer aufbewahrte. Er wollte Kasse machen.«

»Schöner Erbe. Besitz verpflichtet«, sagte Mona.

»Der Spruch galt nicht für Mr Lopez. Er hasste alles hier«, sprach Peter nun flüssiger und voller ablehnender Inbrunst. »Das Wetter war zu nass, zu kalt, zu windig, die Landschaft zu karg, zu nass, zu schmutzig, das Meer zu kalt, zu wenig Wellen, zu viele Seehunde, das Essen war ihm zu fade oder zu profan. Nichts, aber auch gar nichts, gefiel ihm hier. Old-McManor-House hielt er für zu düster, alt, zu zugig, die Porträts störten ihn, er wollte sie einzeln verkaufen, sobald der alte Lord verstorben wäre. Er verhielt sich grässlich. Das Ansehen der McManors stand auf dem Spiel.« Peter atmete schwer. »Es hat mir das Herz gebrochen. Ich bin wahrlich nicht traurig, dass Mr Lopez nicht länger auf dieser Erde wandelt.«

Er verstummte abrupt, wurde sich augenscheinlich seiner harschen Worte bewusst.

Mona sprang beinahe aus ihrem Stuhl, trat zwei Schritte an ihn heran und breitete die Arme aus. »Es ist alles in Ordnung, Peter«, flüsterte sie und nahm ihren Freund in den Arm.

Trotzdem behielt die Stimmung danach einen unerwartet befremdlichen Ton. Peter schien sich in seiner Haut nicht mehr so wohlzufühlen.

Mona gab Yvonne einen Wink und sie verabschiedeten sich.

Die Tür hakte. Mona drückte mit der Schulter dagegen und wurde von dem plötzlichen Nachgeben überrascht. Sie stürzte mit einem kurzen Aufschrei nach draußen, rammte etwas auf Schulterhöhe und landete auf dem Boden. »Au, verdammt«, sagte sie leise, rappelte sich in Sitzposition hoch und rieb sich das schmerzende Handgelenk.

Ein Schatten fiel auf sie. Ein mächtiger Umriss verdeckte die Sonne.

»Tut mir leid«, erklärte eine markante männliche Stimme. Der Unbekannte ging in die Hocke.

Sonnenstrahlen blendeten Mona augenblicklich. Sie drehte den Kopf weg und sah nur Lichtpunkte.

»Geht es Ihnen gut?«

Mona blinzelte. Blonde Haare flammten im Sonnenlicht auf, das Gesicht lag im Schatten, wirkte aber durchaus freundlich und außerordentlich gut aussehend. »Wow«, sagte sie, ohne es unterdrücken zu können. Sie griff nach seinen ausgestreckten Händen und ließ sich hochziehen.

Ein Kichern erklang. Yvonne.

Mona wandte sich um, registrierte das feixende Grinsen der Influencerin, hinter ihr stand Peter.

»Ich schnappe mir mein Handy und wir wiederholen das Ganze für die Ewigkeit«, flachste Yvonne. »Das war besser als in jedem Film.«

»Ähm.« Mona kam sich albern vor.

»Du kannst bestimmt seine Hände wieder loslassen«, schlug Yvonne vor.

Mona riss sie aus dem Griff des Fremden. Im nächsten Moment war es ihr schon wieder peinlich.

»Tut mir leid«, sagte der Hüne und trat einen Schritt zurück.

Mona sah in die wahrscheinlich blauesten Augen, die sie jemals wahrgenommen hatte. »Ich bin ja in Sie reingekracht«, wiegelte sie ab. »Mir tut es leid.«

»Steven«, grüßte er sie und streckte seine Hand aus.

Sie schüttelten einander die Hände. »Mona.« Sein Händedruck war angenehm, ihre Finger verschwanden fast vollkommen in seiner Pranke und doch …

Sie zog sie zurück. »Wer sind Sie?«

»Steven, wie ich schon sagte«, antwortete der Unbekannte.

Mona erkannte, wie unfreundlich sie wirken musste, konnte jedoch nicht aus ihrer Haut heraus. Die verflixten blauen Augen erinnerten sie zu sehr an einen Mann in

Hamburg, auf den sie vor langer Zeit hereingefallen war und von dem sie sich gerade scheiden ließ. »Was machen Sie hier?«

Er verbeugte sich andeutungsweise. »Mein vollständiger Name lautet Steven Sunnet, wenn Mylady erlaubt«, entgegnete er mit deutlich ironischem Tonfall. »Ich besuche einen Freund. Vielmehr suche ich ihn.« Er wandte sich um und nickte Yvonne und Peter zu. »Sind Sie der Gärtner?«

»Cunningham, ja bitte?«

»Im Haus öffnet niemand und da dachte ich mir, dass Sie mir möglicherweise weiterhelfen können.«

»Ähm, Verzeihung. Womit könnte ich Ihnen dienen?«

Steven Sunnet lächelte breit, was ihm ein jungenhaftes Aussehen verlieh. »Ich suche John. John Lopez. Er müsste hier sein, oder nicht?«

Betretenes Schweigen folgte.

Charlotte bemerkte bei ihrem Eintreffen die gedrückte Stimmung. »Guten Tag«, grüßte sie den jungen Mann, der sich als Steven Sunnet vorstellte.

Mona erklärte, wer er war.

»Ein Freund von Mr Lopez also«, sagte Charlotte. »Das tut mir leid für Sie.«

»Ja, damit habe ich nicht gerechnet«, meinte Sunnet bedrückt. »Er wollte ein paar Tage in den Highlands verbringen, bevor es in London wieder zur Sache geht.«

»Zur Sache?«, hakte Charlotte nach.

»Studium. Es stehen Klausuren an.«

»Sie sind Studenten?«

»Sicher.« Sunnet wirkte verwirrt. »Wer sind Sie?«

»Polson. Charlotte. Ich wohne ganz in der Nähe. Ich befürchte, ich bin diejenige, die den Leichnam gefunden hat.«

»Sie?« Zweifel lag in seiner Stimme.

»Ja. Sie waren Freunde?« Charlotte schoss den nächsten Pfeil ab.

»Von Geburt an, sozusagen. Unsere Mütter waren schon befreundet, lebten zusammen und unsere Geburtstage liegen nur wenige Stunden auseinander. Wir sind im selben Krankenhaus zur Welt gekommen.«

»Außergewöhnlich«, murmelte Charlotte.

»Verzeihung«, sagte Sunnet. »Ich muss das erst mal verdauen.« Er wandte sich ab und schritt davon, ohne sich zu verabschieden.

Charlotte sah ihm nach, bis er um eine Ecke des Hauses herum aus dem Sichtfeld verschwand.

»Traurig«, sprach Peter in die Stille hinein.

Charlotte ließ den Blick zwischen den beiden Frauen und ihm hin und her wandern. »Wo kommt der Dreck her, Darling?«, fragte sie Mona.

»Bin gefallen.«

»Na, los! Lasst uns fahren«, schlug Charlotte vor.

Mona hatte sich umgezogen, einen werdenden blauen Fleck an ihrer Schulter begutachtet und kochte Tee für alle.

Yvonne saß am Tisch, wischte durch ihre Fotos und Filme auf dem Smartphone und wirkte konzentriert.

Erst als der dampfende schwarze Tee in der Kanne und den Tassen war, tauchte Charlotte mit einer Schuhschachtel auf. Sie stellte sie auf den Tisch, zückte drei Kugelschreiber und positionierte jeweils einen neben den Tassen. Sie stemmte die Arme in die Hüften und strahlte übers ganze Gesicht. »So, meine Lieben. Jetzt geht es an echte Detektivarbeit.«

Yvonne legte das Handy weg und schaute interessiert zu der älteren Dame hinauf. »Was soll ich tun?«

»Was meinst du mit Detektivarbeit, Charlie?« Mona musste immer noch an den traurigen Ausdruck in Sunnets Augen denken.

»Nun, erwähnte ich schon, dass ich in den Siebzigern als Sekretärin in einer Detektei gearbeitet habe?«

»Nein«, sagte Mona.

»Dann weißt du es jetzt, Darling. Ich musste Geld verdienen und habe jeglichen Schreibkram für Ian erledigt. Das war in Fort William.«

»Ian? Fort William? Was macht ein Detektiv in Fort William?«, zweifelte Mona.

»Das Übliche halt. Observierung, im Auftrag der Fischer nach den Frauen sehen, ob die sich nicht, während ihre Männer auf See waren, was angelacht haben. Es reichte, um eine Teilzeitsekretärin zu bezahlen, und für den Pubbesuch fiel auch genug ab. Das war im Übrigen sein Hauptproblem.«

»Der Pub?«, vermutete Yvonne.

»Ja. Ian liebte das Bitter und den Whisky zu sehr. Also gehörte es zu meinen Aufgaben, ihn nach Hause zu schleppen und, wenn er zu betrunken oder verkatert war, auch in gewisser Weise die Fälle zu übernehmen.«

»Du hast als Detektivin gearbeitet?«, sagte Mona und lächelte Charlotte an. »Wow! Mich wundert gar nichts mehr.«

»Na, ja, vielleicht sechs, sieben Mal, ich weiß es nicht mehr genau. Aber! Und dazu kommen wir jetzt! Ich war für die Karteikarten zuständig.« Charlotte hob den Deckel von der Schuhschachtel und legte postkartengroße stabile Kartenstapel in die Mitte des Tisches. »Wir notieren darauf den Namen des Verdächtigen, dazu Motiv, die ihm zur Verfügung stehenden Mittel und die Gelegenheit. Ganz unten ein mögliches Alibi.«

»Was heißt das? Verdächtige?«, fragte Mona. »Du gehst von Mord aus?«

»Aber sicher. Wir schauen uns gleich noch die Bilder in der Cloud an, dann stimmst du mir zu. Lopez ist nicht diesen Felsen heruntergestürzt und später an den Verletzungen gestorben. Wir müssen zwar den Todeszeitpunkt eingrenzen, aber ich behaupte, dass er bereits tot war, als man ihn dort platzierte. Ich wette eine Flasche des 29. Februars darauf.«

Yvonne wirkte irritiert.

»Sie meint den Single des Tages vom 29. Februar«, erklärte Mona ihr. »Der wird ja nur alle vier Jahre geöffnet und getrunken. Ist ein 80-jähriger Bowmore. Ich will gar nicht wissen, wie teuer der heute wäre.«

Charlotte hatte sich gesetzt und schrieb eifrig. Im Anschluss präsentierte sie die erste Karteikarte.

Name: Tymi Bientowitz
Motiv: Jobverlust, Wohnungsverlust, Existenzangst
Mittel: Verfügt über ein Lastenquad mit dem er die Leiche transportieren könnte.
Gelegenheit: Lopez hat in dem Haus gewohnt. Es kann jederzeit passiert sein.
Alibi: ...

»So.« Charlotte schaute zufrieden. »Was denkt ihr?«

»Du verdächtigst Marthas Mann?« Mona fasste es nicht. »Das ist doch Irrsinn.«

»Nicht nur Mr Bientowitz. Auch Martha und Peter und jeden, der auf den geheimnisvollen Papieren steht. Du erwähntest auf der Fahrt die Kierans.«

»Ja, aber das macht sie nicht zu Mördern? Das sind unsere Freunde!«, blaffte Mona.

»Ich spreche nur von Verdächtigen, nicht von Mördern, Darling. Es ist in Ordnung, wenn du allen vertraust. Das deckt sich grundsätzlich mit meiner eigenen Einstellung zu den Menschen. Ich halte keinen aus unserer Gemeinschaft für fähig, einen kaltblütigen Mord zu begehen. Jedoch im Affekt oder unbeabsichtigt? Ich möchte nichts ausschließen, dafür bin ich viel zu lange auf der Welt. Wir können uns im Charakter täuschen. Das müsstest du dem Grunde nach verstehen, nicht wahr?«

Mona wusste, dass Charlie auf die Scheidung anspielte. Und obwohl sie so Äpfel mit Birnen verglich, gab es einen kleinen Winkel in Monas Verstand, der zustimmte, wenn auch widerwillig.

»Okay«, sagte ganz überraschend Yvonne. »Was soll ich tun?«

Charlotte lächelte.

Eine gute halbe Stunde später lagen fünf ausgefüllte Karteikarten verteilt auf dem Tisch und Yvonne stapelte sechs weitere, auf denen außer den Überschriften nichts vermerkt war.

Beim Anblick der Karten musste Mona einfach lächeln. Die exakten Blockbuchstaben Charlies stachen hervor. Ein Letter wie der andere, als hätte sie einen Drucker benutzt. Dazu Monas eigene krakelige Schreibweise und alle allgemeinen Stichworte wie Name, Motiv, Mittel, Gelegenheit und Alibi in Yvonnes beinahe schon kalligrafischer Schönschrift.

»So und jetzt?«, fragte die Influencerin, die sichtlich Spaß hatte.

»Jetzt müssen wir sehen, dass wir an die Papiere in Lopez Zimmer herankommen«, befahl Charlotte.

»Wie willst du das anstellen?«, fragte Mona.

»Ich hab da einen Plan, aber zunächst, brauche ich mein Quad wieder zurück. Kannst du mich zu Sophie fahren, Darling?«

Die Sonne schien weiterhin, als hätte es niemals ein Weltuntergangswetter gegeben.

Sophie stand neben dem ramponierten Quad in der Garage, in der sie schraubte. »Das wird verdammt teuer, Mrs Polson. Ich muss wahrscheinlich Ersatzteile vom Festland bestellen.«

»Wie teuer?«

Sophie nannte ihr eine Summe, die knapp an die 500 Pfund reichte.

»Nein, kann ich mir nicht leisten.«

»Was ist mit der Versicherung?«

»Das dürfte ein Problem sein«, meinte Charlotte.

»Sie hat keine Versicherung abgeschlossen. Das Quad ist illegal«, ergänzte Mona. »Können wir es in Raten abstottern?«

Sophie zuckte mit den Schultern. »Die Ersatzteile müsst ihr in jedem Fall bezahlen, die kann ich nicht vorstrecken. Und das ist der Löwenanteil.«

»Dann lassen wir es hier stehen und ich lege solange Geld beiseite, bis ich genug zusammen habe«, sagte Charlotte.

»Dann bist du aber nicht mehr mobil«, gab Mona zu Bedenken.

»Unsinn.« Charlotte schnippte mit den Fingern. »Ich reaktiviere die alte Kawasaki. Das wird ein Heidenspaß!«

Mona blickte Sophie flehend an. »Sag was, Soph! Sie kann sich doch nicht mehr auf ein Bike setzen. In ihrem Alter!«

»Alter?«

»Ja, und das meine ich auch so. Es ist viel zu riskant auf zwei Rädern. Und du bist schon Jahre nicht mehr gefahren. Vollkommen aus der Übung!«

»Das verlernt man nicht.«

»Sophie«, bettelte Mona erneut. »Kannst du es nicht billiger hinkriegen? Für 200 Pfund lassen wir es sofort machen, nicht wahr, Charlie?«

Ihre Freundin verdrehte die Augen. »Ich finde es erschreckend, wie schlecht deine Meinung zu meinem körperlichen Zustand ist, meine Liebe.«

»Ich finde es schlimm, wenn Menschen sich unnötig einer Gefahr aussetzen. Glaub mir, Charlie. Ich weiß, wovon ich rede.«

»Schon gut, ihr beiden«, wiegelte Sophie ab. »Nicht streiten. Ich schaue mal, was ich machen kann. Vielleicht hat Onkel Paul auch noch eine Idee. Asservatenkammer oder Schrottplatz. Ich bemühe mich, okay?«

Charlotte nickte ergeben, Mona erleichtert.

Sophie sah auf die Uhr. »Ich habe noch einen Termin. Sehen wir uns heute Abend im Parrot?«

»Klar«, bestätigte Charlotte. »Es ist Freitag. Pub-Session.«

»Gut, dann heute Abend auf ein Bier. Vielleicht bin ich dann schon schlauer.«

Yvonne machte große Augen, als sie das Pirates Parrot voller Leute erlebte.

Es war der erste Freitagabend, den sie in dem Pub verbrachte, da sie vor genau einer Woche mitten in der Nacht am Quiet Place angekommen war.

Mona führte sie zu einem der niedrigen Tische. Dort setzten sie sich auf die Bänke, die man in der Wand verschraubt hatte. Charlotte wollte, wie immer, einen Stuhl. Sie bestellte im Vorbeilaufen bei Connor, der fleißig hinter der Theke an den Hähnen Fassbier zapfte. Er nickte ihr zu.

Die 18-Uhr-Glocke hatte noch nicht geläutet, auf dem Fernseher lief ein Shinty-Spiel, die Aufzeichnung eines Matches aus dem Internet. Meistens filmten Fans der lokalen Mannschaften vor Ort, die sie später, nach einer kurzen Bearbeitung, kommentiert auf eine Website stellten, sodass alle in ganz Schottland sich die Games anschauen konnten.

Lediglich das Finale der League wurde von einem schottischen Heimsender live übertragen. Aber auch hier nur via Internet.

Sophie saß bereits an der Theke und jubelte, als die Mannschaft aus Portree Skye Camanachd einen erstklassigen Angriff mit einem Tor beendete. Ein Spielstand wurde nicht eingeblendet, so ahnte Mona nicht, wer gerade führte, doch mit zunehmendem Alkoholkonsum würde das sogar für die Fans keine große Rolle mehr spielen.

»Was läuft da auf dem Fernseher?«, fragte Yvonne. »Die haben seltsame Schläger.«

»Das ist Shinty«, erklärte Mona. »Ist so eine Art Nationalsport.«

»Ich dachte, das wäre dieses Baumstammweitwerfen«, merkte die Influencerin an.

Charlotte brachte drei Pints mit, stellte sie auf den Tisch. »Ein Red Ale für dich, Darling, ein Cider für unseren Gast und ein nettes Dunkles für mich.« Sie setzte sich auf den Stuhl, der ein wenig ächzte. »Der Baumstamm wird nicht weit geworfen, sondern möglichst gerade. Und es gehört zu den Traditional Highland Games. Also eher Tradition und Ehre. Shinty ist ein Alltagssport. Ich habe ihn früher auch gespielt. Wir Mädchen mussten dabei mit den Jungs in einer Mannschaft spielen und so manches Schienbein wurde aus Liebesgründen mit blauen Flecken verziert.« Charlotte lachte und hob ihr Glas an. »Prost«, nutzte sie das deutsche Wort.

Alle drei tranken, Charlotte hatte eindeutig den größten Durst.

Mona schaute sich im noch nicht restlos gefüllten Pub um. »Die Kierans sind mal zu zweit hier, Simona hat Sammy mitgebracht, Tymi, Martha und Peter sitzen tatsächlich friedlich vereint an einem Tisch.«

»Doc und Paul sind nicht da«, kommentierte Charlotte. »Schade. Ich hätte mich gerne mit beiden unterhalten.«

Yvonne hob das Smartphone und filmte eine kurze Sequenz. »Atmosphäre aufsaugen. Hier sind auch so viele Leute, die ich nicht kenne. Wo kommen die alle her?«

»Es ist der einzige Pub bis Morar. Wer nicht zu weit fahren will, kommt hierher. Die Anzahl wird sich heute noch mehr als verdoppeln. Freitags und samstags sind die Chancen groß, sämtliche Freunde hier zu treffen. Der eine oder andere Tourist fällt da gar nicht auf.« »Sind ein paar hübsche Männer dabei«, erklärte Yvonne mit einem Blick auf die Aufnahme. »Die Gesichter verpixele ich später.« Sie probierte den Cider, dessen Farbe ins Blutrote tendierte. »Lecker. Da könnte ich mich glatt vergessen.«

Mona lachte. »Denk daran, dass das Zeug ordentlich Alkohol hat.«

Yvonne riss die Augen weit auf. »Nein! Wirklich?« Sie blinzelte Mona zu. »Ich muss mich, glaube ich, für mein Verhalten in den ersten Tagen entschuldigen. Bei euch beiden.«

Charlotte leerte ihr Glas und platzierte es auf dem Tisch wie eine Trophäe. »Ah. Das war gut. Ist alles in Ordnung, Yvonne. Wir freuen uns, wenn es mit der Werbung klappt. An einigen Tagen warst du halt eine Herausforderung. Aber ich mag dich.«

»Das ist gut«, stellte die Influencerin fest. »Ich würde gerne die nächste Runde übernehmen.«

»Dann solltest du dich beeilen«, witzelte Charlotte mit einem kurzen Wink auf Monas gleichfalls leeres Glas.

Yvonne trank ihren Cider aus und erhob sich. »Der Barkeeper weiß, was ihr trinkt?«

»Jepp!« Mona nickte.

Yvonne, die auch am heutigen Abend in Jeans und Sweater eine gute Figur machte, wurde von einigen Männern aufmerksam beäugt.

»Scheint, sie hätte Chancen«, sagte Charlotte.

Mona lächelte. Zum ersten Mal seit der Rückkehr in die Highlands ergriff sie eine tiefe Entspannung. Die Wärme des Alkohols in ihrem Bauch, die geschäftige Atmosphäre im Pirates Parrot umfing sie, liebkoste sie beinahe. Ja, sie fühlte sich angekommen. Zu Hause.

Einer der Gäste entzündete das Torffeuer im Kamin. Aus dem Radio plärrte ein Bagpipe-Duett.

Mona lehnte sich zurück, schloss kurz die Augen.

»Sieh mal, wer da ist, Darling«, bemerkte Charlotte wie beiläufig.

Mona registrierte die hünenhafte Gestalt Sunnets, der die Klapptür durchquerte, im vorderen Bereich des Pubs stehen blieb und sich irgendwie verloren umsah.

»Steven!«, rief Charlotte einen Tick zu laut und übertrieben freundlich. Mona wäre am liebsten im Boden versunken.

Sunnet schien kurz irritiert, dann hob er die Hand und steuerte auf ihren Tisch zu. »Guten Abend.«

»Ihnen gleichfalls«, erwiderte Charlotte. »Holen Sie sich doch einen Stuhl und setzen Sie sich zu uns.«

Der Student deutete eine Verbeugung an. »Ich bin mit den Bientowitzes verabredet. Vielleicht später.«

Mona blieb stumm. Sie fand, dass Steven einen Augenblick zu lange in ihre Richtung starrte und fühlte sich beobachtet, bewertet und zum Teil unwohl. Als er sich abwandte, untersuchte sie ihre Kleidung auf Flecken und ob ihre Haare gut lagen.

»Junge Leute«, kommentierte Charlotte.

Bevor Mona antworten konnte, war Yvonne zurück. »Bitter, Red Ale und ein Porter für mich.« Sie stellte die Gläser ab, setzte sich neben Mona und schubste sie dabei leicht. »Ups, 'Tschuldige.«

»Kein Problem. Ein Porter? Mutig.«

Yvonne hob das Glas und gemeinsam stießen sie an. »Zum Wohl«, rief sie laut, denn inzwischen war der Geräuschpegel in dem Pub stark angestiegen.

»Leckerer Stoff!«, lobte sie das Bier. »Und so süß!«

»Hat aber auch genauso viel Alkohol wie der Cider. Pass bloß auf«, warnte Mona sie.

Charlotte stand auf und schnappte sich ihr Glas. »Paul ist gekommen. Ich werde mich mal zu ihm gesellen. Soll ich ihm von der Cloud erzählen?«

»Klar«, bestätigte Mona. »Du darfst der Polizei doch nichts verheimlichen.«

»Wenn du meinst. Habt Spaß!« Charlotte bewegte sich durch das Gedränge mit der Sicherheit einer langjährig Geübten. Kein unerwarteter Zusammenstoß, kein Tropfen des kostbaren Bitters wurde verschüttet.

Mona beobachtete, wie sie sich zwischen Sophie und ihren Onkel an den Tresen kämpfte.

Yvonne bekam Besuch. Barry, ein Mittzwanziger, der auf dem Crofterhof seines Vaters für die Schafe zuständig war, und schon einige Biere intus hatte, beugte sich zu ihr herunter und fragte: »Kannichdirwaszutrinkenbringenbeautifulmaid?«

Yvonne lächelte dem recht ansehnlichen Barry ins Gesicht und wandte sich dann in deutscher Sprache an Mona. »Was hat er gesagt?«

»Schottischer Highland Akzent. Schwer zu verstehen, zumal er leicht angetrunken ist.« Auch Mona antwortete auf Deutsch.

»Ist er Single?«, erkundigte sich Yvonne.

»Ja. Er heißt Barry und möchte dich auf ein Getränk einladen.«

»O nett.«

»Ja. Du kannst ruhig annehmen. Die Highlander sind im Regelfall sehr zuvorkommend zu Frauen. Und Barry ist harmlos. Du solltest nur nicht mit ihm tanzen.«

»Nicht?«

»Schau dir seine Füße an.«

Yvonne tat es, ohne auf den verdutzten Gesichtsausdruck Barrys zu achten. »O Gott.«

»Ja. Würde man bei seiner Körperstatur gar nicht denken, nicht wahr. Das ist Größe 48 bis 50. Und ich sage dir, es tut weh, wenn eure Tanzschritte nicht perfekt aufeinander abgestimmt sind.«

»Sehr gerne«, antwortete Yvonne dem jungen Schotten auf Englisch. »Ein Porter? Ich komme mit, wenn Mona es erlaubt.«

»Nur zu. Und Barry?«

»Mhm?«

»Sprich langsam und deutlich. Sonst versteht sie dich nicht.«

»Machichmona«, war seine Antwort.

Mona nahm ihr Getränk und saugte die Atmosphäre in sich auf. Die angeregten Unterhaltungen, die Cheers und Begeisterungsschreie, wenn beim Shinty ein Tor gefallen war.

Ein leichter Nebel bildete sich unter der Decke des Pirates Parrot, Ausdünstungen des Torfes. Es roch nun auch stark nach Bier und mit Cheddar und Schinken gefüllten Toasted Sandwiches, die zu Dutzenden aus der Küche gereicht wurden, dazu der kräftige Duft nach Pommes, die hier Chips hießen und in Brotkörben vor den Hungrigen landeten.

Mona spürte den Alkohol, winkte Connor zu, der sie gerade im Blick hatte. Sie formte ein Dreieck und hielt zwei Finger hoch. Der Pub-Betreiber nickte ihr zu und rief etwas in die Küche.

Unwillkürlich suchte sie Steven Sunnet in der Menge, der beinahe am anderen Ende des Gastraumes mit Martha und ihrem Mann saß. Gelegentlich blitzten seine blonden Haare durch eine Lücke in dem munteren Treiben.

Charlotte kam zum Tisch zurück, gleichzeitig brachte Connor einen Teller mit zwei Toasted Sandwiches.

Mona reichte ihm einen Zehner. »Danke.«

Charlotte setzte sich.

»Eins für dich?«

»Nein, danke. Wo ist Yvonne?«

Mona deutete in Richtung des rhythmischen Klatschens und Stampfens. »Tanzt mit Barry.«

»Hast du sie gewarnt?«

»Eindringlich, aber ein Cider und ein oder zwei Porter …. Ich weiß nicht, ob sie noch ganz zurechnungsfähig ist.«

Charlotte griff nun doch nach einem der Sandwiches. »Schottische Gastlichkeit. Ich hoffe, sie wird es in ihrem Werbeprojekt erwähnen.«

Mona biss in ihre Fastfood-Köstlichkeit. Der Cheddar war heiß und quoll an den Seiten heraus. »Mhm«, kommentierte sie. »Was hat Paul gesagt?«

»Das ist eine gute Frage. Zum Ersten, dass mein Handy richtig kaputt ist, zum Zweiten, dass es weiterhin eine Vermisstensuche ist und zum Dritten, dass sie Spuren am Strand und auf dem Parkplatz gesichert haben.«

»Hast du das mit der Cloud ...«

»Erwähnt. Natürlich. Er wird uns morgen einen Besuch abstatten. Ansonsten ist er wohl über die Machenschaften von Mr Lopez im Bilde. Wie ein Bier zur rechten Zeit die Zunge lockern kann.«

»Wie kommen wir an die Papiere von Lopez ran, Charlie? Du hast gesagt, du hast einen Plan?«

»Sicher. Ich schicke dich auf eine Mission.«

Kapitel Sieben

– Es geht hoch her – Nachtstimmung in den Highlands –
Schweres Erwachen – Gespräche am Frühstückstisch –

Der Stundenzeiger näherte sich der Sperrstunde. Im Pirates Parrot stand die Luft. Alkohol, Musik, Tanzende und fröhlich im Gespräch vertiefte Leute sorgten für eine Stimmung wie sie außerhalb der Touri-Saison, nicht für jeden Freitagabend, doch für viele typisch war.

Mona wusste, dass sie mindestens ein Pint zu viel intus hatte. Sie lehnte sich an Peter, dessen Wärme ihr durch den Oberarm bis ins Herz drang. Der Engländer war ein begnadeter Erzähler. Jede Story, die er von sich gab, klang so, als hätte er sie selbst erlebt, und man konnte ihm auch bei der zweiten oder dritten Wiederholung gut zuhören. Diesmal berichtete er von der Geistererscheinung der Lady Marion McManor, die ihm auf der Toilette des Haupthauses aufgelauert hatte.

Mona verschluckte sich beinahe an ihrem Bier und prustete los. Tröpfchen flogen über den Tisch hinweg auf den blonden Riesenkerl mit den unverschämt blauen Augen, der sich zu ihnen gesellt hatte.

»Sorry«, meinte sie.

»Was?«, rief er zurück, da ihre Entschuldigung wohl im Lärm der aufbrandenden Musik unterging.

»Es tut mir leid«, wiederholte sie und beugte sich dabei über den Tisch vor. Martha und Tymi hatten sich bereits vor einer Stunde verabschiedet und so war es um Charlies Auftrag schlecht bestellt.

»Schon gut«, winkte Steven ab. »Was wolltest du genau von den Bientowitzes?«, fragte er.

»Wieso?«

»Na, die sind ziemlich plötzlich aufgebrochen, als du sie angesprochen hast.«

»Ach. Es ging um die Papiere.«

»Was?«

»Papiere«, brüllte Mona. »Die Mietverträge und so, die Lopez mitgebracht hat.« Ihr wurde erst klar, wem sie das gerade erzählt hatte, als sie Sunnets Mimik entgleiten sah. Er war sein Freund, verdammt, schrie sie sich innerlich an. Du hast zu viel getrunken. Reiß dich am Riemen!

Sie spürte, wie die angenehme Schulter Peters wegglitt. »Wohin?«, fragte sie den Gärtner leise, der sich von seinem Platz erhoben hatte. »Ian nimmt mich mit«, antwortete er. »Wir sehen uns die Tage.« Er schenkte ihr sein unwiderstehliches Gentleman Lächeln und ließ sie mit Sunnet alleine.

Leichter Schwindel erfasste sie, als sie den Kopf zu schnell drehte. Sie wollte Steven nicht anstarren, wusste auch nicht, was sie zu ihrer Entschuldigung vorbringen konnte. Also suchte sie den Raum ab, in dem es immer noch hoch herging, obwohl es sich allmählich leerte.

Yvonne tanzte weiterhin mit Barry, inzwischen allerdings eher im Kuschelmodus mit äußerst langsamen Bewegungen. Connor spielte einige Romantik-Songs. Seine Playlists stammten aus dem Internet und er beschallte das Parrot je nach Stimmungslage.

Mona registrierte neidische Blicke der übrigen männlichen Singles. Barry hatte es mal wieder allen vorgemacht.

Und Yvonne, nun, sie schien es mit geschlossenen Augen zu genießen. Wie viel sie wohl getrunken hatte?

Charlotte unterhielt sich angeregt mit Connor, der nicht mehr ganz so viel zu tun hatte. Die beiden steckten die Köpfe zusammen und wirkten ernst.

Die Tür zur Küche wurde geöffnet. War das Maddisson, die sich zu ihnen gesellen würde? Mona wartete kurz, aber die Tür glitt zu.

»Was wollt ihr mit den Papieren?«, fragte Sunnet.

»Wir? Ähm.« Mona schwieg nachdenklich. Was sollte sie ihm erzählen? Sie nahm einen Schluck des Ales, aber es schmeckte nun leicht bitter. Sie hatte eindeutig genug.

»Wir, nein Charlotte, glaubt, dass es kein Unfall war«, bekannte sie. »Sie vermutet, dass man Mr Lopez von dem Felsen auf den Strand hinuntergestürzt hat. Das Meer hat sich dann den Toten geholt. Keine Spuren, du verstehst?«

Steven nickte, trank seinerseits. »Er wurde also ermordet?«

»Ist Charlies Meinung, ja. Und wir wissen, dass er hier einigen die Mietverträge kündigen wollte. Wenn man die

Grundregeln der Krimallissik …« Sie kicherte albern, weil die Buchstaben sich verheddert hatten. »Krimi-na-lis-tik, so heißt es. Wenn man diese Regeln beachtet, könnte es viele Motive geben, warum jemand Lopez …« Sie sprach es nicht aus.

»Mhm«, brummte Steven zustimmend. »Ich weiß, dass John nicht immer der angenehmste Zeitgenosse ist … war, meine ich. Aber ihn wegen so etwas eine Klippe runterzustürzen? Echt?« Er setzte sich unerwartet neben Mona, auf den Platz, den Peter geräumt hatte. »So müssen wir nicht so brüllen«, erklärte er seinen Platzwechsel.

Mona wusste nicht, was sie davon halten sollte.

»Letzte Bestellung!«, rief Connor laut und läutete die Glocke, damit es auch jeder mitbekam.

Doch viele bestellten nichts mehr.

»Willst du noch eins?«, erkundigte sich Steven bei ihr.

»Nein, um Himmels willen, bloß nicht. Ich habe mindestens einen zu viel. Ich hoffe, Charlie fährt«, gab sie zu.

»Wohin müsst ihr?«

»Wir haben ein B&B. Das Quiet Place. Yvonne dort, ist bei uns untergebracht.«

Steven schmunzelte. »Heute Abend möglicherweise nicht.«

»Nein, nein. Barry wird es nicht ausnutzen. Sie kommt mit uns, da bin ich mir sicher.« Sie schaute krampfhaft in den Raum. »Es tut mir leid. Ich war, glaube ich, ein wenig unsensibel. Es ist dein Freund, von dem wir sprechen.« Sie drehte den Kopf und bemerkte, dass er sie intensiv betrachtete.

»Schon gut. Ich kenne auch seine dunklen Seiten«, sagte er, ohne den Blick von ihr zu nehmen.

»Ich kann euch die Papiere verschaffen«, behauptete er überraschend.

»Was?« Mona rückte auf der Bank ein Stück zur Seite und musterte ihn. »Wie meinst du das?«

Steven wirkte nachdenklich, schwieg zunächst, bevor er sich äußerte. »Ich bin so etwas wie ein Kurier«, erklärte er endlich. »John hat mich vor drei Tagen gebeten, Originalschriftstücke zur notariellen Beglaubigung mitzubringen. Er rief mich an, besorgte mir ein Zimmer in den Seaside Lodges und sagte, er würde mich dort treffen.«

»Und du hast sie mitgebracht?«

»Ja, so wie er es wollte. Warum auch nicht? Es ist ein Aktenkoffer mit Papieren. Ich habe nicht reingesehen, aber ich denke, dass darin das ist, was deine Freundin einsehen möchte.«

»Okay.« Mona nickte. »Und du würdest uns reinschauen lassen?« In ihrem Kopf herrschte Chaos und ihr Englisch wurde immer schlechter. Zeit fürs Bett, dachte sie.

»Ich denke schon. Wenn John wirklich nicht auftaucht, muss ich sie sowieso zurück nach London bringen. Ich hoffe allerdings, dass er einfach nur untergetaucht ist. Vielleicht ist die Leiche auf dem Foto jemand anderes. John ist nicht das erste Mal verschwunden. Also? Morgen? Bei mir in den Seaside Lodges? Ich wohne in Nummer zwei.«

»Ja. Klar. Danke«, stammelte Mona.

»Dann, eine gute Nacht.« Er stand auf und Mona musste den Kopf in den Nacken legen, um ihm ins Gesicht schauen zu können. Er streckte ihr die Hand entgegen. Sie schüttelte sie, sprachlos und perplex.

Sein Abschiedslächeln verwirrte sie noch mehr und es dauerte gefühlte Minuten, bis sie ihre Hand wieder herunternahm, obwohl er längst gegangen war.

Charlotte schnappte sich die letzte Erdnuss aus der Schüssel, drehte sich auf dem Barhocker um und stützte sich in Cowboymanier rückwärts mit den Ellbogen auf dem Tresen ab. Sie spürte den Schmerzen in ihren Gelenken nach, winkte Paul ein Goodbye zu, der zusammen mit Sophie, seinem Patenkind, das Weite suchte, bevor die Schlussmusik erklang.

Charlotte brummte der Schädel von den vielen Informationen, die Connor ihr mitgeteilt hatte. Das Klischee über den Barkeeper, dem die Gäste alles anvertrauten, hatte sich mal wieder bewahrheitet.

Es würden weitere Karteikarten fällig werden, soviel war sicher. Neue Verdächtige, zahlreiche Einzelheiten zu dem Geflecht, in dessen Mitte der Erbe des alten McManor wie in einem Spinnennetz saß.

An der Seite schüttelte Mr Sunnet Mona die Hand und verließ dann relativ hektisch das Parrot. Charlotte beäugte den Abgang misstrauisch. Der Student aus London wirkte nüchtern. Ob Mona ihm oder den Bientowitzes etwas aus den Rippen geleiert hatte? Mona verharrte, mitten in der Bewegung eingefroren. Charlotte grinste. Ob sich da eine kleine Romanze anbahnte?

Das würde Mona sicherlich guttun.

Die Glocke erklang zum letzten Mal.

Connor spielte über die Lautsprecher den finalen Song des Abends an.

Wer konnte, sang oder grölte mit. Loch Lomond wurde besungen und bei den Bonnie Banks of Loch Lomond setzte auch Charlotte mit ein.

Der Song brach ab, Menschen fielen sich in die Arme, Connor löschte die Hauptbeleuchtungen, sodass für jeden offensichtlich war, dass er Schluss machen wollte.

Charlotte spazierte zu Monas Platz, die sich inzwischen aus der Starre gelöst hatte und auf unsicheren Beinen stand. »Alles klar, Darling?«, erkundigte sich Charlotte.

»Ja, schon, Charlie.« Mona schwankte. »Hups.« Sie stützte sich an der Wand ab. »Steven hat die Papiere, die du sehen willst. Wir können ihn morgen besuchen.«

»Darf ich fragen …? Ach, verschieben wir das lieber auf nach dem Frühstück. Ich bringe dich ins Bett. Komm schon.« Sie stellte sich neben Mona, die sich bei ihr einhakte und fragte: »Wo ist Yvonne?«

Charlotte gab Barry ein Zeichen, der die Influencerin im Arm hielt. Sie hatte den Kopf auf seiner Brust abgelegt und die Augen geschlossen. Schlief sie?

Barry bugsierte sie bis zu Monas Vauxhall und anschließend auf die Rückbank. Charlotte hörte, dass sie die Melodie des Abschlusssongs summte. Ihr ging es also gut.

Mona stieß sich den Kopf am Türrahmen des Autos, kommentierte es jedoch nicht, bis sie auf dem Beifahrersitz saß und Probleme mit dem Sicherheitsgurt beklagte. »Au, mein Schädel.«

»Stell dich nicht so an«, sagte Charlotte und startete den Motor.

»Warte, muss mich anschnallen.« Mona schaffte es endlich, lehnte den Kopf gegen die Scheibe und schlief ein, noch bevor Charlotte den Wagen vom Parkplatz bewegt hatte.

Yvonne schnarchte auf der Rückbank.

Charlotte deckte Mona bis zur Nasenspitze zu. Sie lächelte im Schlaf, war zwischen Auto und dem Bett nur im Halbschlaf bei Bewusstsein gewesen.

Yvonne schien da härter, was Charlotte wunderte. Der kurze Powernap endete mit der Ankunft am B&B. Sie kletterte aus eigener Kraft aus dem Auto, verabschiedete sich und verschwand in ihrem Zimmer.

Charlotte schloss die Tür zu Monas Dachkammer und stieg hinunter bis in den Keller.

Dort schnappte sie sich die Flasche mit dem Single des Tages und füllte ein Nosing-Glas mit einem im Sherryfass gelagerten Ardnamurchan. Die Destille war neu und die Flasche erst im letzten Jahr hinzugekommen.

Charlotte stemmte sich die Stufen hoch, stoppte kurz in der Küche, betrachtete die Karteikarten und überlegte, jetzt noch alle neuen Erkenntnisse zu notieren, ließ es dann aber.

Stattdessen warf sie sich eine gut gefütterte Jacke über, trat vor die Tür, umrundete das Haus und setzte sich auf eine Bank, von der aus sie das Meer sehen konnte.

Die kühle Nachtluft weckte ihre Geister. Am Himmel, der nicht ganz nachtschwarz war, schillerten Millionen winziger Perlen.

Dunkel abgesetzte eng konturierte Wolken zogen, wie auf eine Kette gezogen, in einer Reihe über sie hinweg. Ein wunderbares Schauspiel, wie sie fand.

Die einzigen Geräusche, die sie vernahm, bestanden aus einem leisen Wellengang und dem gelegentlichen dezenten Pfeifen eines Puffing Holes in den Felsen.

Ein sehr friedlicher Ort. Hatte hier wirklich ein Mord stattgefunden?

Charlotte schwenkte den Malt im Glas, deckte die Öffnung dabei mit der flachen Hand ab, hob sie wieder und sog die kraftvolle Süße anschließend direkt in die Nase. Es kribbelte in beiden Nasenflügeln.

Sie nahm einen Schluck und genoss den Geschmack. Der Ardnamurchan entpuppte sich als jung und wenig ausgewogen, aber lecker.

Charlotte blieb sitzen und dachte an den Toten auf dem Trail. Sie rief sich wieder in Erinnerung, in welcher Position er dort gelegen hatte, wie dicht die Brandung an ihm dran gewesen war. Alles deutete darauf hin, dass Lopez vom Felsen nach unten geworfen wurde, wobei der Mord wahrscheinlich woanders stattgefunden hatte, da keine Kampfspuren gefunden worden waren. Daher musste der Körper vom Parkplatz durch den Wald über eine lange Distanz transportiert worden sein. Charlotte fragte sich, wie viel Lopez auf die Waage gebracht hatte. Zwölf, dreizehn Steine, vermutlich. Sicherlich zu schwer für eine Frau. Für einen Mann, wenn er kräftig oder trainiert war, möglich.

»Es könnten auch mehrere daran beteiligt gewesen sein«, murmelte Charlotte.

Mord im Orientexpress kam ihr dabei in den Sinn. Ein gut konstruierter Roman, im wahren Leben dennoch äußerst unwahrscheinlich.

Doch Connor hatte angedeutet, dass außer den Bientowitzes und den Kierans weitaus mehr Einheimische von gekündigten oder massiv erhöhten Mietverträgen betroffen sein mussten.

Sogar Sophie, die über der Tankstelle mit dem Tesco wohnte, hatte ihn mit einem Shintyschläger vom Grundstück vertrieben, hatte Connor behauptet.

Was wäre, wenn jemand im Affekt zugeschlagen hatte?

Kein Mord. Totschlag.

Machte das einen Unterschied?

Viele Ortskundige kannten den Tidenkalender auswendig, wussten, wann die Strandabschnitte begehbar und wann überflutet waren. So stellte der Fundort einen klaren Hinweis dar, dass es bei dem Täter um einen Insider gehen musste. Nur hätte die Leiche unentdeckt verschwinden sollen. Die Suche nach Yvonne und in der Folge Charlottes Fund, hatten dieses Vorhaben scheitern lassen. Damit war aus einem Vermisstenfall eine Mordermittlung geworden.

Der Ardnamurchan verschwand in ihrer Kehle.

Ein sehnsüchtiger Schrei, wie der einer verwundeten Möwe, hallte vom Meer her bis zu ihr und Charlotte schauderte es. Feuchtigkeit sammelte sich in ihrem Gesicht. Die Kühle der Nacht brach über sie herein.

Am Himmel verdeckte mittlerweile eine geschlossene Wolkendecke die Sterne.

»Zeit fürs Bett«, sagte sie laut, steckte ihre Nase in das leere Glas und sog den herrlichen Duft ein.

Ein schrecklicher Albtraum weckte Tymi Bientowitz aus einem ohnehin schon unruhigen und leichten Schlaf. Die letzten Bilder flogen an ihm vorbei in die Vergessenheit. Hatte da jemand in seiner Muttersprache polnisch geflucht?

Der Housekeeper des Old-McManors strampelte sich aus der verwickelten Bettdecke frei und stemmte sich mühselig hoch. 06:17 behauptete der Wecker. Erste Helligkeit färbte die Vorhänge vor dem Fenster.

Tymi betrachtete die leere Betthälfte neben der seinen. Martha arbeitete bereits. Sie schlief in den zurückliegenden Nächten noch schlechter als ohnehin.

Hoffentlich würde es sich ändern, jetzt, wo der arrogante John Lopez nicht mehr …

Tymi setzte sich auf und dehnte seine Muskeln. Die Erinnerung an seinen Vater kam mit Macht über ihn. Ein alter Mann, der sich stets über die Schmerzen in seinen Knochen beschwert hatte.

Nun ahnte der Housekeeper, was ihm in seinem Leben wohl noch bevorstand.

Er schlüpfte in die Hausschuhe, denn der Boden entsandte eisige Kälte in die Fußsohlen.

Zeit, das Quad zu säubern, dachte er. Aber erst nach einem Kaffee.

Peter Cunningham wandelte im kühlen Morgengrauen mit einer Tasse Tee durch den Garten des Anwesens. Leise Tierlaute, das Husten von Rehen und das heisere Bellen des Fuchses, drangen durch die Baumlandschaften bis zu ihm. Aus der Tasse stieg Dampf auf, wirkte vor den Augen des Gärtners wie Morgennebel. Der Tee roch einladend.

Peter genoss die Stimmung. So kam er sich wie der Herr über die Ländereien und nicht wie ein eher schlecht bezahlter Angestellter vor. Im Old-McManor-House brannte Licht in der Küche.

Es wunderte ihn, dass Martha so früh schon auf war. Lopez würde kein Frühstück wollen und so sauber wie Martha ihr Allerheiligstes hielt, sollte es auch nicht viel zu putzen geben.

Ein knackendes Geräusch riss Peter aus seinen Gedanken. Er sah sich um, doch zwischen den Baumstämmen und Büschen herrschte noch beinahe nächtliche Finsternis. Nichts zu sehen.

Entspannt ging er weiter, vorbei an den gläsernen Gewächshäusern für die jungen Pflanzen und so manche Überraschung für einen Orchideenliebhaber, bis hin zu der Hecke, jenseits des Wegs. Dort hatten Gärtner vor ihm aus dunklen Steinen eine Art Schrein errichtet, ähnlich einer offenen, kleinen Kapelle. Drumherum schützte ein massives und dennoch filigran wirkendes Metallgitter das Innere vor dem Zugriff Fremder, gleichwohl auch die Unvorsichtigen vor dem sicheren Tod.

Peter trat an das, wie ein Gewächshaus geformte Gitter heran, durch das selbst der längste Arm nicht bis an den Blauen Eisenhut, eine der giftigsten Pflanzen, die er kannte, reichen würde.

Peter trank an seinem kühler werdenden Tee. Die Jacke hielt ihn warm, nur an den Beinen fror es ihn allmählich.

Er wandte sich ab, obwohl ein starkes Gefühl der Irritation in ihm aufstieg.

Was war es nur? Was stimmte nicht? Such den Fehler in dem Bild, forderte sein Gehirn.

Der Gärtner machte auf dem Absatz kehrt und betrachtete das Ensemble. Warnschild? Da. Gitter? Zu. Vorhängeschloss? Am Platz.

Oder nicht?

Er trat näher und erkannte, was ihn gestört hatte. Die eisernen Bügel des Vorhängeschlosses standen zu hoch.

Es war nicht geschlossen.

Peter griff nach dem metallenen Monstrum aus der guten alten Zeit und verschaffte sich Gewissheit.

Das Schloss war offen und ließ sich ohne Schlüssel nicht schließen.

»Himmel!«, flehte Peter. Das war nicht gut. Er schüttete den Rest seines kalten Tees auf den Rasen, eilte zu seinem Gartenhaus und schnappte sich den eisernen Ring mit sämtlichen Schlüsseln, die für den Gärtner vorgesehen waren. Er kontrollierte sie alle. Keiner fehlte. Auch der dicke Henry, wie er seit Urzeiten bezeichnet wurde, der in das Schloss um den Eisenhutkäfig passte, baumelte daran.

Doch Peter hätte schwören können, dass der dicke Henry sonst zwischen den beiden Gewächshausschrankschlüsseln gehangen hatte. Nun hing er daneben.

»Was bedeutet das?«, fragte er laut. Er würde sich später darum kümmern, zunächst galt es, den Käfig zu sichern.

Peter schnappte sich den Ring mit allen Schlüsseln, rannte los, grüßte beiläufig Tymi, der hinter dem Haus am Quad stand.

Steven Sunnet wachte aus angenehmeren Träumen auf. Möglicherweise handelten sie von einer hübschen Brünetten mit deutlichem Akzent und einem herben Parfum, die Eindruck auf ihn gemacht hatte.

Er öffnete die Augen, seufzte, gähnte und registrierte den schlechten Geschmack in seinem Mund, Nachwirkungen der zahlreichen Biere und Schnäpse, die ihm teilweise auch aufgedrängt worden waren.

Hatte er der Deutschen tatsächlich versprochen, die Papiere seines Quasi-Bruders auszuhändigen?

Irgendwie schon, dachte Steven. Ihre Augen, ihre Haare, ihr Duft. Er musste unwillkürlich lächeln.

Mal wieder einen Dating-Versuch starten?

Sollte er dafür die Indiskretion begehen?

Er musste an einige Abende mit John in London zurückdenken. John Lopez, der Halodri, der Snob, der Wettsüchtige, der immer in Sorge war, dass ihn ein Geldeintreiber aufspüren würde.

John Lopez, der Wingman, der ihm zu so mancher Bekanntschaft verholfen hatte. John, der Freigiebige, der das Geld des alten McManors, gezahlt aus schlechtem Gewissen, großzügig mit ihm teilte.

John, der seinen Gewinn von der Hunderennbahn in Alkohol und Frauen investierte.

Ja, all das war sein Quasi-Bruder … gewesen. Tot. Wenn es sich wirklich bewahrheitete.

Steven fragte sich, ob vielleicht die Wettmafia ihre Finger im Spiel hatte? Doch wozu hätten sie ihn getötet? Lopez brauchte nur einen Teil der Immobilien seines alten Opas zu verkaufen, schon wäre er mehr als flüssig gewesen.

Alles vollkommen sinnlos, dachte Steven.

Blieb immer noch die Frage, ob er Mona und der älteren Dame die Papiere zeigen sollte.

Das schrille Piepen des Weckers riss Sophie aus dem Schlaf. In ihrer kleinen Einzimmer-Küche-Bad-Wohnung, die auf dem Dach der Tankstelle gebaut worden war, herrschte geordnetes Chaos.

Sophie hielt Ordnung im Privaten für überbewertet. Auf dem Sofa konnte man auch liegen, wenn gebrauchte Wäsche es weich polsterte. Ihrem ehemaligen Freund, der zurzeit für länger auf Rum weilte, hatte das Chaos niemals etwas ausgemacht.

Jetzt brummte ihr ordentlich der Schädel.

Sie gab dem vorlauten Wecker einen Schlag auf die Oberseite und endlich trat wieder Stille ein. Ihre Schicht begann in zwanzig Minuten. Doch selbst, wenn sie verschlief und später öffnete, würde es so gut wie keinen stören.

Der Schlaf kam jedoch nicht, denn eine Erinnerung kam immer wieder hoch.

Sie sah die vielen Scheine in dem Portemonnaie des Möchtegerndiebes von gestern vor sich. Woher hatten die Kerle in dem roten Golf das viele Geld?

War sie an diesem Tag nicht das erste Opfer gewesen?

Sie versuchte, sich an weitere Einzelheiten in der geöffneten Geldbörse zu erinnern. Ein Ausweis? Kreditkarte? Etwas mit Namen?

Es gelang ihr nicht.

Aber die Frage blieb, wie die jungen Kerle an das Geld gekommen waren.

Sie verließ das Bett und suchte in ihren Jackentaschen nach ihrem Smartphone.

»Verdammt! Wo, Sophie?«, raunzte sie sich selbst an. »Du solltest doch mehr Ordnung halten.«

Endlich, in der letzten Tasche, fand sie es, natürlich leer.

Bevor sie also ihren Onkel Paul anrufen konnte, musste sie es erst mal an die Ladestation anschließen.

Sie beschloss, sich zu waschen. Heute würde die Tankstelle pünktlich öffnen.

Stuart kam prustend hoch. Er spuckte Wasser und verschluckte sich. Das Aushusten schmerzte in seiner ausgemergelten Brust, die er mit beiden Händen berührte.

Nass, kam es ihm den Sinn. Er öffnete die Augen.

Eine Ohrfeige traf ihn. Nicht zu schmerzhaft, eher beiläufig, aber gut gezielt.

»Wach?« Nur ein Wort. Der Akzent identifizierte den Eindringling so eindeutig wie furchterregend.

»Kawakami-San?«, rief Stuart und hob gleichzeitig schützend die Hände vors Gesicht, um einen weiteren Schlag zu verhindern.

»Wo ist Geld?«, kreischte der japanischstämmige Waliser.

Stuart sah ihn neben seinem Bett stehen. Eine nachtschwarze Pilzkopffrisur, dazwischen die fremdländisch wirkenden Augen, die gebräunte Haut und der kleine Spitzbart in dem mondrunden Gesicht. Kawakami lächelte. Demnach war er wütend. Auf einer Skala von 1, entspannt, bis 10, Atomexplosion, eine klare 8.

»Wie meinen?«, fragte Stuart nach.

Die Ohrfeige kam mit Lichtgeschwindigkeit. »Au, bitte. Nicht schlagen. Was soll das?«

»Geld! Nicht in Versteck. Wo?«

Kawakami sprach ein astreines Oxfordenglisch, wenn er denn wollte. Im Umgang mit seinen Geschäftspartnern bevorzugte er die knappe Variante und eindeutig formulierte Stichworte.

»Kawakami-San. Ich bringe es Ihnen. Es gab einen Sturm. Ich konnte den Austausch nicht vornehmen«, log Stuart, dem zugleich heiß und kalt wurde. Er benötigte Zeit. »Ich bitte um Entschuldigung!«

»Sturm? Keine Ausrede. 48 Stunden. Ich komme wieder. Klar?«

»Ja, ja. Natürlich.«

Der Nippon-Waliser hob die Hand wie zum Schlag.

Stuart zuckte zusammen, schloss die Augen und wappnete sich. Aber die Ohrfeige blieb aus.

Er blinzelte durch seine halbgeöffneten Lider. Der Airstream war leer. Kein Kawakami.

»Ich muss an meine Reserven. Verdammt«, fluchte Stuart. Wer hatte ihm das Geld aus der Kassette im Fels gestohlen? Wer?

Mona spürte jedes Haar auf der Schädeldecke.

»Jetzt stell dich nicht so an, Darling. Komm in die Küche!«

»Frühstück?«, murmelte Mona in ihr Kissen und kniff dabei die Augen angestrengt zu. Helligkeit schmerzte wie schon lange nicht mehr. »Nein, kein Frühstück für mich.«

»Raus aus den Federn, wir haben einen prall gefüllten Terminkalender«, behauptete Charlotte und zupfte an der Bettdecke.

»Nein, nein«, jammerte Mona und klammerte sich an die kuschelige Wärme.

Wenig später saß sie in einer unförmigen, da uralten Jogginghosen-Kapuzenshirt-Kombination am Küchentisch. Sie fühlte sich genauso, wie sie aussah. An einigen Stellen fleckig, ausgebeult, zerrieben und alt. Gleichzeitig spülte die Erinnerung an einen gut aussehenden Steven Sunnet eine tiefgehende Wärme ihr Herz.

Yvonne saß frisch gestylt und wie das blühende Leben neben ihr und tunkte mit dem Toast ausgelaufenes Eigelb vom Teller.

Es roch nach Speck, Spiegeleiern und leicht angebranntem Toast.

Mona konnte froh sein, dass sie nur Kopfschmerzen hatte und ihr nicht noch übel dazu war.

»Hier, trink das«, kommandierte Charlotte und stellte ein hohes Cocktailglas mit verdächtiger Farbe vor ihr ab.

»Was ist das?«, nuschelte Mona, die vergeblich versuchte, den Geruch zu identifizieren.

»Mein Spezialgebräu für einen Hangover«, erklärte Charlotte.

»Hat Yvonne das auch getrunken?«, erkundigte sich Mona hoffnungsvoll.

»Nö, war nicht nötig«, antwortete die Influencerin auf Deutsch. »Du verträgst echt nicht viel, oder?«

»Was hat sie gesagt?«, fragte Charlotte, die zwei Eier in die Pfanne schlug.

»Dass ich keinen Alkohol vertrage«, übersetzte Mona.

»Nun ja. Es war Bier. Was Schlimmeres kannst du deinem Körper kaum antun. Du wärst besser bei Single Malt geblieben.«

»Mhm.« Mona nahm das Glas in die Hand. Es war ein handwarmes Getränk. Schwammen darin Bröckchen umher?

»Jetzt mach schon«, drängelte Yvonne.

Mona setzte an, trank das Glas aus und stellte es ab. Ein Feuersturm entflammte in ihrer Kehle, breitete sich bis in den Mund und den Magen aus. Mona lief rot an und keuchte.

»Geiles Zeug«, murmelte Yvonne und lachte. »Wird gleich besser.«

Mona hustete. »Du hast es doch getrunken?«

»Klar. Und es wirkt wirklich. Danke, Charlotte.«

»Immer zu Diensten. Hier, Darling«, sagte sie und ein Teller mit Spiegelei und Speck tauchte vor Mona auf, die plötzlich den Hunger bemerkte, der zu Besuch gekommen war.

Sie griff zu.

»Gut so.« Charlotte setzte sich mit einem Tee zu den beiden jüngeren Frauen und vertilgte ihrerseits einen Toast mit Orangenmarmelade.

Mona aß und überlegte, ob sie wissen wollte, was genau sie getrunken hatte. Sie entschied sich dagegen.

»Ich rufe bei Steven an«, sagte sie. »Wir machen einen Termin für die Papiere. Er wohnt in den Lodges.«

»Okay.« Charlotte wirkte nachdenklich. »Ich habe mich ja gestern Abend mit Connor unterhalten und jetzt gibt es noch einige, die es auf die Karteikarten geschafft haben.«

»Wer?«, fragte Mona.

»Neben den Bientowitzes, den Kierans und Peter, steht jetzt Connor mit drauf.«

»Er selbst?«

»Ja. Das Pirates Parrot ist von ihm nur gemietet. Und ratet von wem?«

»Nein.«

»Doch, Darling. Und John Lopez hat sich nicht gut im Parrot aufgeführt. Connor gehört definitiv auf die Liste.«

»Noch jemand?«, mischte sich Yvonne ein.

»Ja, leider. Simona vom Clotted-Cream-Café, Sophie auch. Alle müssten bei einer Kündigung ihre Wohnung verlassen.«

In der Bauchtasche von Monas Hoodie brummte es. Sie griff hinein und förderte ihr Handy zutage. »Das ist Sophie.«

»Nimm ab«, drängte Charlotte.

Mona legte das Handy auf dem Tisch ab, schaltete auf Lautsprecher und nahm den Anruf an. »Hi«, rief sie.

»Hi, Mona. Ist Charlotte da?«, klang die absolut fröhliche und so gar nicht mörderisch klingende Stimme durch das Handy.

»Ja, natürlich. Warum rufst du mich an?«

»Na, weil ihr Telefon in Fort William ist«, erklärte Sophie.

»Gut mitgedacht, Sophie«, mischte sich Charlotte ein und zwinkerte Mona zu. »Ich kann dich hören. Was ist?«

»Ich habe deutlich günstigere Ersatzteile für das Quad ergattert. Kostet dann nur noch rund 150 Pfund. Onkel Paul könnte sie aus Fort William mitbringen. Ist das okay für Sie?«

»Du bist ein Schatz«, sagte Charlotte. »Und Paul selbstverständlich auch. Wann wäre ich denn wieder mobil?«

»Montag können Sie es abholen. Ich kümmere mich um alles.«

»Vielen Dank. Gib Bescheid, wenn es fertig ist«, erwiderte Charlotte. »Bis dann.«

»Bye bye.« Das Telefonat endete.

Mona blickte ihre ältere Freundin an. »Findest du es nicht ein wenig seltsam, dass wir normal mit Menschen sprechen, die auf den Karteikarten stehen, die du angelegt hast und sie damit zu potenziellen Mördern erklärst?«

»Ach, Darling«, wiegelte Charlotte ab. »Wir sammeln doch nur Informationen und bringen sie zu Papier. Niemand ist ein Mörder bis zu dem Zeitpunkt, an dem es unwiderlegbare Beweise dafür gibt. Das ist unsere Aufgabe. Wir suchen genau diese Beweise. Danach erst mache ich mir Gedanken, warum jemand zum Mörder geworden ist.«

»Rufen wir jetzt Steven an?«, schlug Yvonne vor. Ihr eigenes Handy vibrierte. Sie sah irritiert auf das Display. Röte fegte wellengleich über ihr Gesicht.

»Barry?«, erkundigte sich Charlotte.

»Ja«, bestätigte Yvonne.

Kapitel Acht

– Aufgabenverteilung – Links wird gefahren – Ein Tauschhandel, der in Wahrheit ein Geschenk war – Hintergrundrecherche und tiefblaue Augen – Ein Kosename und eine zärtliche Erinnerung –

Sie standen zu dritt in dem als Scheune bezeichneten Nebengebäude. Charlotte hatte sich von ihrem Plan nicht abbringen lassen, war den Bedenken Monas ausgewichen und aus dem B&B geflohen.

Yvonne und Mona waren so überrascht, dass sie mit einiger Verspätung in den kühlen Morgen hinausgetreten waren und ihr folgten.

Durch das offene Tor kam genug Licht herein, aber die Automatik hatte trotzdem den Halogenstrahler an der Wand angeschaltet.

Im grellweißen Licht tanzten die Staubteilchen Samba, ein flirrendes Wirrwarr aus Glitzer und Glamour.

Unter einer Abdeckplane versteckt wartete die Erinnerung an eine alte Liebe.

»Du willst doch nicht wirklich das Bike benutzen?«, stammelte Mona.

»Ach, Darling«, entgegnete Charlotte, seufzte, griff nach der Plane und zog sie herunter.

Eine Motocross-Maschine in Rot-Schwarz mit viel Silber kam zum Vorschein. Ein Traum in Lack und Geländegängigkeit. Der Helm, ihr Helm, lag auf dem Sitz.

Noch mehr Staubpartikel füllten die Luft mit beinahe weihnachtlich anmutendem Glanz im Licht des Strahlers. Charlotte streichelte das Leder des Sitzes, dachte an Ian, wie sie gemeinsam Routen entdeckt und befahren hatten, an den Wind in ihren Haaren, die Sonne auf der Lederkombi und den Duft des verbleiten Benzins.

Sie bückte sich, klopfte leicht gegen den Tank, der nicht allzu hohl klang. Ian hatte sich in jeglicher Hinsicht als guter Lehrmeister entpuppt. Sie lächelte innerlich, musste an die blauen Stunden denken, die sie beide in den Highlands zugebracht hatten, eingehüllt in Decken und mit dem warmen Gefühl eines kräftigen Single Malts im Bauch.

Doch Mona war natürlich im Recht. Wie lange war es her, dass sie zum letzten Mal auf einem Zweirad gesessen hatte?

»Ich fahre nur den direkten Weg zu Sophie, während ihr euch mit Mr Sunnet trefft und die Papiere abfotografiert«, startete sie die Charmeoffensive, um Mona den Wind aus den Segeln zu nehmen. »Das spart uns Zeit für andere Unternehmungen, nicht wahr, Yvonne?«

Die Influencerin grinste. Auf ihrem Smartphone mussten inzwischen rund ein Dutzend Nachrichten Barrys eingegangen sein.

»Paul hat sich für Mittag angekündigt. Dann ist er aus Fort William zurück und falls die Fotos auf meinem Smartphone nicht wiederhergestellt wurden, möchte er Zugriff auf die Cloud. Bis dahin müssen wir wieder zurück sein.«

»Möglichst ohne Knochenbrüche und Unfälle«, moserte Mona.

Charlotte lächelte. »Los, Darling. Schnapp dir Sunnet!«

»Was? Wie meinst du das?«

»Nichts, nichts.« Charlotte griff sich den Helm und setzte ihn probeweise auf. Das Gefühl an den Wangen, die Enge und das Gewicht auf dem Kopf fühlten sich an, als wenn kein Tag vergangen wäre.

Sie zog ihn wieder ab, klemmte ihn unter den Arm und ging zu dem Schrank an der hinteren Wand. Die hölzernen Türen quietschten in den Angeln. Auf der Kleiderstange im Schrank hing nur ein Bügel, auf dem die Lederkombi hing und plötzlich wurde Charlotte bewusst, dass die Zeit nicht stillgestanden hatte. Das Material wirkte altmodisch.

Sie wandte sich um und rief: »Jetzt los.«

Befriedigt sah sie die beiden Frauen abziehen.

Kopfschüttelnd nahm sie die Kombi vom Bügel und hielt sie sich an. »Mädchen, du bist ganz schön auseinandergegangen«, beschwerte sie sich bei sich selbst.

»Ich kann nicht fahren«, gab Mona zu. »Der Restalkohol, du verstehst?«

Yvonne grinste sie an. »Du hast doch behauptet, dass hier in den Highlands die Polizei keine Alkoholkontrollen durchführt. Also?«

»Trotz des Charlies Spezial ist mir immer noch schwindelig. Nicht die ganze Zeit über, aber manchmal kippt die Welt weg, okay?«

»Na, dann her mit den Schlüsseln.«

Mona nahm auf dem Beifahrersitz Platz und schnallte sich an.

Yvonne veränderte die Sitzposition und starrte ungläubig auf die Pedale im Fußraum.

»Alles klar?«, erkundigte sich Mona.

»Hm.« Die Influencerin schien nicht bereit, ihre Zweifel laut zu äußern. Stattdessen startete sie den Motor, legte den Rückwärtsgang ein, und schon bewegte sich der Vauxhall elegant, aber deutlich zu schnell für Monas Kopf. Sie klammerte sich an den Seitengriff.

Yvonne fuhr den mittelmäßig ausgebauten Weg bis zur Landstraße und stoppte. »Welche Richtung?«

Mona deutete nach rechts. »Die Seaside Lodges sind nur ein paar Meilen entfernt.«

Yvonne checkte den nicht vorhandenen Verkehr und beschleunigte sanft, was Mona dankbar zur Kenntnis nahm. Sie spürte inzwischen die Rückkehr der Kopfschmerzen. Offenbar hatte sich der Kater von Charlottes Spezial erholt und kam nun mit Verstärkung zurück.

Das Gerüttel der Karre, die Stoßdämpfer hätten längst ausgetauscht werden müssen, trug das seinige dazu bei.

Mona schloss immer wieder die Augen, um gegen die Übelkeit anzukämpfen.

»Wie ist Barry so?«, fragte Yvonne in das Schweigen hinein. »Ich meine, außerhalb des Pubs und so.«

Mona hob die Lider. Sie sah für einen Moment nur verschwommen, dann klar. Eine nicht einsehbare Kurve lag vor ihnen.

»Links!«, rief Mona.

»Was?«

»Du fährst auf der falschen Seite!«, brüllte Mona auf Deutsch.

Yvonne reagierte prompt, lenkte zur linken Seite und kam dem Hang mit der Wiese gefährlich nahe. Mona zog den Kopf ein und wartete auf den Einschlag.

Nichts geschah.

Yvonne kam gut um die Kurve. »Entschuldige. Ich war in Gedanken. Aber hier fährt doch jeder in der Mitte der Straße.«

»Ja«, stimmte Mona zu. »Doch vor jeder Kurve solltest du auf der richtigen Seite der Fahrbahn sein, sonst kracht es schlimm, wenn dir einer entgegenkommt.«

»Okay. Aber es ist doch wirklich nicht viel los.«

»Ja, entschuldige.«

Sie fuhren schweigend weiter, kamen an einem eingezäunten Gelände vorbei, auf dem eine muntere Mixtur aus Ziegen, Schafen, Highland-Rindern und irgendwie deplatziert wirkenden anderen Kühen friedlich nebeneinander das Gras teilten.

Die Ziegen fielen besonders aus dem Rahmen. Ihr zotteliges Fell wies drei verschiedene Farben auf, denn Dreck hatte sich in ganzen Klumpen darin verfangen. Die Schafe wirkten dagegen sehr sauber.

»Ich liebe diese Rinder mit dem dichten Fell«, plapperte Yvonne.

Mona deutete auf die Fahrbahn. »Geradeaus schauen, bitte. Es sind Highland-Cattles, manchmal auch Kyloe genannt. Postkartenidyll. Diese hier gehören Barrys Vater. Der Hof ist dort hinter dem Hügel gelegen.«

»Wirklich?«

»Vielleicht machen wir einen Abstecher, wenn wir bei Sunnet gewesen sind.«

Wenig später standen sie beiden neben dem Vauxhall. Yvonne atmete begeistert die frische Luft ein. »Ah, ist das herrlich hier«, rief sie, blickte sich um und seufzte. »Es ist eine schöne Lage. Die Lodges passen gut in die Umgebung, und diese Aussicht!« Sie starrte zur wildromantischen Küstenlinie und den in der Ferne noch gerade so erkennbaren Felsen im Meer.

Mona wusste, was in der Influencerin vorging. Genauso war es ihr ergangen, als sie sich in die Highlands verliebt hatte.

Der Wind kam von der Seeseite, trug Salz und Tropfen mit sich. Ein neues Tiefdruckgebiet war im Anmarsch und die kalte Brise biss sich in ihr Gesicht. Je weiter sie sah, umso dunkler schienen die Wolken.

Wiederum wechselte das Wetter. Mona riss sich zusammen. Der Kopfschmerz intensivierte sich und sie massierte ihre Schläfen.

»Hallo, ihr beiden«, grüßte eine bekannte Stimme von der Seite.

Elsa Kieran war aus ihrem Haus getreten und lächelte den Deutschen zu. »Was kann ich für euch tun?«

»Es ist so toll hier!«, schwärmte Yvonne, hielt dabei ihr Smartphone mit ausgestrecktem Arm von sich und machte einen Videoschwenk über die gesamte Szenerie. »Ich werde auch für eure Lodges ein wenig Werbung einstreuen, wenn Sie möchten.«

Mona sah, dass Elsa sich bemühte, nicht gefilmt zu werden. Sie strich sich nervös durchs Haar und kontrollierte mehrfach ihre Kleidung.

»Sie schneidet Personen hinterher mit ihrem Programm heraus, keine Sorge, Elsa«, beschwichtigte sie. »Wir wollen zu Mr Sunnet. Welche Nummer hat er noch mal?«

»Die zwei. Was wollt ihr von ihm?« Elsa klang ein wenig eingeschnappt.

»Er möchte mir was zeigen.«

»Mhm.«

Yvonne ließ ein Wow erklingen, hielt das Handy schräg und filmte in den Himmel.

Mona sah dem Wolkenzug zu. So oft gesehen und dennoch immer wieder schön. Die Wolken fraßen sich in mehreren Schichten in den blauen Himmel. Bald schon würde er verschwunden sein.

»Yvonne? Kommst du?«

Charlotte drehte nur vorsichtig am Gasgriff der Motocrossmaschine. Vor jeder Kurve verlangsamte sie das Tempo deutlich und stellte fest, dass ihre Zweiradzeiten wohl der Vergangenheit angehörten. Zumal die verflixte Lederkombi einfach nicht mehr über ihre Hüften gepasst hatte. Was für eine Erkenntnis! Nicht nur das Alter hinterließ Spuren, sondern auch die Ernährung.

Der Fahrtwind kühlte enorm. Allmählich begann sie zu frieren. Aber ihr Ziel war nicht so weit entfernt. Dennoch war Charlotte froh, als sie die Maschine auf dem Parkplatz neben der Tankstelle mit Supermarkt abstellen konnte.

Sophie kam ihr entgegen. »Sind Sie von allen guten Geistern verlassen?«, rief die junge Frau. »Sie können doch nicht ohne Helm und Schutzkleidung fahren! Soll ich das meinem Onkel Paul melden? Der nimmt Ihnen sofort den Führerschein ab.«

»Ach komm, Soph«, gab Charlotte schnell klein bei, denn sie wusste, dass Sophie im Recht war. »Es waren nur ein paar Meilen und ich war äußerst vorsichtig. Und Paul wird mir den Führerschein nicht abknöpfen. Ich habe ihm die Windeln gewechselt. Das sollte er nie vergessen. Aber ungeachtet dessen, will ich auch nicht mehr mit dem Bike durch die Gegend brausen. Ist mir tatsächlich zu unsicher. Daher habe ich einen Vorschlag.«

Auf Sophies Stirn bildeten sich Falten. Sie wirkte auf Charlotte nicht so wütend, wie es ihr Tonfall vermuten ließ.

»Okay? Was für ein Vorschlag?«

Charlotte tätschelte den Sitz der Motocrossmaschine. »Ich würde dir, statt Geld, dieses wunderschöne Baby überlassen. Was hältst du davon?«

Sophies Gesicht zeigte eine deutliche blasse Färbung. Sie schaute abwechselnd Charlotte und das Bike an. »Das meinen Sie nicht ernst?«

»Doch. Und wo wir schon dabei sind, ich heiße Charlotte oder Charlie für meine Freunde.«

»Okay, Charlie. Aber dieses Schätzchen ist ein Klassiker, viel mehr wert als …«

»Ich weiß.«

»Das kann ich nicht …«

Charlotte hob die Hand. »Darling! Bitte. Ich bin alt. Ich werde kein Motorrad mehr fahren. Und bei dir weiß ich, dass es in guten Händen ist. Du wirst es pflegen und nutzen. Was will ich mehr? Ich möchte es wirklich.«

Sophie wirkte immer noch geschockt.

»Du würdest mir damit einen Wunsch erfüllen, Soph«, setzte Charlotte hinzu.

Schweigen breitete sich aus, bis ein blökendes Schaf, weit entfernt, dessen Ruf vom Wind mitgetragen worden war, zwischen den ungleichen Frauen hindurchfegte und sie aus ihren jeweiligen Überlegungen riss.

»Ich …«, meinte Sophie. »Du bist …«, sagte Charlotte.«

Sie lachten, weil sie sich gegenseitig ins Wort gefallen waren. Es war ein erleichtertes Gelächter, welches die Spannung löste.

»Du zuerst«, bat Charlotte.

»Danke«, sagte Sophie nach einem tiefen Durchatmen. »Ich habe mir schon immer eine gute Maschine gewünscht, eher davon geträumt, denn wie hätte ich mir je eine leisten können. Ich meine, ich wohne mietfrei über der Tankstelle, aber trotzdem bleibt von meinem Lohn nur ganz wenig übrig. Ohne Onkel Paul wäre ich …«

»Du hast Geldprobleme?«, hakte Charlotte nach und spürte, wie es in ihrer Nase kribbelte.

»Probleme? Nein, nicht so richtig, Charlotte.« Sophie blickte in den Himmel, wo sich Wolken ineinander verkeilten, anstatt sich friedlich die Weite zu teilen. Wind war aufgekommen, spielte mit Sophies kurzen blonden Haaren. Eine widerspenstige längere Strähne verfing sich in ihren Augenbrauen. Sie strich sie zur Seite. »Dieser Tote«, sagte sie leise. »Der, den du gefunden hast.«

»Lopez?«

»Mhm.« Sophie beäugte zunächst den Boden, um dann unvermittelt in Charlottes Augen zu sehen. »Er hat den Pachtvertrag kündigen wollen, um mehr Einnahmen zu erzielen. Ich hätte dann zwangsläufig für meine Wohnung bezahlen müssen.«

»Aha.«

»Er war hier. Kam einfach rein als wäre er ein Lord, der seine Ländereien besichtigt. Schnappte sich Bier aus der Kühlung, öffnete es, bevor er zur Kasse kam und hat mich auf eine unangenehme Weise angestarrt.«

»Was meinst du damit, Soph?«

»Na, so wie Männer manchmal gucken. Röntgenaugenmäßig, als würden sie abschätzen, wie ich unter der Kleidung aussehe, verstehst du?«

»Seit dem Tag, an dem ein Mann mich zum letzten Mal nackt sehen wollte, ist viel Zeit vergangen, aber ich weiß, was du sagen willst. Und ich stimme dir zu. Zeiten ändern sich, die Männer eher weniger.«

Sophie lächelte schwach.

»Was ist dann passiert?«, fragte Charlotte.

Die junge Schottin zuckte mit den Schultern. »Eigentlich nichts. Ich meine, ich sagte ihm, dass er mir die Dose geben solle, damit ich sie unter den Scanner halten kann. Aber er grinste nur. Da habe ich ihm gesagt, dass er drei Pfund zahlen müsse.« Sie seufzte. »Er hat dann die Dose ausgetrunken und sie zwischen seinen Händen zerdrückt. Ehrlich, Schätzchen, hat er so leise gesagt, dass es wie eine Drohung klang. Du solltest dich nach einer neuen Bleibe umsehen. Zum Ende des Quartals habe ich entweder einen Mietvertrag mit 20 Prozent mehr oder ich verkaufe den ganzen Rotz und mache Kasse. Was auch immer du im Augenblick für Miete zahlst, wird verdoppelt, ist das klar? Er schmiss dann die Dose auf den Boden.«

»Nett«, kommentierte Charlotte, die die charakterliche Beschreibung des McManor-Erben abspeicherte.

»Ich war verängstigt und sauer zugleich. Heben Sie das auf, habe ich gefordert. Und dass er die drei Pfund zu bezahlen hätte. Er hat nur gelacht. Da habe ich unter die Theke gegriffen und bin mit meinem Shinty-Stick auf ihn los. Ich habe ihm zwei verpasst. Er hat geschrien und ist verschwunden.«

»Du hast ihn geschlagen?«

»Mhm. Onkel Paul war auch nicht begeistert. Er hat mir sprichwörtlich die Ohren lang gezogen. Aber es war nur der Ar... Entschuldige. Ich habe ihn einmal am Hintern erwischt und vielleicht am Oberschenkel. Und nicht allzu hart, denke ich.« Sie sah zu Boden.

»Nichts, was ein erwachsener Mann nicht abhaben könnte, nicht wahr, Soph?«, schlug Charlotte vor.

Erste Regentropfen stürzten sich aus der Wolkendecke herab. Eine einzelne starke Böe aus Richtung des Meeres traf die beiden Frauen. Charlotte fröstelte. Es roch nach Meerwasser und irgendwie spürte sie eine gewisse elektrische Spannung in der Luft. »Lass uns reingehen. Hier, die Schlüssel.« Sie reichte sie Sophie, die nur einen Moment zögerte, bevor sie den Schlüsselbund entgegennahm.

Mona klopfte an die Tür der Nummer zwei und lauschte gleichzeitig dem Rauschen der Brandung.

Als Urlaubsunterkunft lagen die Seaside Lodges nahezu perfekt in der Landschaft. Die Szenerie beeindruckte Naturliebhaber, Gebirgswanderer und Seeenthusiasten die zu gleichen Teilen auf ihre Kosten kamen. In der Ferne sah man ein paar zerklüftete Berge, keine Munros, aber immerhin und natürlich auch die Küstenlinie mit Felsen, Sandstränden und die Inseln dort draußen in der wildbewegten See.

Es klackte, als ihr die Tür geöffnet wurde. »Mona«, begrüßte sie die sonore Stimme Sunnets, der so frisch aussah, als hätte man ihn geschminkt.

»Ähm.« Mona riss sich vom Anblick seiner blauen Augen los, die ständig zu lächeln schienen.

»Hi, Steven«, grüßte Yvonne. »Wie war die Nacht?«

»Gut. Ich hatte ja nicht sooo viel getrunken.« Er lachte herzhaft, trat zur Seite und bat sie herein.

Mona spürte eine leichte Wärme im Gesicht und hoffte, dass sie nicht errötete. Und wenn doch, dass er es nicht sehen würde.

Wenig später saßen sie gemeinsam um den niedrigen Tisch im Wohnraum herum. Jeder hatte eine Tasse dampfend heißen Tees vor sich.

Yvonne löffelte sich ungeniert sehr viel Zucker hinein und rührte um.

Sunnet tätschelte einen schmalen schwarzen Aktenkoffer auf seinen Beinen, der reichlich abgenutzt wirkte. »John lagerte ihn unter dem Bett in der Studentenbude, was mich gewundert hat. Aber er hatte schon ein paar Besonderheiten, was sein Verhalten anging.«

»Warum hatte er die Papiere nicht gleich mitgenommen?«, stellte Mona die Frage in den Raum.

Doch Sunnet zuckte nur mit den Schultern. »Keine Ahnung. Als er los ist, hatte ich den Eindruck, dass er in Hektik war. Er nahm sich kaum Zeit, seine Sachen zu packen und hat mir anfangs nicht mal erzählt, wohin er reisen würde.«

Mona nippte an dem heißen Darjeeling. Ihre Kopfschmerzen hatten sich gebessert. Der Tee schmeckte bitter, weckte aber ihre Lebensgeister. »Hat er so was öfter gemacht?«

»Was? Einfach so zu verschwinden? Nein. Nicht oft.« Sunnet verstummte.

Mona beobachtete interessiert die Mimik des Engländers, die Nachdenklichkeit in seinen unendlich blauen Augen. Etwas schien in sein Gedächtnis geplatzt zu sein, doch er erwähnte es nicht.

»Und von dem Koffer wusstest du nichts?«, wechselte sie das Thema.

»Nein.« Sunnet erwachte wie aus Trance, öffnete den Schnappmechanismus des Koffers. »Er rief mich an. Da ist ein Koffer unter meinem Bett, Steve, hat er gesagt. Da sind Papiere drin. Ich muss die hier einem Notar vorlegen. Kannst du sie mir vorbeibringen?«

»Okay«, meinte Mona. »Und du bist dann sofort los?«

Sunnet nickte. »Jepp. Die Klausuren sind geschrieben. Für dieses Trimester habe ich alle Punkte voll. Und lernen kann ich auch hier.«

»Ein guter Freund«, mischte sich Yvonne ein. »Der Tee ist übrigens lecker.«

Mona sah auf, als es trotz der weit geöffneten Vorhänge des Panoramafensters merklich dunkler wurde. Regenwolken türmten sich am Himmel, lagen dabei ziemlich tief über dem Meer und der Küste. Der Regen würde nicht lange auf sich warten lassen.

Sunnet legte die Papiere auf den Tisch, den Koffer beiseite und stand auf, um die Deckenbeleuchtung anzuknipsen.

Ein unangenehm weißblaues Licht aus einer LED-Leuchte verlieh dem Raum ein fahles Aussehen.

Sunnet setzte sich. »Ich habe sie gestern Abend noch durchgesehen. Da tauchen Namen und Orte auf, die mir bekannt vorkamen. Ich habe sie vorsortiert.«

Mona schnappte sich die zuoberst liegenden, zusammengetackerten Seiten. »Was sind das für Dokumente?«, fragte Mona.

»Meistens Mietverträge oder Besitzstandsurkunden. Es sieht so aus, als würden Lopez, beziehungsweise seinem Großvater, einige Grundstücke, Häuser und Mietwohnungen hier gehören.«

Mona las sich durch die Zeilen des Mietvertrages, den sie gerade in ihren Händen hielt. »Das Pirates Parrot!«

Sunnet nickte und reichte ihr das nächste Bündel. »Hier, die Seaside Lodges. Und dann noch mehr. Da sind welche von der Tankstelle, einem Café und ein paar Häusern. Ich weiß nicht, wo die alle liegen, aber das werdet ihr bestimmt rauskriegen. Ach ja. Und natürlich das Old-McManor mit allen Nebenvereinbarungen, wie Personal-Arbeitsverträge für die Bientowitzes und dem Gärtner, relativ weit unten im Stapel. Papiere, mit denen ich nichts anfangen konnte, habe ich ganz nach unten sortiert.«

»Okay.« Mona lehnte sich im Sessel zurück.

»Wir machen Fotos davon«, schlug Yvonne vor.

»Warum?«, fragte Sunnet sichtlich irritiert.

Mona hatte den Moment gefürchtet. Wie sollte sie diesem blauäugigen Modellathleten erklären, dass Charlie auf eigene Faust ermitteln wollte. Es klang selbst in ihren Ohren lächerlich. Wozu gab es die Polizei? Sie hörte schon die Argumente Sunnets.

Aber was blieb ihr übrig? Sie beugte sich vor, griff nach der Teetasse und trank. So fühlte sie sich sicherer.

»Es sind Beweisstücke, falls die Polizei wirklich von einem Mord oder einem ungeklärten Verschwinden ausgeht. Paul wird sie in Gewahrsam nehmen. Aber Charlotte ... Sie ist ... Nun ...«

»Wir wollen den Fall lösen!«, platzte Yvonne nun dazwischen.

Sunnet starrte die Influencerin an und Mona fand, dass er gar nicht so überrascht wirkte.

»Charlotte hat mal in einer Detektei gearbeitet. Und sie möchte nicht dastehen, wie eine senile alte Frau, die Geister gesehen hat. Sie will beweisen, dass dein Freund getötet wurde und den Mörder finden. Deswegen sammeln wir alle Informationen. Verstehst du?«, sagte Mona hastig.

Sunnet nickte nach kurzer Überlegung. »Okay. Ich bin dabei.«

»Was?«

»Okay, Mona. Ich muss da was klarstellen. John und ich sind mehr als nur Freunde. Ich kenne ihn seit meiner Kindheit. Wir sind quasi gemeinsam aufgewachsen. Fast wie Brüder. Als meine Mum gestorben ist, hat mich Johns Mum aufgenommen und mich großgezogen. Wir haben uns selbst über bestimmte Merkwürdigkeiten in unserem Leben nicht mehr gewundert.«

»Was meinst du damit?«

»Ach, nicht wichtig. Vergiss es, bitte. Aber ich will Ma Lopez nicht unter die Augen treten müssen, wenn ich nicht weiß, ob John wirklich tot ist. Oder noch viel schlimmer, dass ich ihr sagen muss, dass wir seinen Mörder nicht kennen, wenn er wirklich tot ist. Ich bin dabei. Machen wir also Fotos. Yvonne?«

In den nächsten Minuten lief Yvonnes Smartphone heiß, so viele Fotos machte sie mit der Kamera. Die typischen

Auslösegeräusche erklangen beinahe mit der Schnelligkeit einer Maschinengewehrsalve, bis sie die Geräuschkulisse leid war, und auf lautlos schaltete.

»Ich mache einen Ordner daraus und schicke ihn dir per Messenger«, sagte die Influencerin an Mona gerichtet, die jeden Vertrag durchlas. Fast jeder Name auf den Verträgen war ihr bekannt und nahezu alle Einheimischen waren von möglichen Kündigungen betroffen. Die Karteikarten würden sich füllen und noch mehr ihrer Freunde in Charlottes Fokus geraten. Das war nicht gut.

Mona stemmte sich trotz ihrer müden Beine aus dem Sessel und stellte sich vor das Fenster. Regen prasselte gegen die Scheibe und der Wind malte ein Tropfenbild darauf. Als der Schutt endete, wurde die Sicht besser. Aus dem Apartment Nummer drei tauchte Elsa auf, die mit gesenktem Kopf zu ihrem Haus rannte. Sie trug Bettwäsche in den Armen, schien die Lodge für einen neuen Gast vorbereitet zu haben.

Elsa sah zu Mona herüber, um dann den Blick schnell wieder nach vorne zu richten. Sie umschlang das Bündel vor ihrer Brust noch kräftiger und tat so, als hätte sie niemanden am Fenster stehen sehen.

Kein Lächeln, kein Nicken als Gruß. Was ging in Elsa nur vor?

»Mona?«

»Ja, Yvonne?«, antwortete sie und drehte sich um.

»Wir haben alle Fotos.«

»Toll. Danke. Charlie wird sich freuen.« Mona wandte sich vom Fenster ab und setzte sich wieder zu den beiden anderen.

»Wie geht es weiter?«, erkundigte sich Sunnet.

Mona schaute ihm in die Augen. »Keine Ahnung. Da du mitmachen möchtest, werde ich Charlotte fragen. Doch zuerst kannst du mir sagen, was du mit Merkwürdigkeiten meintest. Was habe ich mir darunter vorzustellen?«

Sunnet räusperte sich, knetete seine Finger und wand sich sichtlich. »Unsere Mütter haben in einem Hotel gearbeitet, wurden zur selben Zeit schwanger. Lange wussten weder John noch ich, wer unsere leiblichen Väter waren. Ma Lopez hat diese Infos eisern für sich behalten. Meine Mutter konnte ich nicht fragen, da sie gestorben ist, bevor ich fünf wurde. Ma Lopez hat mich dann in ihrem Haushalt aufgenommen und John und mich wie Brüder zusammen aufgezogen. Als wir alt genug waren, behielt sie ihr Schweigen zuerst bei, bis sie schließlich doch mit der Wahrheit, was Johns Vater anging, herausrückte.«

»Okay. Mrs Lopez hat also mit dem Sohn des alten McManor geschlafen und wurde schwanger?«, vermutete Mona.

Sunnet nickte. »Meine Mutter hatte zur gleichen Zeit ein Verhältnis mit ihm.« Er hatte nur leise gesprochen.

Yvonnes WAAS klang überlaut in dem Raum und störte Mona, die glaubte, Tränen in den blauen Augen Sunnets erkennen zu können.

»Alan McManor war ein echter Schürzenjäger, genau wie John in den letzten Jahren. Er datete meistens mehrere Frauen gleichzeitig und keine Beziehung hielt länger als ein paar Nächte. Aber, okay. Jedenfalls wurden Gentests durchgeführt.«

»Und Lopez stellte sich als Nachkomme heraus«, sagte Mona.

»Ja.« Sunnet trank seinen Tee, der längst kalt sein musste. »Ich weiß also immer noch nicht, wer mein Vater ist und Ma Lopez behauptete, dass nur meine eigene Mum gewusst haben kann, wer noch für die Schwangerschaft infrage kam. Daher änderte sich nach dem Vaterschaftstest das Leben von John schon, meines nicht. John bekam für die Schule und das Studium einen ordentlichen Batzen Geld, den er teilweise mit mir teilte. Doch er verprasste auch eine Menge. Alkohol, Drogen, Frauen, Wetten, ich weiß gar nicht. Das Geld ging schneller durch seine Hände, als ich schauen konnte. In den letzten vier Jahren habe ich gejobbt, damit wir nicht aus der Bude geworfen wurden. Ich denke, dass John seinen Abschluss nicht mehr machen wollte. Er hatte andere Pläne.«

»Leuten ihre Mietverträge zu kündigen, indem er die Miete erhöht oder die Immobilie zu Geld macht?«, mutmaßte Mona.

Sunnet nickte. »Bis zu seinem 25. Geburtstag gab es nur die jährliche Apanage. Dann sind weiterreichende Änderungen vorgenommen worden. Angus McManor lebt in Florida in so einem Rentnerparadies. Gated Community, aus der man nicht mehr heraus will, weil es dort alles gibt. Er hat John ein vorzeitiges Erbe übertragen, und ich glaube, dass mein Bruder Kasse machen wollte.«

»Und jetzt ist er tot. So ein Mist!«, fluchte Mona.

»Was hast du?«, fragte Yvonne.

»Nun, das bedeutet, dass nahezu jeder unserer Freunde einen Grund gehabt hätte, Lopez aus dem Weg zu schaffen. Charlotte hatte recht mit ihren Karteikarten. Wir können keinen ausschließen.«

»Karteikarten?«, hakte Sunnet nach.

»Eine Marotte Charlies«, erklärte Mona, ohne ins Detail zu gehen.

»John hatte Schulden in London«, erzählte Sunnet. »Es war ja möglicherweise ein Geldeintreiber.«

»Warum sollte er das tun?«, zweifelte Mona. »Mit diesen ganzen Immobilien und Mietverträgen ist dein Bruder eine Gelddruckmaschine. Eine Kuh, die man melken kann. Tot nützt er einem Gläubiger nichts.«

»Mhm, stimmt«, gab Sunnet zu. »Also doch jemand von hier?«

Ein mehrfacher Vibrationsalarm von Yvonnes Smartphone störte die anschließende nachdenkliche Stille.

Mona zuckte zusammen. »Barry?«, fragte sie.

Yvonne strahlte. »Er kommt mich abholen.«

»Junge Liebe«, murmelte Mona ein wenig neidisch, aber so leise, dass es niemand mitbekam. Dachte sie …

Steven Sunnet grinste sie an.

Charlotte hatte es sich im Kassenbereich der Tankstelle auf einem Sitz so bequem wie möglich gemacht. Draußen trieb der Wind den Regen vor sich her. Die Landschaft versank kurzzeitig im dunklen Grau eines Regenvorhangs. Bald schon würde die Sonne wieder scheinen und Sophie hatte ihr zugesagt, sie nach Hause zu fahren.

Die junge Schottin räumte Regale um. Charlotte hatte sich die Aufnahmen der Innenüberwachungskamera angesehen, die Sophie von ihrer Attacke auf Lopez auf einer Festplatte abgespeichert hatte.

»Als Beweis. Nicht dass er behauptet hätte, ich hätte ihm was Schlimmeres angetan«, hatte sie erklärt.

Doch sie fand weitere interessante Videos. Die jungen Kerle in dem roten Golf, die Fersengeld gegeben hatten, als Sophie sie mit dem Shinty-Schläger bedrohte. Wahrscheinlich waren das auch ihre eigenen Unfallgegner.

Eine Sequenz von dem schmächtigen Typen, der dort draußen in einem Trailer lebte und irgendwie zwielichtig wirkte. Charlotte kannte ihn nicht persönlich, wusste nur das, was ihr von den Erzählungen ihrer Gäste oder von Freunden zu Ohren gekommen war.

»Sophie? Warum hast du das hier abgespeichert?«, rief sie.

Sie kam nachschauen und sagte: »Das ist Stuart. Ich hatte ihn im Verdacht, dass er hier Drogen vertickt.«

»Drogen?« Charlotte wunderte sich. Wieso gab es einen Dealer in diesem Teil Schottlands? Wo waren die Jugendlichen, die Süchtigen?

»Ja. Leider. Er ist der Anlaufpunkt für die gesamte Szene von hier bis Mallaig und auf Skye. Beth hat schon bei ihm gekauft.«

»Beth? Bethany? Die Tochter vom ….«

»Ja, Charlie. Verurteile sie nicht. Ist wirklich nur bei bestimmten Gelegenheiten und dann auch nur harmlose Sachen. Für Party und so.«

»Aber du ….«

»Nein. Ich nicht. Niemals. Onkel Paul würde mich übers Knie legen, einsperren und für immer verachten. Also nein.«

Charlotte deutete auf den Monitor. »Was hast du festgestellt?«

Sophie musste lächeln. »Er hat von Beth lediglich abgelaufene Lebensmittel geschenkt bekommen. Sie wären sonst auf dem Müll gelandet. Und ich glaube, sie schlafen gelegentlich miteinander. Es gibt da noch weitere Aufnahmen. Aber nichts Verdächtiges. Nur Stuart und Beth. Ich muss die Aufnahmen noch löschen. Die habe ich Onkel Paul auch noch nicht gezeigt, andere schon. Also die mit Lopez und so.«

Die Automatiktür glitt auf.

Doc kam herein, von seinem Mantel und Hut tropfte es heftig. Er blieb auf dem Schmutzfänger am Eingang stehen und hüpfte andeutungsweise, um nicht so viel Dreck mit in den Markt zu schleppen.

»Du bist schon mal höher gesprungen«, witzelte Charlotte und Sophie kicherte.

Doc fuhr zusammen und sah nun erst in Richtung der Kasse. »Ah, Mrs Polson ist hier. Da brauche ich ja nicht selbst für den nötigen Humor zu sorgen. Ich habe getankt, Sophie. Kannst du es auf meine Rechnung schreiben? Ich muss weiter. Bezahlen werde ich am Montag.«

»Klar, Doc.«

»Wohin fährst du?«, erkundigte sich Charlotte.

»Nach Morar. Zu Maire Laing. Paul hat mich gebeten, in seiner Abwesenheit mal nach ihr zu schauen.«

»Kannst du mich mitnehmen und zu Hause absetzen?«, fragte Charlotte.

»Mit Vergnügen.«

Charlotte stand auf und verzog wegen der Muskelverletzungen nach ihrem Unfall das Gesicht. Wie heiße Messerstiche zuckten Schmerzen in ihren Rücken und die Beine. Und die Hüfte brachte sie beinahe um. Das Hämatom dort war so groß wie das Loch Morar, hatte sie nach dem Aufstehen im Bad feststellen müssen.

»Ich komme. Bye, Soph.«

»Danke noch mal, Charlie«, rief Sophie ihr nach. »Ich melde mich, wenn dein Quad fertig ist.«

Charlotte hob dankend die Hand und stiefelte auf den Jeep des Doktors zu. Eine Antiquität, wie die beiden, die gleich darin sitzen würden.

Doc stand an der offenen Beifahrertür, wartete, bis sie saß und er die Tür sanft zudrücken konnte. Er umrundete den Wagen und nahm ächzend auf dem Fahrersitz Platz. »Ist lange her, nicht wahr?«, sagte er während des Startvorgangs.

Der Anlasser muckte ein wenig, doch der Motor entschied sich schließlich zu funktionieren. Doc legte den Vorwärtsgang ein und fuhr langsam los.

»Ja, lange her. Stimmt.« Charlotte starrte stur geradeaus, spürte jedoch die Seitenblicke, die der alte Mann ihr zuwarf.

Bedächtig steuerte er den Jeep bis auf die Straße und zuckelte im Rentnertempo weiter.

»Willst du nicht schneller fahren? Was ist, wenn Maire deine Hilfe braucht?«, sagte Charlotte und war sich durchaus bewusst, dass sie sich nicht fair verhielt.

»Ach, Woolly, was ist nur geschehen?«, antwortete Doc und nutzte ihren lange nicht mehr gebrauchten Kosenamen.

»Lass das«, beschwerte sich Charlotte.

»Habe ich dir was getan, du meine Scottish Thistle?«

»Eine Distel ist wehrhaft und stachlig.«

»Aye, Woolly. Genau wie du. Ich finde, wir sollten ….«

»Wag es ja nicht, die alten Zeiten aufwärmen zu wollen, Sean!«, herrschte ihn Charlotte an.

»Nun …«

»Nein. Fahr!«

Charlotte musste wider Willen an die längst vergangenen Tage denken. Wie er ihr Frühstück ans Bett gebracht hatte, in seinem herrlichen Haus voller Erinnerungen an seine aktive Zeit als Arzt. Sie erinnerte sich an Wanderungen und wie er ihr eine schottische Distel gepflückt hatte, die zu ihrem Kosenamen geworden war, und von der er stets eine getrocknete an seinem Hut mittrug.

Aber die Zeiten waren vorbei.

Außerdem hatte sie es eilig.

Es galt eine Leiche wiederzufinden und einen Mord aufzuklären. Es kribbelte schon wieder in ihrer Nase.

Kapitel Neun

– Küchenarbeit mit Musik – Einsamkeit mit Ausblick –
Schatzsuche – Liebesbeweis – Blick in die Wolke –
Die Sturheit des Polizisten –

Charlotte tauchte die Hände in das heiße Spülwasser und schrubbte mit Inbrunst die Pfanne, die ihr einst von ihrer Mom vererbt worden war. Es handelte sich um eine handgeschmiedete eiserne Pfanne, in der man alles braten konnte, und die sich hervorragend dazu eignete, einem Engländer eins überzuziehen. Bei dem Gedanken an ihre Mom wurde ihr ganz warm ums Herz und sie lächelte.

Mom war wirklich eine kampferprobte schottische Maid gewesen, nicht leicht zu überzeugen, aber herzensgut zu den Menschen, die sie liebte.

Charlotte schob die Erinnerung an die Vergangenheit von sich und konzentrierte sich auf das Spülen, als folge sie einem Mantra.

Im Radio lief Sender Four-o-four, Sally spielte Musik und las die Zuhörer-Mails der abgelaufenen Woche vor, antwortete und scherzte, wie es ihre Art war.

Bald schon würden die High Noon-News kommen, live eingesprochen. Charlotte wartete auf das Dreitonsignal, das in vielleicht zwanzig Minuten erklingen würde.

Sie begann zu grübeln, ob Mona nicht im Recht war und die Karteikarten mit dem Namen ihrer Freunde eine Art Vertrauensbruch darstellten. Und dennoch drängte ihre Spürnase, den Fall, das Rätsel, zu lösen.

Sie nahm die Pfanne heraus, hielt sie unter den Wasserhahn im zweiten Becken und ließ klares Wasser darüber laufen. Anschließend hängte sie das schwere Metall zum Abtropfen an den Haken an der Wand.

Vom Tisch schnappte sie sich die Frühstücksteller, die wegen des plötzlichen Aufbruchs stehen geblieben waren.

Charlotte dachte daran, Paul anzurufen, um ihm von ihren Informationen zu erzählen.

Dann fiel ihr ein, dass sie seine Nummer gar nicht hatte, da sie nur auf dem Handy eingespeichert war. Außerdem glaubte sie nicht an Begeisterungsstürme, wenn sie ihm von ihren Erkenntnissen berichtete. Er hatte ihr ja nicht mal den Leichenfund geglaubt.

»Ob er überhaupt neutral ermittelt?«, murmelte sie halblaut. Schließlich hatte ihm Sophie die Überwachungsaufnahmen gezeigt. Er wusste also um die prekäre Situation seiner Nichte. Hatte er wirklich ein Interesse daran, einen toten Lopez zu finden?

Ein Fund, der Sophie mit in die Reihen der Verdächtigen katapultierte?

Charlotte spülte sich die düsteren Gedanken aus dem Kopf, putzte danach wie eine Wilde die Küche, und als alles sauber blitzte und blinkte und es nur nach dem Orangenputzmittel duftete, setzte sie sich zufrieden und erschöpft auf einen der Stühle.

Sie sah auf die Uhr. Das Dreitonsignal ertönte.

In den Bergen, abseits der Wanderwege, schlängelte sich ein Band durch das mehrfach schattierte Grün, Braun und Grau. Nur ein aufmerksamer Beobachter oder ein zufällig an der Stelle vorbeistreifender Wanderer, der gekennzeichnete Wege mied, wäre auf den Platz gestoßen, an dem das Band seinen Ausgang nahm.

Sally Hannah vermied es, zu oft denselben Weg mit dem Auto zu diesem Punkt in der Landschaft zu nehmen. Meist bog sie, wenn sie eingekauft hatte und zurückkehren wollte, einfach von einer der schmalen Straßen ab und nutzte Wiesen und ungenutztes Brachland. Nur wenn der Boden durchweicht war, hätte es deutliche Spuren hinterlassen, dann entschied sie sich anders.

Von diesem Ausgangspunkt führte allerdings ein eindeutig erkennbarer Weg den Berg hinauf, der an einer Hütte endete, auf deren Dach Gras und Heidekraut wuchsen. Perfekt versteckt und in Tarnfarbe gestrichen, ragte die Antenne des Piratensenders, den sie betrieb, heraus.

Die Fenster von Sallys Behausung lagen alle zur Rückseite, sodass die Lichtreflexe stets nur in menschenleeres Gebiet blitzten. Wenn Sally das Meer sehen wollte, musste sie vor die Haustür treten. Dort saß sie bevorzugt auf der einfachen Holzbank, den Rücken gegen die Wand gelehnt und genoss, wie nun gerade, den Sonnenschein, nachdem die Wolken abgezogen waren. Neben ihr saß der alte Grooge, ein Schäferhund-Husky-Mix mit zahlreichen genetischen Einsprengseln. Der braungraue Hund mit dem zotteligen Fell ertrug das Kraulen seiner Besitzerin mit stoischer Ruhe und geöffnetem Maul.

Betsy, die Australian-Shepherd-Dame, hetzte auf der Suche nach Kaninchen, die zu schnell für die nicht ausgebildete Hündin waren, über den Hang.

Sally liebte die Einsamkeit und die Stille, in der sie sich nur mit ihren eigenen Gedanken auseinandersetzen konnte. Gelegentlich schaffte sie es sogar, nicht zu denken, sondern nur zu atmen und die Natur in sich aufzusaugen.

Deswegen war sie zur Eremitin geworden.

Ein Wecksignal störte ihre Entspannung. Sie sah auf die Uhr.

Zeit für die 12-Uhr-Nachrichten. Grooge grummelte leise, legte den Kopf schief und sah Sally mit einem vorwurfsvoll leidenden Blick an. Er konnte das.

»Betsy!«, rief Sally. »Komm rein.«

Die junge Einsiedlerin strich sich durch ihre dichte Wuschelfrisur, die aus den Siebzigerjahren zu stammen schien. Sie ging zur Eingangstür, die offen stand, damit die Hunde nach Belieben das Haus verlassen und betreten konnten.

Im Inneren fand sich der Hauptraum mit der kleinen Küchenecke, ihrem Bett, dem Sessel, einem Tisch und einem Stuhl.

Den Hauptteil des Platzes nahm allerdings ihr Sender ein, zwei Laptops, eine Funkanlage, ein CD-Wechsler und eine Empfangsstation. Davor wartete ihr bequemer Gamer-Stuhl auf sie. Ein wahrlich schweres Exemplar, das sie in mühseligen drei Tagen und vielen Pausen bis hier hochgeschleppt hatte.

Sie plumpste hinein, checkte kurz die Zeit, öffnete auf ihrem Notebook das Textverarbeitungsprogramm und betrachtete die Ansage für den Mittag.

Sie schaltete vom Speicher auf Live und ließ den Klang ausfahren. Ihre Automatik zählte die letzten vier Sekunden, bis es genau 12 Uhr geschlagen hatte.

»Dies ist Sally von Sender Four-o-four. Es ist High Noon in den Highlands. Hier sind die News of the day.« Sie lächelte in das klobige Mikrofon. Jemand hatte ihr einst erklärt, dass man ein Lächeln hören konnte.

»Zunächst die guten Nachrichten. Der Sturm hat wenig bis gar keine Schäden angerichtet. Die Behörden sind zufrieden und ich natürlich auch, da ich keine schlechten News vortragen muss. Die Wettervorhersage prophezeit uns für die kommenden fünf Tage ein wunderbar stabiles Wettersystem. Sonne, Wolken-Mix und ein paar Schauer dazwischen, die einen echten Schotten nur müde abwinken lassen. Also Ruhe an der Wetterfront.«

Sally spielte ein Jingle ein, eine getragene Fanfare, die bei Soldatenbeerdigungen zum Einsatz kam.

»Ihr erinnert euch an meine Erzählung über den Erben des Hauses McManor? Nun. So wie es aussieht, könnten sich die Probleme, die er verschiedenen Mitmenschen bereitete, in Luft aufgelöst haben. Leider wohl dadurch, dass John Lopez verschwunden ist. Eine Vermisstenanzeige wurde aufgegeben und die Polizei hat mich gebeten, einen Aufruf zu starten. Wer auch immer John Lopez in den letzten drei bis fünf Tagen gesprochen oder gesehen hat, möge sich bitte bei der Mallaig-Station melden. Officer Laing wird die Hinweise entgegennehmen.«

Sally musste unwillkürlich grinsen. Natürlich hatte nicht Paul Laing darum gebeten. Aber es klang gut und die Wahrheit sollte niemanden interessieren.

»Und nun zu den vier Paarungen der Shinty-Spiele mit Lochaber-Beteiligung am Sonntag. Aussichtsreich im Kampf um die Meisterschaft ist die Damenmannschaft der ...«

Charlotte schaltete das Radio aus. »Verschwunden?«, herrschte sie den Äther an. »Paul Laing! Wenn ich dich in die Finger bekomme. Wie kannst du nur verschweigen, dass ich eine Leiche gefunden habe?«

Sie atmete mit geschlossenen Augen gegen ihren Zorn an, spürte, wie sich ihr Herzschlag allmählich wieder beruhigte. Alle Überlegungen, Paul in ihre Erkenntnisse einzuweihen, verschwanden, soweit sie denn je bestanden hatten.

Ein Auto stoppte neben dem Haus. Die Bremsen quietschten.

Charlotte strich sich die Bluse glatt und öffnete die Tür zum Hof. Ein unbekanntes Auto parkte dort.

Mona und Steven Sunnet stiegen aus und beide schienen schlechter Laune zu sein.

»Hello, Darling«, begrüßte Charlotte ihre Mitbewohnerin. »Wo hast du Yvonne gelassen? Mr Sunnet.« Sie nickte dem jungen Mann mit den wirklich schönen und edlen Schuhen zu.

»Liebesgeflüster, Charlie. Barry hat sie mit zur Farm genommen.«

»Er lässt auch keine Gelegenheit aus, um eine Frau zu finden, nicht wahr? Wahrscheinlich zeigt er ihr die neugeborenen Kälber und hofft auf den Niedlichkeitsfaktor.«

Mona lachte unvermittelt, kam näher und umarmte Charlotte. »Ich denke nicht, dass Yvonne fürs Farmleben taugt«, flüsterte sie der Älteren ins Ohr.

»Und was ist mit einem Freund für meine Mona?«, hauchte Charlie ebenso leise in Monas Ohr zurück.

»Ach du.« Sie lösten sich voneinander. »Wir haben viele Infos und damit auch schlechte Neuigkeiten.«

»Was meinst du, Darling?«

»Ich fürchte, wir brauchen neue Karteikarten.«

Stuart quetschte sich durch eine Felsenge mit scharfen Kanten. Sein ausgemergelter Körper passte ausgezeichnet dazwischen, wäre er nur ein, zwei Steine schwerer gewesen, hätte er es niemals geschafft.

Höchstens ein Kind oder eines der superdünnen Supermodels, denen er so gerne auf Instagram folgte, wären seinem zweiten Versteck nahe gekommen.

Kawakami beließ es nie bei leeren Drohungen. Seine Reaktionen kamen stets prompt und schmerzhaft.

Stuart wusste dies nur allzu gut. Dementsprechend blieb ihm kein anderer Ausweg, als die perfekt versteckten Geldreserven anzuzapfen.

Das Meer rauschte in seinen Ohren oder war es die Anstrengung? Auf dem Weg entlang der Küstenlinie hatte er aufmerksam seine Umgebung auf Beobachter abgesucht. Doch da war keiner. Weder ein Tourist noch einer der Einheimischen, keine diebische Elster, also ein Kunde, der versuchte, ein wenig billiger an Stuarts Stoff zu kommen.

Wie ein Ohrwurm summte er die Titelmelodie von Mission Impossible, während er sich wand und verrenkte, wie ein Einbrecher, der den Laserstrahlen auswich. Er stieß sich leicht die Stirn, als er nicht ganz konzentriert war, dann endlich erreichte er seine Höhle.

Es war eine natürlich entstandene Einkerbung, die das Meer geformt hatte. Gerade groß genug, damit ein halbwegs erwachsener Mann darin hocken, aber nicht aufrecht stehen konnte.

Stuart ging auf die Knie und krabbelte bis in den hintersten Winkel. Es war dunkel in der Miniaturgrotte. Erst am späten Nachmittag würden direkte Sonnenstrahlen durch einen Spalt von oben hier hereindringen. Jetzt, bei diesigem Wetter und zu dieser Zeit, sah Stuart so gut wie nichts. Er musste sich auf seinen Tastsinn verlassen, legte sich für den letzten Meter auf den Bauch, kroch voran und streckte seinen rechten Arm vor, bis er Plastik spürte. Er musste noch ein Stück vor, da seine Finger eiskalt waren und wiederholt von dem glitschigen Material abglitten. Dann endlich hatte er seinen Schatz in der Hand. Er zog den wasserdichten Beutel heraus aus dem Klemmversteck, bewegte sich vorsichtig rückwärts, bis er so weit zurückgekrochen war, dass er sich setzen konnte, ohne sich den Kopf anzustoßen.

Aus seiner Hosentasche holte er eine kleine Taschenlampe, deren Batterie jedoch nicht mehr lange halten würde. Im fahlen, flackernden Schimmer der LED-Lampe fummelte er den Verschluss auf, der an Gefriertüten erinnerte.

Erleichtert seufzte er, als der Inhalt im Licht zu sehen war.

Niemand hatte dieses Versteck gefunden. Sein Geld war noch da.

Er zählte die Zehn-Pfund-Scheine ab, bis er zweihundert Kröten zusammen hatte. Dann zählte er erneut und kam nur auf 190. Viermal wiederholte er die Kontrolle mit unterschiedlichen Ergebnissen. Einmal fiel ihm sogar einer der Scheine aus der Hand auf den feuchten Sand, der langsam seine Hose in Mitleidenschaft zog. Stuart fror, begann zu zittern.

Er stopfte irgendwann die Scheine, von denen er glaubte, dass sie zweihundert Pfund ergaben, in seine Hemdtasche, vergewisserte sich, dass sie nicht rausfallen würden, verschloss den Zip-Beutel und versteckte ihn wieder hinten in der Ecke.

Jetzt spürte er auch die Feuchtigkeit an seiner Brust. Wahrscheinlich hatte die Flut während des Sturmes die Höhle komplett geflutet. Damit erwies sich sein Versteck jedoch als absolut sicher.

Stuart kämpfte sich den Weg zurück. Es war anstrengend. Er keuchte und rang nach Luft.

Er schaffte es heraus, machte ein paar Schritte und setzte sich mit hängendem Kopf auf einen kniehohen Felsen inmitten des winzigen Strandes. Er hörte seinen eigenen Puls in den Ohren heftig trommeln. Beinahe übertönte er das Meer, das Plätschern der Wellen und den Wind, der ihm nun zusetzte. Er sah aus, als wäre er frisch aus dem Grab gekommen. Die Kleidung nass, dunkel, verdreckt. Sie klebte an seinem Körper, und die straffe Brise kühlte ihn aus.

Keine Zeit für eine Pause und unzuträglich für die Gesundheit. Er rappelte sich auf, wartete eine kurze Schwindelattacke ab, und ging dann los. Möwen schrien in der Luft, klagend und vorwurfsvoll. Stuart neigte selten zur

Melancholie, doch irgendwie war es die letzten Monate nicht ganz so gut für ihn gelaufen. Und nun auch noch der Diebstahl und die Drohungen Kawakamis.

Welches schlechte Karma hatte ihn nur eingeholt?

»Hallo! Alles klar?«

Stuart zuckte zusammen. Ein alter Mann kam ihm auf dem Küstenweg entgegen. In seinem Kopf entstanden wildeste Flüche. Nach außen hin lächelte er. »Ja, sicher. Schöner Tag, nicht wahr?«

Erst als sie nahe beieinander waren, erkannte er den Typen, der sich ihm seinerzeit als Doc vorgestellt hatte.

Stuart beäugte ihn misstrauisch, aber die massige Gestalt des Docs würde jeden Versuch, an seinen Schatz in den Felsen zu kommen, verhindern.

»Sie sehen aus, als würden Sie Hilfe brauchen«, meinte Doc, wirkte dabei zu gleichen Teilen besorgt wie freundlich.

»Was, wieso?«, widersprach Stuart.

»Sie sind nass, verdreckt und wirken auf mich ziemlich erschöpft. Haben Sie keine Regenkleidung?«

»Nein, brauche ich nicht.«

»Da könnte man geteilter Meinung sein, und wenn ich mir vorstelle, wie viel ich Ihnen schon an Umsatz gebracht habe, kann es doch auch nicht am Geld liegen, oder?«

»Ist nicht wichtig. Ich muss nur nach Hause meine Kleider wechseln. Ich bin tatsächlich hingefallen. Aber nichts Ernstes. Alles klar, Sie müssen sich keine Sorgen machen, also falls Sie das überhaupt getan haben. Ist ja auch nicht mehr weit, also danke …« Stuart wurde bewusst, dass er plapperte, war allerdings nicht in der Lage, seinen Wortschwall irgendwie in den Griff zu kriegen. »… für die Sorge, Doc. Mir geht es wirklich gut, aber ich sollte …« Er deutete an dem alten Mann vorbei und stiefelte los. Lächeln nicht vergessen, ermahnte er sich gedanklich. Nur nicht vergessen zu lächeln.

Doc rümpfte die Nase, als sich der verdreckte Kerl an ihm vorbeischlängelte. Felsen zur einen, und die langsam steigende Flut zur anderen Seite, verengten die Stelle an diesem Teil des Küstentrails.

Docs Geruchssinn war zwar nicht mehr die Beste, das Alter machte sich bemerkbar, aber die Mixtur aus Schweiß, Salzwasser, Algen und Dreck blieb haften, wurde nur allmählich von der frischen Brise vertrieben.

»Was hast du nur hier gemacht?«, murmelte Doc, holte das Smartphone aus der Jackentasche und schoss ein Foto von Stuart. Wenn er dessen Beziehungen nach London nur nicht so nötig hätte.

Doc schüttelte den Kopf. »Worauf habe ich mich nur eingelassen?«, sagte er leise im Selbstgespräch. Er konnte sich nicht mehr erinnern, wann er die letzte Bestellung aufgegeben hatte. In den vergangenen Monaten nagte das Vergessen an seinem Gedächtnis wie ein Eichhörnchen an einer Nuss. Stück für Stück schien zu verschwinden. Das Ärgerliche daran war, dass man niemals wusste, ob es mal eine Erinnerung gegeben hatte. Ein schleichender und zugleich erschreckender Vorgang.

Klar formten sich allerdings Bilder einer zärtlich mit ihm umgehenden Woolly in seinem Kopf. Herrliche Wochen, heimliche und nicht so heimliche Treffen. Ein Tanzabend und ein paar laue Nächte im Mondenschein. Seine schottische Distel. Warum nur hatte es nicht für die Ewigkeit sein können.

Doc riss sich aus den Gedanken, betrachtete das Foto auf dem Display und wischte sich durch die Reihe der Bilder, die er von Stuart gemacht hatte, bevor dieser ihn bemerkte.

Was hast du hier gesucht, junger Mann?, fragte er sich.

Ganz in der Nähe musste Charlotte die Leiche von Lopez gefunden haben.

Nur die Einheimischen kannten die lose miteinander verbundenen Abschnitte, die es einem ermöglichten, einige Meilen dicht an der Küste entlangzuwandern. Kein Schild wies darauf hin, dass es so einen Küstentrail gab.

Doc spürte am eigenen Leib, warum das so war. Der Wechsel aus weichem Sand, schroffen Felspartien und Hindernissen, die nur überklettert werden konnten, strengte ihn an.

Wie hatte Charlotte das nur geschafft? Sein Herz schlug bis zum Hals, aber er war es seiner Woolly schuldig. Sie verdiente jede Unterstützung, und wer weiß … Vielleicht bekam er auch ihre Dankbarkeit zu spüren, wenn es ihm gelang, einen Hinweis auf den Verbleib des McManor-Erben zu finden.

Er wanderte weiter, spähte in alle Richtungen, um herauszufinden, ob Stuart Spuren hinterlassen hatte.

Vom Meer her näherte sich die nächste Regenschauerfront und Doc drückte seinen breitkrempigen Hut tiefer auf den Kopf.

In der Küche saßen Mona und Sunnet an zwei unterschiedlichen Seiten des Tisches, als suchten sie Abstand voneinander.

Charlotte lächelte. Was versuchten die beiden ihr vorzugaukeln? Da bahnte sich eine Romanze an, soviel war sicher. Charlotte kannte sich da aus. Sie starrten auch angestrengt aneinander vorbei, als würde Augenkontakt sie in Flammen aufgehen lassen.

»Nun«, sagte Charlotte. »Wenn du Lopez also schon so lange kennst, Steven«, sie waren inzwischen beim Du angekommen, »wer könnte es auf ihn abgesehen haben? Jemand der ihm aus London gefolgt ist? Ein Geldeintreiber, ein geprellter Dealer? Oder jemand aus der Wettszene?«

Steven Sunnet wirkte nachdenklich. Den Whisky in dem Glas vor sich, hatte er, im Gegensatz zu Charlotte und Mona noch nicht angerührt. Die offene Art, wie er über das Leben der Mütter und seines mit Lopez berichtet hatte, machte ihn überaus sympathisch.

Charlotte hoffte, dass es andere Verdächtige geben würde, als nur die Menschen auf den Karteikarten, von denen sie jeden kannte und keinen für fähig hielt, einen Mord zu begehen.

»Ich weiß nicht. Habe ich auch schon mit Mona besprochen. Das klingt mir alles ein wenig weit hergeholt.«

»Aber möglich?«

»Ja, Mrs Polson, ähm Charlotte. Natürlich. Ich verstehe nur nicht, warum jemand erst wartet, bis John aus London verschwunden ist. Wäre es nicht einfacher gewesen, ihn direkt in der Hauptstadt abzufangen? Vielleicht war es ja doch ein Unfall? Vom Felsen gestürzt?«

»Du meinst, dass dein Kumpel zu einer Wanderung aufgebrochen ist? Und dies während eines heftigen Sturmes? Du kennst ihn. Ist er ein Naturbursche? Wäre das typisch für ihn?«

Sunnet schüttelte den Kopf, nippte nun an dem Glas und verzog leicht das Gesicht.

»Zu stark?«, frotzelte Charlotte.

»Uh. Kräftig, rauchig. Was ist das für einer?«

»Der Single des Tages, ein Ardbeg.«

»Der Single …?« Sunnet runzelte die Stirn.

Mona sprang ein. »Charlie hat einen Keller voller Single Malts. Für jeden Tag des Jahres eine Flasche. Üblicherweise trinken wir ihn allerdings erst abends.« Sie starrte Charlotte gespielt wütend an.

»Auf mich habt ihr beiden einen eher durchfrorenen Eindruck gemacht, Darling«, verteidigte sie sich. »John Lopez hat übrigens zu seinem Glück wohl nicht die Gene der McManors geerbt, Steven.«

»Wieso?«

»Nun, keine Hakennase, die blasse anämische Hautfarbe ist ihm gleichfalls erspart geblieben. Da hat die Weitergabe der Gene wohl nicht funktioniert.«

Sunnet überlegte einen Moment. »Stimmt. Ja. Jetzt wo Sie es sagen. Du es sagst, verflixt! Ich habe den alten Herrn mal per Videocall gesehen. Da hatte selbst ich mehr Ähnlichkeiten mit ihm. John ist ein männliches Pendant seiner Mum. Deswegen auch der Gentest. Reichtum macht misstrauisch, denke ich. Aber dann war ja alles klar.«

Charlotte blickte auf die Küchenuhr. »Paul wollte doch vorbeikommen. Wo bleibt er nur?«

»Er kommt schon noch«, beschwichtigte Mona, die sich an ihr Glas klammerte. »Ich denke, ich mache uns was zu essen. Steven? Isst du mit uns?«

»Wenn ich darf? Gerne.« Er strahlte übers ganze Gesicht.

Charlotte musste sich abwenden, um ihr Grinsen zu verbergen. Bis über die Halskrause war Steven in Mona verschossen. Aber so hatte sie einen weiteren Helfer für die Aufklärung des Falles der verschwundenen Leiche rekrutiert.

»Ich gehe mal das Notebook holen. Wir können uns ja die Bilder aus der Cloud ansehen«, sagte sie, erhob sich und ließ die beiden in der Küche zurück.

Mona war froh, dass ihre Hände etwas zu tun hatten. Sie spürte den Ardbeg warm und wohlig in ihrem Bauch. Gleichzeitig spielte der hohe Alkoholgehalt ihrem Gleichgewichtssinn Streiche.

Wie war es gekommen, dass sie nun schon am fortgeschrittenen Mittag einen Whisky trank? In Deutschland hätte sie das nie getan. Der schottische Lifestyle färbte auf sie ab. So viel stand fest. Und insbesondere die ungezwungene und wenig eingeschränkte Lebensart Charlottes.

Mona schälte die bereits gestern vorgekochten Kartoffeln, schnitt sie in mitteldicke Scheiben und sah immer wieder mit einem Seitenblick zu Steven, der weinte. Beinahe hätte sie gekichert, aber sie unterdrückte es. Der arme Tropf hatte sich als Küchenhilfe angeboten und arbeitete an den Zwiebeln.

Es sollte einen schnellen Kartoffelauflauf geben, die cremige, gewürzte Sahne stand schon neben der Auflaufform. »Soll ich noch Speck dazu packen?«, fragte sie.

Steven schniefte, wischte sich mit dem Ärmel unter der Nase ab. »Klar. Mit Speck schmeckt alles besser.«

Mona schwieg, schichtete die Kartoffelscheiben in die Form, nahm sich reichlich von den Zwiebelringen und legte einige Scheiben Frühstücksspeck dazwischen, bevor sie die abschließende Lage Kartoffeln darauf packte, geriebenen Cheddar aus dem Beutel darüber streute und dann mit der Sahne übergoss.

Als sie den Ofen öffnete, wunderte sie sich, wo Charlotte blieb. Ihre Freundin ließ sich verdächtig viel Zeit.

»Hier.« Mona reichte Steven ein Blatt Küchenpapier. »Für deine Augen und die Nase. Das waren aber auch wirklich scharfe Zwiebeln.«

»Spotte du nur«, beschwerte sich der Londoner.

Charlotte kam zur Tür herein, trug den aufgeklappten Laptop mit sich. »Verdammt, ich habe vergessen, wie ich an die Cloud herankomme. Hilf mir, Darling.«

»Klar.« Mona wusch sich die Hände an der Spüle und trocknete sie ab.

»Wann ist der Auflauf fertig?«, erkundigte sich Charlotte.

»Zwanzig Minuten«, erklärte Mona und setzte sich zu Charlie an den Küchentisch. Steven rückte mit seinem Stuhl herum, um auch einen Blick auf den Monitor zu erhaschen.

Mona öffnete die zuletzt gespeicherten Clouddateien vom Tag des Sturms.

Charlotte hatte an diesem Tag den gedeckten Frühstückstisch mit Yvonne auf der Bank fotografiert. Die Influencerin schien mit gierigen Blicken den Rührei-Mount-Everest zu verschlingen und hielt Messer und Gabel bereit. Auf dem nächsten Foto ließ sie es sich schon schmecken.

»Schneller, Darling«, mahnte ihre Freundin.

Mona klickte sich durch die Bilder, bis das Meer, der winzige Strand, die Felsen und …

»Schei … Entschuldigt«, flüsterte Steven. »Das ist tatsächlich John. Er ist also wirklich tot?«

Sie betrachteten das knappe Dutzend Bilder. Charlotte hatte kaum eine Perspektive ausgelassen.

»Er wirkt irgendwie friedlich. Das Gesicht, meine ich«, sagte Mona und spürte einen leichten Schwindel. Es war der erste tote Mensch, den sie auf einem Foto sah. Obwohl sie ihn nicht kannte, traf sie ein Gefühl von Trauer.

»Da ist kein Sand im Gesicht«, merkte Steven an.

»Gut beobachtet«, lobte Charlotte. »Was fällt dir noch auf?«

»Er ist durchnässt. Der Regen?«

»Ja. Wahrscheinlich. Vielleicht das Meer, das ihn gesäubert hat. Ich kann mich nicht mehr genau erinnern, ob er nach Salz gerochen hat. Wäre aber auch schwierig, so dicht an der See. Ich weiß es nicht. Regen oder Wellen würde erklären, warum er so sauber dort liegt. Was noch?«

»Keine Aufprallspuren«, sagte Mona. »Da ist keine Kuhle, der Körper liegt flach auf dem Sand. Wurde er dort abgelegt?«

Die drei in der Küche sahen sich gegenseitig an. Für eine Weile herrschte Stille. Man konnte die Gehirne beinahe rattern hören. Darüber lag der Geruch des schmelzenden Käses, des Specks und der Kartoffeln.

»Ich habe Hunger«, durchbrach Charlotte die Stille und sprach dann nachdenklich weiter: »Der Sand dort ist ziemlich verdichtet. Das Areal wird bei jeder Flut überschwemmt und es ist demnach kein loser Sand, auf dem er gelandet wäre, wenn man ihn vom Felsen gestoßen hätte oder er gesprungen wäre. Aber wenn ich mir ihn so ansehe, die Position des Kopfes und des Halses … Da ist auch kein Blut. Ich weiß nicht.«

»Genickbruch?« Mona betonte die Frage zweifelnd. Sie fühlte sich beim Anblick der Bilder unwohl.

»Okay, ich spreche Doc an, Darling«, sagte Charlotte. »Pack mal die Fotos auf die Festplatte. Und ruf die nächsten auf. Ich habe da Bilder von einer Gestalt gemacht, die sich auf den Felsen rumgetrieben hat.«

Mona tat ihr den Gefallen. Doch die letzten Aufnahmen waren so gut wie unbrauchbar. Verwackelt, undeutlich, wie im dichten Nebel aufgenommen.

»So ein Mist!«

»Köpftlich«, lobte Steven Monas Kartoffelauflauf mit vollem Mund und Zwischenatem, da er das viel zu heiße Essen in seinem Mundraum hin und her wälzte.

»Pusten, Steven, pusten«, ermahnte Charlotte und grinste, da Mona eindeutig ein wenig an Röte auf den Wangen zulegte. Und das kam nicht allein vom heißen Essen.

»Was studierst du in London?«, fragte die Betreiberin des Quiet Place.

»Wirtschaftslehre und Touristik. Ich will irgendwann mal in der Branche landen.«

»Und Mister Lopez?«

»Wirtschaftslehre und Finanzmathematik, aber er war nicht gut darin. Ich denke, er wollte sowieso abbrechen. Das Erbe kam ihm gerade Recht.«

»Mhm.« Charlotte griff nach dem Glas Wasser und trank. Als sie es abstellte, schoss sie die nächste Überlegung quer über den Küchentisch. »Aber der alte Herr lebt doch noch.«

»Das ist korrekt. War so eine Art vorweggenommenes Erbe, sagte ich Mona schon. John hat nicht so gerne darüber gesprochen. Als Mister McManor uns in London besuchte, hatte ich den Eindruck …«

»Du hast den alten McManor getroffen?«, unterbrach ihn Charlotte.

»Ja.« Sunnet wirkte verwirrt. »Einmal. Warum?«

»Wann war das?«

»Eineinhalb Jahre ist das her. Er war auf Tour in Großbritannien, sagte er. Als er in London war, lud er uns in einen Club für alte Herren ein. Der Royal Mayfield Salon. So hieß er, glaube ich. Piekfein, Regale voller antiker Bücher an den Wänden, hohe Decken, überall verteilt kleine Gruppen von ledernen Clubsesseln und Tischen. Whisky vom Feinsten und viele Angestellte in Livree, die auf kurze Winke reagierten. Es wurde geraucht und gelesen, man hörte kaum ein Wort. Es war deutlich leiser als in der Bibliothek der Uni.«

»Exklusiv. In der Tat«, murmelte Charlotte. »Was hat er von euch gewollt?«

»Keine Ahnung. Es war oberflächlicher Small Talk, hatte ich den Eindruck. John war noch weitaus ungeduldiger als ich. Es fiel ihm sichtlich schwer, den alten Herrn zu ertragen. Ich fand ihn amüsant. Er hat von den Highlands erzählt, dem schlechten Wetter hier und wie viel besser es seinen Knochen in Florida ginge. Er war guter Laune, erkundigte sich nach unserem Studium und wie unsere Pläne für die Zukunft aussehen würden.«

»Hatte Lopez da schon die Papiere erhalten?«, hakte Charlotte nach.

»Dein Auflauf wird kalt«, mischte sich Mona plötzlich ein und Sunnet lächelte sie an.

Charlotte konnte es kaum glauben, wie sehr Steven Mona verfallen war. Merkte sie das gar nicht?

»Nein, ich denke nicht«, antwortete Sunnet. »Das ging wohl über eine Anwaltskanzlei in London vor etwa einem halben Jahr. John hat mir erst vor einem Monat davon erzählt.«

Charlottes Nase kribbelte jetzt extrem und sie rieb sich mit dem Handrücken über die Spitze.

Mona versuchte derweil, den tiefblauen Augen Stevens auszuweichen. Er sah gut aus, war sportlich, wirkte sympathisch, bodenständig und aufgeschlossen. Doch das letzte, was sie in ihrer derzeitigen Lage gebrauchen konnte, war eine neue Beziehung, solange die Scheidung noch nicht durch war.

Natürlich fielen ihr die feixenden Blicke Charlottes auf, das Blitzen in deren Augen. Ja, ihre Freundin bemerkte auch Stevens Interesse an ihr.

Es klopfte an der Außentür der Küche.

»Komm rein!«, rief Charlotte.

Die Tür schwang auf und Paul, in voller Uniform, aber ohne Kappe, trat ein. Er lächelte mal nicht, sog stattdessen die auflaufgeschwängerte Luft tief ein. Sein Magen knurrte los.

Charlotte lachte. »Da hat jemand Hunger. Setz dich, ich hole dir einen Teller.«

»Ah, nein. Um Himmels willen. Ich esse mit Mum. Sie hat Black Pudding mit Kartoffeln vorbereitet. Hi, Charlie, Mona, Mister Sunnet. Ich will auch nicht lange stören. Hier, Charlie, dein neues Smartphone. Bei deinem Alten konnten wir nur das Recycling veranlassen. Die Karte hat Matthew vom Smartphone-Doctor-Laden herausgeholt. Sie funktioniert noch. Er hatte ein gebrauchtes Handy da.

Macht 45 Pfund. Du kannst bezahlen, wenn ihr zufällig in Fort William seid. Aber die Bilddateien waren unbrauchbar. Was ist mit der Cloud?«

Mona leerte ihren Teller, wischte sich die Hände an der Hose ab und nahm den Laptop auf, der neben ihr auf der Bank lag. Sie klappte ihn auf und zeigte Paul den Ordner mit den Fotos. »Hast du einen USB-Stick?«

»Eine Speicherkarte habe ich dabei.« Der Polizist fummelte eine flache Karte aus dem Beutel seines Schultergurts, an dem ein Funkgerät befestigt war. »Hier. Geht das auch?«

Mona nickte und kopierte die Bilder auf das Speichermedium. »Fertig.« Sie reichte die Karte zurück.

»Ihr löscht dann bitte die Dateien«, wies Paul sie an.

»Weshalb?« Charlotte mischte sich ein. »Sollten wir sie uns nicht mal gemeinsam ansehen?«

»Charlie!« Paul stützte sich auf dem Tisch ab und musterte Charlottes Gesicht. »Das sind Beweismittel. Du kannst sie nicht als deinen Privatbesitz behalten. Was ist mit den Persönlichkeitsrechten? Lopez ist ein Mensch.«

»Ein Toter!«

»Ja, möglicherweise, aber das ändert nichts an der Tatsache, dass diese Fotos von ihm ohne seine Einwilligung erstellt wurden. Also bitte. Ich bewahre dich nur vor einer möglichen Klage.«

»Und du bist nicht neugierig und willst sie dir direkt anschauen?«

Paul wirkte vollkommen ruhig. Nur ein leichtes Zittern in der Stimme verriet, dass er nicht entspannt war. »Ich bringe sie zur Mallaig-Station und dann werden sie den Kollegen von den Dezernaten in Edinburgh zugeschickt. Ich bin hier nur der Hilfssheriff. Wenn sie wollen, dass ich springe, dann frage ich lediglich wie weit. Die Entscheidung, ob das Mord-, das Vermissten- oder noch ein anderes Dezernat mit dem Fall betraut wird, treffen Männer mit deutlich höherem Dienstrang. Ich ermittle hier nicht, Charlie, und du solltest deine Nase da auch raushalten.«

Mona wunderte sich über die Auseinandersetzung. Sie verstand nicht, warum Charlie sich wehrte, schwieg jedoch, was die Speicherung auf der Festplatte anging. Ihre Freundin bezweckte etwas mit dem Wortgefecht. Nur was?

»Hast ja recht«, gab Charlotte klein bei. »Lösch sie in der Cloud, Darling«, kam die klare Anweisung.

Mona markierte sämtliche Tatortfotos im Vorschaufenster.

Paul beobachtete sie dabei. »Halt mal kurz. Was sind das da für Fotos?«

»Doch Interesse daran, Hilfssheriff?«, stichelte Charlotte.

Paul seufzte, also sprach sie weiter.

»Ich dachte, da wäre ein Mann auf den Felsen gewesen«, erklärte Charlie ihm. »Ich habe mich unter dem Vorsprung versteckt und blind fotografiert. Ist aber nix drauf.«

»Okay«, sagte der Polizist. »Die habe ich auch auf der Karte, Mona?«

Sie nickte.

»Gut. Vielleicht können die Kriminaltechniker in Edinburgh was damit anfangen.«

Mona drückte auf den Delete-Button.

»Und jetzt noch bitte endgültig löschen.«

Mona wechselte auf die Datenwiederherstellung und warf die Dateien unwiderruflich aus der Cloud. »Erledigt, Officer«, meldete sie und lächelte ihm zu.

Paul wirkte abwesend, erwiderte das Lächeln nicht. Stattdessen wandte er sich an Steven. »Ich würde gerne noch einen Blick auf die Papiere werfen, die Sie für Mister Lopez aufbewahren. Wäre das möglich?«

Steven nickte mit vollem Mund. Hastig kaute und schluckte er. »Wann und wo?«

»Vielleicht heute Nachmittag noch? In der Mallaig-Police-Station? Mona oder Charlie können ihn sagen, wo das genau ist.«

»Klar.«

Paul richtete sich auf. Da waren Schatten auf seinem Gesicht, die ihn müde aussehen ließen. Mona musterte ihn, ebenso Charlie, die ihn dann auch ansprach, als er wie nachdenklich im Raum wartete.

»Geht es Maire gut?«, erkundigte sie sich.

»Mum?« Paul schien aus einem schlechten Traum erwacht. Er verzog das Gesicht zu einem schwachen Lächeln. »Nein, nicht wirklich. Aber wir arbeiten daran.«

»Soll ich mal wieder vorbeikommen? Maire freut sich sicher, wenn sie mit jemand anderem als Ärzten und ihrem Sohn quatschen kann«, schlug Charlotte vor.

»Nein, Charlie. Derzeit nicht. Sie braucht Ruhe. Alltag. Jeder Besuch strengt sie an und macht die Nächte schwieriger. Vielleicht in zwei Wochen oder so. Ich sage dir Bescheid.«

»Okay.«

Paul wirkte wie jemand, der noch etwas auf dem Herzen hatte, aber nicht die richtigen Worte fand, um es auszusprechen. Mehrfach ging ein kaum sichtbarer Ruck durch seinen Körper, dann tippte er sich mit dem Zeigefinger an die Stirn. »Bye, bye. Lasst es euch schmecken.

Mr Sunnet, wir sehen uns heute Nachmittag.« Er verließ das Haus.

Als die Tür hinter ihm ins Schloss gefallen war, meinte Charlotte: »Als wenn er mir Knüppel zwischen die Beine werfen wollte, oder nicht?«

»Was?« Mona schaute Charlotte an. »Wieso?«

»Na, er tut alles, um mich von den Ermittlungen abzuhalten. Das finde ich seltsam. Meine Nase sagt mir, dass da was nicht stimmt.«

»Du übertreibst, Charlie«, wies Mona sie zurecht. »Er macht nur seine Arbeit. Und schließlich hast du ja noch alle Fotos, nicht wahr?«

»In der Tat, Darling.« Charlotte nickte zufrieden. »Reichst du mir bitte einen weiteren Löffel von dem Auflauf? Habt ihr beiden Turteltäubchen richtig gut gekocht.«

»Charlie!«

»Ich mein ja nur.«

Kapitel Zehn

– Highland Humor – Unerwartete Hinweise –
Mallaig-Station – Spuren im Wald –
Ein gemeinsamer Freund –

Ein fröhlich anmutender Regenschauer zog vorbei, durchnässte den Parkplatz des B&Bs A Quiet Place. Es roch herrlich frisch, fand Mona, die unter einem der beiden Dachvorsprünge geschützt auf Yvonnes Rückkehr wartete und in Gedanken versunken in die Ferne starrte.

Steven hatte sich auf den Weg gemacht, die Papiere zu holen und wollte danach sofort nach Mallaig fahren.

Mona seufzte leise. Ihre Gedanken schweiften ab. Es wechselten sich Erinnerungen aus Deutschland mit denen aus Schottland ab. Stets bildeten blaue Augen das Zentrum. Zum einen, die ihres demnächst Ex-Mannes und zum zweiten die sympathisch warmen Blicke Steven Sunnets, sowohl im Pub als auch am Küchentisch.

Natürlich registrierte sie sein offensichtliches Interesse an ihr. Aber darauf eingehen? Das wollte sie derzeit nicht.

Die Sonne brach wieder durch die Wolkenschafherde. Mehr azurblauer Himmel war zu sehen. Mona genoss die wärmenden Strahlen auf dem Gesicht. Schottland hatte sie in einer schlimmen Phase ihres Lebens mit Herzlichkeit und mit weit offenen Armen empfangen.

Heimat.

Sie schaute den wandernden Schatten auf den sanften Hängen zu. Lautes Knattern ertönte plötzlich von der Straße her. Ein doppelt besetztes Quad näherte sich, gelegentlich eine schwarze Rauchwolke ausstoßend. Der Fahrer könnte Barry sein. Zwei Arme umschlangen seinen Oberkörper und Mona lächelte. Yvonne kehrte zurück.

Barry bremste behutsam ab, drehte den Schlüssel und der Motor erstarb mit einem Ächzen. Yvonne stieg geschickt vom Quad. Beide trugen keinen Helm, aber das tat Charlotte schließlich auch nicht.

Yvonne strahlte Barry an. Sie wechselten einige Worte. Die Influencerin lachte laut und ein wenig zu exaltiert, für Monas Empfinden.

Doch dem Crofter Sohn schien es anscheinend das schönste Geräusch auf Erden zu sein.

Nach einem mit zahlreichen Gesten versetzten Wortwechsel, beugte sich Yvonne vor und gab Barry links und rechts einen Kuss auf die Wangen. Es folgte noch eine zärtlich streichelnde Berührung ihrer rechten Hand an seinem Gesicht.

Barry schien im siebten Himmel zu schweben, startete den Motor und wendete geschickt auf dem Platz. Er winkte im Wegfahren.

Yvonne sah ihm hinterher.

»Na, wie war es?«, rief Mona auf Deutsch.

Yvonne wirkte wie eine frisch erwachte Träumerin, als sie näherkam. Es musste ein sehr schöner Traum gewesen sein.

»Er hat mir die Farm gezeigt, ein Picknick gepackt und dann sind wir hinaus ins Grüne.« Die Wangen röteten sich leicht. »Sie haben etwas mehr als ein Dutzend dieser Highland-Rinder. Und noch mal halb so viele Kälber. Ich wusste gar nicht, dass sie so bunt sind. Schwarz, rot-gold, fast weiß. Die haben uns umringt, denn wir haben mitten unter ihnen auf einer Decke gesessen, Wein getrunken und leckere Käseteilchen gegessen, die seine Mutter gebacken hat. Ich konnte Kälbchen streicheln, das war fantastisch. Ich habe sogar vergessen, zu filmen, weil es so schön war.« Yvonne verstummte. »Du verstehst?«, ergänzte sie leise.

»Ich denke, Barry hat eine Menge richtig gemacht, oder?«

Yvonne nickte. »Mich hat schon lange kein Mann mehr so beeindruckt. Das war ein wunderschöner Tag. Wie war es hier? Ist Charlotte mit ihren Ermittlungen weitergekommen? Wo ist Steven?«

»Unterwegs nach Mallaig. Paul war da und wollte die Papiere von Lopez sehen. Das erledigt Steven gerade«, erklärte Mona. »Worüber hast du so lachen müssen?«

Yvonne grinste. »Barry hat mir auf der Weide gesagt, dass ich auf die Rinder mit den drei Beinen aufpassen soll.«

»Was?«

»Die wären halt wütend und man müsse genau auf sie achten.«

»Dreibeinige Highlandrinder?« Mona konnte es nicht glauben.

Da begann Yvonne schon wieder loszuprusten. »Ja, genauso habe ich auch reagiert. Ich habe mich überall umgeschaut, doch alle, die ich sah, hatten vier, also habe ich nachgefragt, wo welche wären.« Yvonne imitierte einen Jäger, der sich mit einem Fernglas in sämtliche Himmelsrichtungen dreht. »Er sagte, dass die natürlich langsamer wären, aber trotzdem müsste ich aufpassen. Warum, habe ich gefragt. Und er sagte: Na, weil sie wütend sind, dass ihnen ein Bein fehlt. Wir Schotten sind sparsam. Wir essen nicht immer das ganze Rind.« Yvonne lachte laut auf. »Und sein Gesicht dabei ... Ich habe mich gekringelt vor Lachen.«

Charlotte saß in der Küche vor den Karteikarten und dachte angestrengt über die kommenden Schritte der Ermittlungen nach. Sie würde mit jedem sprechen müssen, den sie notiert hatten.

Name: Adam und Elsa Kieran
Motiv: Seaside Lodges laufen nicht gut, Schulden, Pacht wird erhöht.
Mittel: Sie sind zu zweit. Können Lopez zusammen getragen haben.
Gelegenheit: Sie wussten, wo er wohnt

Die Kierans trieb ein starker Grund an. Man musste überprüfen, wann Lopez bei ihnen gewesen war und was genau er gefordert hatte.

Name: Martha und Tymi Bientowitz
Motiv: Verlieren die Anstellung, ihr Heim.
Mittel: Sie haben ein Transportquad, könnten also auch alleine gehandelt haben.
Gelegenheit: Lopez hat bei ihnen gewohnt.

Da war Blut auf dem Quad gewesen. Möglicherweise von der Jagd, aber sie würden sich danach erkundigen. Dazu kam noch Peter.

Name: Peter Cunnningham
Motiv: Wenn das Anwesen verkauft wird, wer braucht da einen Gärtner?
Mittel: Könnte mit den Bientowitzes gemeinsame Sache gemacht haben.
Gelegenheit: Wohnt auf dem Grundstück. Hat aber wahrscheinlich genug Rücklagen, um sich zur Ruhe zu setzen.

Charlotte konnte sich nicht vorstellen, dass Peter zu einem Mord fähig wäre. Die drei vom Old-McManor verfügten allerdings über profunde Kenntnisse von der Landschaft, den Tidenzeiten und würden eindeutig wissen, wo und wann man eine Leiche drapieren musste, damit die Flut sie mitreißen würde.

Name: Simona Tavish
Motiv: Das Café Clotted Cream war im Besitz der McManors, bislang zahlte sie nur eine geringe Pacht. Die Rente war klein, Geldnot.
Mittel: keine. Bräuchte Hilfe. Wer?? Simonas Mann war Einzelkämpfer bei den Streitkräften. Wusste sie, wie man tötet?
Gelegenheit:??

Simona stand ganz unten auf der Liste. Wie hätte sie Lopez auch bis zum Felsen bringen können. Hatte sie ihn mit Scones, Cream und Marmelade gelockt? Aber Charlotte hatte beschlossen, niemanden von vornherein auszuschließen.

Name: Connor Askaig
Motiv: Das Pirates Parrot ist keine Goldgrube, Geldnot. Lopez hat Maddisson angegraben? Eifersucht? Hat er sie verteidigt?
Mittel: Connor ist kräftig und hätte notfalls Hilfe von Maddisson.
Gelegenheit: Gute Frage. Connor ist immer beschäftigt.

Auch der Besitzer des Pubs stand nicht so weit oben auf der Liste. Soweit Charlotte wusste, besaß er noch mindestens ein vermietetes Haus auf Skye und schien sich selten Gedanken um Geld zu machen, aber wer weiß. Sie würde ihn dazu befragen müssen und was genau sich in der Küche zugetragen hatte.

Name: Paul Laing
Motiv: Mietvertrag gekündigt? Seine Mutter muss ihr Heim verlassen. Oder Unterstützung seiner Nichte, die Ärger mit Lopez hatte.
Mittel: Paul verfügt über alle Mittel und alle Kenntnisse
Gelegenheit: schwierig zu beurteilen. Als Polizist ist er eine Vertrauensperson und könnte Lopez in die Irre geführt haben.

Paul kam im Grunde nicht infrage. Er war Polizist aus Leidenschaft, hatte Angebote zur Beförderung abgelehnt, weil er seinen Job hier in der Gegend liebte. Warum sollte er das aufs Spiel setzen? Aber seine Ortskenntnisse und Fähigkeiten machten ihn zum idealen Verdächtigen. Außerdem verhielt er sich ein wenig seltsam, fand Charlotte, die ihn schon Jahre kannte. Zu was ein Mann fähig war, wenn seine Familie bedroht wurde, konnte die Schottin aus eigener Erfahrung erzählen.

Sie schob die düsteren Gedanken beiseite und konzentrierte sich auf die letzte Karteikarte.

Name: Sophie Hall
Motiv: Kündigung, Wohnungsverlust. Ärger
Mittel: Shintyschläger und sicherlich einige Shintymannschaftsmitglieder aus Mallaig, die ihr helfen würden.
Gelegenheit:??

Charlotte dachte an die Stirnwunde des Toten. Ein blauer Fleck. Verursacht von Sophie. War der Schlag zu hart gewesen? Wenn ja, warum hatte sie nicht auf Notwehr plädiert und ihren Onkel Paul um Hilfe gebeten?

Charlotte schüttelte den Kopf. Auch sie stand nicht weit oben auf der Liste.

Zu guter Letzt nahm sich die Schottin eine weitere Karteikarte, und begann zu schreiben:

Name: Charlotte Polson und Mona Muller
Motiv: gering. Die Zufahrt von der Hauptstraße zum Quiet Place gehört dem Haus McManor. Lopez könnte Tore oder Gatter aufstellen und die Zufahrt blockieren und eine Pacht verlangen.
Mittel: nun ja.
Gelegenheit: War Mona wirklich auf direktem Weg zurückgekommen?

Charlotte schmunzelte unwillkürlich, denn dies war eine neue Erkenntnis aus den Papieren. Sie hatte gar nicht mehr an die Besitzverhältnisse der Zufahrt gedacht.

Charlotte schüttelte den Kopf. Beim Anblick der Karteikarten kribbelte es in ihrer Nase. Irgendwo dort lag ein Hinweis. Sie mussten ihn nur finden.

Gelächter erklang von draußen herein. Charlotte legte die letzte Karteikarte ordentlich auf dem Stapel ab, erhob sich, ging zur Tür und öffnete sie.

Yvonne und Mona hielten sich einige Meter weit entfernt auf, standen nahe beieinander und Mona deutete in Richtung der sanften Hügel. Sie unterhielten sich auf Deutsch. Eine harte Sprache, von der Charlotte nicht allzu viel verstand. Der Tonfall war dennoch eindeutig.

»Hi, Yvonne, wie hat es dir mit Barry gefallen?«, rief die Schottin und näherte sich. Im Gesicht spürte sie eine leichte Wärme der Sonnenstrahlen, die schnell verflog, als Wolken sich dazwischenschoben.

Die Influencerin kicherte albern, jedoch sympathisch. »Wunderschön. Ich überlege, ob … nein. Nein. Vergiss es. Aber ich würde dir gerne was zeigen.«

»Okay.« Charlotte sah, dass Yvonne ihr Smartphone zückte. »Hast du schon mal dreibeinige Hochlandrinder gesehen?«

Charlotte seufzte. »Hat dir jemand den Witz mit, wir essen die Rinder nicht gleich auf einmal auf, erzählt?«

Yvonne grinste. »Ja. Ich muss schon wieder lachen.« Sie tat es, während sie auf dem Smartphone etwas zu suchen schien.

»Ah, hier. Schaut mal. Von der Weide mit Barrys Tieren hat man einen grandiosen Ausblick bis zum Horizont. Man kann die Seaside Lodges erkennen und das Café, dein B&B nicht, aber dafür den Pub. Ich habe einen Film gedreht.«

Charlotte sah sich das Filmchen auf dem Display an. »Halt mal. Kannst du das da vergrößern?«

Ein silberner Fleck am Strand war zu sehen. »Was ist das?«, fragte Mona.

»Das muss der Airstreamer sein. Wohnt da nicht ein junger Mann?«, fragte Charlotte.

»Ja, stimmt. So ein Einsiedler. Kommt nie in den Pub, keiner kennt ihn so richtig«, meinte Mona.

»Und sein Platz zum Wohnen ist nicht so weit von der Fundstelle weg.« Charlotte klatschte in die Hände. »Den müssen wir befragen. Vielleicht hat er was gehört oder gesehen.«

Yvonne ließ den Film bis zum Ende laufen.

»Sehr schön. Kannst du das noch in den Werbefilm einbauen?«, schlug Mona vor.

»Klar.« Sie beendete das Video. Lauter kleine Vorschaubilder erschienen auf dem Display.

»Was ist das dort?«, fragte Charlotte. »Ist das am Parkplatz nahe des Waldes, an dem wir mit der Polizei gesprochen haben?«

»Du hast echt Adleraugen, Charlotte«, stellte Yvonne beeindruckt fest. »Ja, ich habe da gefilmt.«

Erste Regentropfen fielen aus dunklen Wolkenschafen. Der Wind frischte auf, spielte mit Charlottes Haar. »Gehen wir rein.«

Yvonne übertrug das Video auf den Laptop, damit sie sich die Bilder auf einem größeren Bildschirm ansehen konnten.

Die Sequenz dauerte nur rund vier Minuten. Yvonne hatte die Angewohnheit, immer wieder 270-Grad-Schwenks einzustreuen und so sahen sie eine Menge vom Parkplatz, dem Wald, den Polizeiautos und …

»Wer ist das?«, hauchte Mona.

Zwischen den Bäumen versuchte sich eine Gestalt zu verstecken, die offensichtlich nicht der Polizei oder sonst jemandem auffallen wollte.

»Zu dunkel, zu verschwommen«, murmelte Charlotte.

»Alles kann meine Kamera auch nicht«, maulte Yvonne und spielte die Sequenz gleich mehrfach ab.

»Ich denke, es ist Wulf«, meinte Mona nachdenklich.

»Ja, genau. Das ist der unheimliche Kerl, der mich in seine Höhle geschleppt hat«, bestätigte die Influencerin.

»So seltsam ist Wulf nun wirklich nicht, sagte Mona.

»O doch. Ich habe ihn kaum verstanden, wenn er mal was gesagt hat. Aber die meiste Zeit hat er geschwiegen. Also ich nenne das creepy. Aber ja, das auf dem Foto ist er. Definitiv. Ich bin mir sicher.«

»Was hat er dort gemacht?«, sinnierte Charlotte. »Ist doch gar nicht sein Revier. Normalerweise hält er sich eher im Hinterland auf. – Hm. – Das sind einige unerwartete Hinweise. Ich denke, die Aufgaben für die nächsten Stunden sind gesetzt. Wir sollten uns aufteilen.«

Die Mallaig Police Station konnte man kaum verfehlen. Jeder Tourist, der mit der Fähre auf die Insel Skye oder die Small Isles übersetzen wollte, kam kurz vor dem Kreisverkehr, der in den Hafen mündete, an ihr vorbei.

Im Innern des schmucklosen und konventionell errichteten Gebäudes arbeiteten bis zu vier Polizisten gleichzeitig, meistens waren jedoch weniger anwesend.

Für die schwierigen alkoholischen Fehltritte der Bevölkerung verfügten sie über eine Ausnüchterungszelle und eine zweite, beinahe nie genutzte Zelle, war für Verbrecher vorgesehen.

Lilian saß hinter dem Tresen am Empfang und langweilte sich vor dem Computer, klickte sich durch den Meldungskatalog der schottischen Polizei, zumeist Vermisste, aber auch ein Hinweis auf einen entflohenen Häftling, der auf dem Fahndungsfoto äußerst bösartig wirkte. Die aktuelle Fahndungsliste, national und international, rief sie ebenfalls auf. Die interessantesten Einträge und Fotos waren für sie, die für die Britischen Inseln. Gangster aus London, irgendwo im Königreich untergetaucht. Vielleicht würde ihr mal einer in der schottischen Einsamkeit über den Weg laufen. Das gäbe sicherlich wohlwollende Einträge in ihrer Akte, wenn es später um eine Versetzung an einen coolen Einsatzort ging.

Lilian ließ sich Zeit, da ihre To-do-Liste gen null tendierte. Sie war in dieser Woche Jack zugeteilt, ein schweigsamer Kollege, der den Feierabend über alles liebte und es mochte, schweigend mit einer Radarpistole an gut ausgebauten Landstraßen zu sitzen und auf Raser zu warten.

Nur war Jack derzeit nicht vor Ort. Er war mit einem der beiden Dienstfahrzeuge zu einem Unfallort unterwegs. Ein Touri hatte für einen Moment vergessen, dass Linksverkehr herrschte und einen Lieferwagen gerammt. Keine Verletzten, aber für die Versicherung des Leihwagens war die Schadensaufnahme durch die Polizei unausweichlich.

Lilian war daher für den Telefondienst eingeteilt. Sie sah sich um. Paul, das Urgestein der Station, saß an seinem

Arbeitsplatz und schrieb an einem Protokoll. Seit dem Einsatz nach dem Sturm, wirkte er etwas weniger aufmerksam und nicht mehr ganz so freundlich, regelrecht gestresst, obwohl die verschwundene Leiche so gar nicht in seinen Aufgabenbereich fiel.

Sie wollte ihn schon darauf ansprechen, was die nächsten Schritte waren, als die Automatiktür mit einem Surren zur Seite glitt. Eine kräftige Böe schubste einen sportlichen Mittzwanziger in den Innenraum, der vor dem Tresen landete und ein unverschämt sympathisches Lächeln aufsetzte.

Lilian, deren Beziehung zu ihrer Sandkastenliebe vor acht Wochen, drei Tagen und genau 61 Minuten geendet hatte, sah dem Neuankömmling in die unglaublich blauen Augen.

Was für ein Mann, kam es ihr in den Sinn. Sie setzte sich aufrechter hin und strich sich ein widerspenstiges Haar aus der Stirn. »Hi. Was kann ich für Sie tun?«, fragte sie wenig geschäftsmäßig.

»Mein Name ist Sunnet«, antwortete der Hüne. »Ich sollte mich bei …«

»Er soll zu mir kommen, Lil«, warf Paul Laing dazwischen.

»Oh, okay«, sagte Lilian, glitt in einer anmutigen Bewegung vom Sitzhocker und öffnete die Klappe im Tresen, damit Sunnet hindurch konnte.

»Bitte schön.«

»Danke«, erwiderte Sunnet.

Auch noch höflich, dachte Lilian und starrte dem sportlichen Hintern hinterher, der jede Jeans perfekt hätte wirken lassen.

Sie hörte sich selbst leise seufzen. Hoffentlich hatte es niemand gehört.

Das Telefon klingelte.

»Gehst du ran, Lil?«, rief Paul, der gerade dem Besucher einen Stuhl neben dem Schreibtisch anbot.

»Klar.« Sie schnallte sich das Headset um, drückte den grünen Knopf, sagte ihr Sprüchlein auf und hörte ein paar Jugendliche kichern. »Peter!«, zischte sie unterdrückt wütend in den Hörer. »Lass das sein oder ich schwöre dir, dass ich dich von deinem Vater übers Knie legen lasse.« Sie legte auf, ohne eine Reaktion abzuwarten.

»Nicht ärgern, Lilian, nicht ärgern«, murmelte sie im Selbstgespräch. Der Supervisor hatte sie gewarnt, ihr Praxisjahr in Heimatnähe zu absolvieren. Doch noch war sie nicht bereit, die Highlands zu verlassen.

Sie setzte sich seitlich, sodass sie sowohl den Monitor als auch Sunnet und Paul im Auge behalten konnte.

Der Besucher händigte dem Polizisten dutzende Papierseiten aus, die er aus einem Rucksack fischte.

Paul nahm sich Zeit, las Seite für Seite, wurde allerdings zum Ende hin schneller.

»Darf ich mir Kopien machen?«, fragte er Sunnet.

»Es sind nicht meine Papiere, aber nun, wo John tot ist …«

»Mutmaßlich tot. Bislang gehen wir von einem Vermisstenfall aus«, widersprach Paul, was Lilian wunderte, denn eigentlich waren alle davon überzeugt, dass sie den Erben des alten McManor nicht mehr lebend finden würden.

»Nun, wie auch immer.« Sunnet zuckte mit den Schultern. »Ich denke, dass John mir die Papiere anvertraut hat, damit ich in seinem Sinne mit ihnen verfahre. Es würde zu lange dauern, den alten Herrn in Florida zu kontaktieren, daher nehme ich einfach mal an, dass es in Ordnung geht, wenn es dazu beiträgt, John …« Er stockte.

Lilian überlegte, wann sie jemals eine Männerstimme gehört hatte, die derart angenehm in ihren Ohren geklungen hatte.

Sunnets Akzent, so wenig schottisch wie sein Auftreten, ließ sie zweifeln, woher er tatsächlich stammte. Es klang nicht nach London oder einer der Großstädte südlich des Hadrianswall. Lilian bemerkte einen strafenden Blick Pauls in ihre Richtung. Sie wandte sich um und rief auf dem Monitor die Termine des Tages auf. Da fand sie seinen vollen Namen. Steven Sunnet.

Sie konnte sich vorstellen ihn Sunny zu nennen. Bei einem Cocktail in einer Strandbar, Musik aus den Lautsprechern, eine einladende Tanzfläche, eine sanfte Meeresbrise, die Aussicht auf eine heiße …

»Lil!«, riss ein gebrüllter Befehl sie aus ihren Visionen. Dem Klang nach, schien es eine wiederholte Aufforderung gewesen zu sein.

»Ja, Paul?« Sie sah zu Officer Laing.

»Würdest du bitte?« Er hielt die Papiere hoch.

»Klar.« Sie ging auf die beiden Männer zu, hoffte, dass niemandem die Röte ihrer Wangen auffiel.

»Alles einmal?«, fragte sie, als sie die Dokumente in Empfang nahm.

»Ja, danke.«

Lilian stellte sich an den Kopierer, der recht leise war und lauschte dem Dialog zwischen Paul und Sunnet.

»Wussten Sie, was Lopez den Leuten hier aufgetischt hat, Mr Sunnet?«, erkundigte sich Paul.

»Er hat es mir nicht gesagt, als er ging, wenn Sie das meinen.«

»Wie jetzt? Er hat demnach später davon gesprochen, Mieten zu erhöhen und Grundstücke zu verkaufen?«

»Nein, nicht direkt, Officer.«

»Was dann?«

»Nun, er sprach davon, dass seine Geldprobleme sich bald erledigen würden. Ich habe vermutet, dass es etwas mit dem Erbe zu tun hatte.«

»Wie groß waren seine Geldprobleme?«

»Das weiß ich nicht. Er war chronisch pleite und hat doch immer Geld gehabt. So genau habe ich da nicht durchgeblickt.«

»Gab es Drohungen?«

»Mhm?«

»Schuldete er jemandem Geld?«

»Ach so. Ja, sicherlich. Aber meines Wissens, hat er stets bezahlt. Seine Reise hierher gehörte zu seinen Plänen. Wie gesagt. Er war der Erbe. Wie er das alles versilbern wollte, hat er mir nie erzählt. Nur ein simpler Anruf: Bring mir die Papiere. Und hier sind sie.«

»Keine Drohungen von einem Geldeintreiber oder einem Geschäftspartner?«

»Nein, Officer Laing.«

Lilian schob den letzten Packen der Unterlagen in das Einzugsfach und drückte Enter.

»Weiß sonst noch jemand von diesen Papieren?«

»Außer den Menschen, auf die die Verträge laufen, hat niemand diese Dokumente gesehen.«

Lilian stutzte. Die Stimmlage Sunnets hatte sich bei dieser Antwort geändert. Ihre feinen Antennen für Menschen, die ihr von Supervisor Brokenwell bescheinigt worden waren, schlugen an. Sunnet log. Oder zumindest bog er die Wahrheit.

Sie ordnete die Originale, drehte sich um und reichte Paul Laing die Kopien, Sunnet die Originale.

Hatte Paul die Lüge auch registriert? Dem schien nicht so zu sein. Der ältere Polizist wirkte zwar nachdenklich, aber nicht misstrauisch. Dann sagte er: »Okay. Danke. Ich erreiche Sie bei den Kierans?«

»Ja.«

»Wann reisen Sie zurück nach London?«

Sunnet zuckte mit den Schultern. »Keine Ahnung. Vielleicht bleibe ich noch eine Weile. Es gefällt mir hier.«

Lilians Herz machte einen Sprung.

»Gut. Ich weiß Bescheid«, meinte Paul, erhob sich von seinem Stuhl und reichte Sunnet die Hand.

»Wenn Sie herausfinden, was mit John …?«

»Ich sehe, was ich tun kann.«

»Danke.« Sunnet legte die Dokumente in einen kartonartigen Aktendeckel, stopfte diesen in den Rucksack, den er sich umschnallte und schenkte Lilian ein Lächeln, als er hinausging.

Die Tür öffnete sich, von draußen drangen Verkehrslärm und eine kräftige Böe herein.

»Er hat gelogen«, sagte Lilian, als die Tür zugeglitten war. »Als er behauptete, keinem anderen die Dokumente gezeigt zu haben.«

»Gut beobachtet, Lil«, lobte Paul. »Charlie und Mona sind wahrscheinlich eingeweiht. Drei Hobbydetektive.« Er seufzte. »Ich muss noch mal mit Charlie sprechen. Das geht so nicht.«

Lilian nickte, obwohl sie die ablehnende Haltung Pauls nicht so ganz nachvollziehen konnte.

»Was ist mit der Anfrage bei den Kollegen in Inverness, Lilian?«

»Ähm, noch nichts. Soll ich nachfragen?«

»Das wäre nett, ja.« Laing starrte das oberste Blatt Papier an, als wäre es ein Feind.

Ein unerbittlicher Klingelton schallte plötzlich durch den Raum.

Paul nahm das Gespräch an seinem Schreibtisch an. »Mallaig-Station, Officer Laing. Was kann ich für Sie tun?«

Er stutzte.

»Mhm. Okay, Doc. Ich mache mich auf den Weg. Dauert zehn Minuten.« Er legte auf. »Mist.«

»Was ist los?«

»Meine Mum. Ich muss hin. Hältst du solange die Stellung?«

»Klar.« Lilian nickte. »Was ist passiert?«

»Ach … nichts. Nichts Schlimmes, meine ich. Bin bald wieder da. Ansonsten rufst du Jack, okay?«

»Ja, Chef.«

Paul verzog das Gesicht zu einem schwachen Lächeln, schnappte sich seine Jacke und ging.

Charlotte sah sorgenvoll hoch in den Himmel, wo schnell ziehende Wolken vom kräftigen Wind kündeten, der von der See her auf die Highlands traf. Es roch nach vermodertem Tang und Salz.

Sie waren über einen Feldweg geholpert, der kaum breit genug für Monas Vauxhall gewesen war. Immer wieder waren Bäume und Sträucher gefährlich nahe an die Außenspiegel geraten und sie konnten von Glück sagen, keinen Unfall gebaut zu haben.

Der Weg endete an einer Lichtung, auf der Mona stoppte und sie ausstiegen. Voraus gab es eine Baumgruppe, weniger dicht als die vorherige, aber man sah nirgends einen weiteren Weg. Dennoch war es eindeutig die Miniaturwildnis, die Yvonne mit dem Handy gefilmt und dabei Wulf im Video festgehalten hatte.

So standen die drei ungleichen Frauen am Vauxhall, und die beiden Deutschen schauten Charlotte wie Soldaten einen General an, auf dessen Befehl sie warteten.

Charlotte musterte den schmutziggrau verfärbten Himmel und stiefelte los, wobei das Wäldchen vor ihr wenig bis gar keinen Schutz vor einem möglichen Unwetter bieten würde, da die Baumkronen kränklich schwach wirkten.

Charlotte hoffte, dass sie schnell auf Hinweise stoßen würden.

Mona und Yvonne folgten ihr auf dem Fuße.

»Wonach halten wir Ausschau?«, fragte Mona.

»Nach allem, was darauf schließen lässt, dass hier jemand eine schwere Last mit sich getragen hat«, erklärte die Schottin.

»Wie diese Autospuren?«, schlug Yvonne vor.

»Was?«

Charlotte stoppte abrupt.

Yvonne deutete auf den gefurchten Boden. Frische Spuren, die recht schmale Autoreifen hinterlassen hatten. »Hier ist jemand entlang und du siehst auch die Spuren, wie er wieder zurückgefahren ist.«

Charlottes Nase kribbelte sehr stark. Sie folgte den Doppelreifen bis hin zum Wald. »Dort hat er gestoppt.« Sie spazierte auf die Stelle zu. »Verteilen wir uns. Vielleicht finden wir Hinweise zwischen den Bäumen.«

Mona und Yvonne nickten und die drei Frauen schlugen unterschiedliche Wege ein. »Wohin führt uns das?«, fragte Yvonne.

»Was meinst du?«, hakte Mona nach.

Charlotte blieb an Ästen hängen und riss sich los. Sie suchte den Boden nach Fetzen von Kleidung oder abgebrochenen Ästen ab.

»Was liegt am Ende von diesem Waldstück, Mona?«

»Das Meer, Yvonne«, antwortete Charlotte anstelle ihrer Freundin. »Ist nicht weit bis zur Brandung. Wenn er oder sie Lopez getragen haben, dann hätte der Wald eine gute Deckung abgegeben. Das sind vielleicht fünfzig Fuß, bis zu einem schmalen Abstieg zum Küstentrail und von dort aus ist es nicht mehr weit bis zu der Stelle, an der ich ihn gefunden habe.«

»Okay.« Yvonnes Stimme verhallte. Der Wind schleifte sie mit und so hörte niemand, was sie sonst noch zu sagen hatte.

Das kleine Wäldchen klagte unter dem starken Wind, ein Seufzen, Pfeifen, als würde ein unsichtbarer Sounddesigner verschiedene Geräusche ausprobieren.

Charlotte war kurz davor, die Suche abzubrechen, als ihr an einem halbhohen Busch voller Ranken und Dornen etwas auffiel. Sie zerrte ein Stück Fell heraus und roch daran.

Mona kam näher. »Was hast du da?«

Charlotte zeigte es ihr. »Ich denke, das ist von Wulfs Outfit. Es riecht nach Schweiß und nicht nach Wild. Er war hier. Nur warum?«

»Du meinst wirklich, dass er etwas mit John Lopez und seinem Verschwinden zu tun hat?«

Yvonne kam jetzt auch dazu.

»Er hat kein Motiv«, erklärte Charlotte. »Und er ist ein herzensguter Mann.«

Yvonne sog scharf die Luft ein. »Er hat mich ziemlich grob in sein Erdloch verschleppt.«

»Er wollte dich vor dem Unwetter in Sicherheit bringen, Yvonne. So einer ist Wulf. Er redet nicht viel, aber ist immer für andere da.«

»Ich habe da echt heftig reagiert«, sagte die Influencerin. »Ich war nur so in Panik. Jetzt tut es mir leid.«

»Ist dann Yvonne nicht sein Alibi, Charlie?«

Charlotte sah Mona nachdenklich an. »Ach, Darling«, meinte sie nach einigen Sekunden. »Wir wissen weder, wann Lopez getötet wurde, noch zu welchem Zeitpunkt er an dem Strand abgelegt wurde. Also ist das so eine Sache mit dem Alibi.«

»Hältst du es für wahrscheinlich, dass Wulf Lopez nicht selbst getötet hat, aber dem Mörder geholfen hat, die Leiche am Strand abzulegen, Charlie?«

»Kräftig genug ist er. Außerdem ist er einer der wenigen, die von diesem Weg in den Wald und dem zweiten Parkplatz hier wissen.«

»Einer der wenigen?«, hakte Mona nach. »Wer noch?«

»Neben mir und Wulf blieben da noch Doc und Paul.«

»Was bedeutet, dass du in Betracht ziehst, dass einer von ihnen der Mörder sein könnte? Oder gleich alle drei gemeinsam?« Mona schüttelte den Kopf.

»Du hast ja recht, Darling«, wiegelte Charlotte ab. »In jedem Fall will ich Wulf dazu befragen, was er in diesem Wald zu suchen hatte.«

»Wie willst du ihn finden?«, fragte Yvonne. »Ich würde gerne mitkommen und mich entschuldigen.«

»Ich denke, ich weiß, wo wir ihn treffen können.«

Unvermittelt prasselten erste Regentropfen auf das Blätterwerk.

»Schnell zurück zum Auto, sonst erwischt uns der Regen vollends.«

Obwohl das Erdreich es eigentlich nicht erlaubte, weil es zu karg und wettergegerbt war, reihten sich schnurgerade Linien in den Boden. Bohnen, Kartoffeln, Salate, Kohl, Karotten und Zwiebeln wuchsen dort und trotzten dem schottischen Wetter. Ein gläsernes Gewächshaus mit blinden Fenstern duckte sich im Schutz einiger Bäume. Aus ihm trat eine ätherisch anmutende Frau heraus, die in jedem Fantasyfilm eine Elfe hätte spielen können. Nur der viele, großzügig verteilte Dreck an ihr störte den Eindruck: Erdklumpen in den beinahe weißen Haaren, zerrissene Arbeitsmontur aus Jeansstoff und an jedem Fuß ein Gummistiefel in einer anderen Farbe, die kaum erkennbar war.

Ihr Gesicht hätten manche als sehr hübsch beschrieben, dabei hätte sie auch ein Mann sein können. Androgyn war für genau dieses Aussehen als Fremdwort eingeführt worden.

Sie schloss die Tür zum Gewächshaus hinter sich, legte ein Vorhängeschloss an den Riegel und sah sich in alle Richtungen um.

Als sie niemanden bemerkte, stemmte sie die Arme in die Hüften und bewegte kreisförmig ihr Becken, als würde sie eine Gymnastikübung vollführen. Im kräftigen Wind und leichtem Nieselregen stehend, verbog sie ihren Oberkörper. Sie trug ein Stirnband und um den viel zu langen Hals ein Tuch, das sie nun abwickelte und sich die Nase lautstark darin schnäuzte. Das dreckige Tuch stopfte sie anschließend in die Bauchtasche ihrer Arbeitsmontur.

Sie zuckte zusammen, als sie ein unerwartetes Geräusch hörte.

Durch eine winzige Lücke in einer Hecke zwängte sich die schlanke Gestalt eines Mannes in eleganter Kleidung: Tweedanzug in bester Qualität und dazu passende Sneaker in Tweedoptik.

In seinem Gesicht blitzten zwei erbarmungslos wirkende dunkle Augen, die asiatischen Einfluss vermuten ließen.

Die Haare trug der nicht allzu große Mann raspelkurz und in seiner rechten Hand hielt er einen Spazierstock mit silberfarbenem Knauf in Form eines walisischen Drachens.

»Hallo?«, rief die Frau dem Fremden entgegen. »Dies ist ein Privatgrundstück.«

»Weiß der Besitzer denn, dass hier jemand wohnt?«, entgegnete der Mann, während er gemessenen Schrittes näherkam, dabei das angelegte Feld betrachtete und einigen Hühnern auswich, die ihm nicht aus dem Weg gehen wollten.

»Die beißen nicht«, witzelte die androgyne Gestalt vor dem Gewächshaus, die sich eine Heugabel griff, die neben der Tür gelehnt hatte.

»Aber sie könnten mich picken«, beschwerte sich der Mann in Tweed.

»Halt jetzt!«, befahl die Frau und hob die Heugabel.

Tatsächlich stoppte der Fremde, stützte sich mit dem rechten Arm auf dem Spazierstock ab, als hätte er ihn nötig und hob beschwichtigend die linke Hand. »Mein Name ist Kawakami und ich denke, wir haben einen gemeinsamen Freund.«

»Stu?«, fragte die Frau.

»Sie müssen Zelda sein«, erwiderte Kawakami. »Ich habe schon viel von Ihnen gehört.«

»Ich von Ihnen nicht«, meinte die mit Zelda Angesprochene.

»Das mag daran liegen, dass Sie bislang mit den falschen Geschäftspartnern zu tun hatten.«

»Geschäftspartner? Ich denke, da sind Sie bei mir an der falschen Adresse. Ich sorge hier nur für meinen Lebensunterhalt.« Sie deutete auf das Feld und die Hühner. »Es reicht gerade so für mich. Ein Geschäft kann ich damit nicht betreiben.«

Kawakami lachte bitter. »Bitte, Zelda. Beleidigen Sie nicht meine und Ihre Intelligenz. Ich weiß, was Sie dort in Ihrem Gewächshaus anbauen, und ich bin der geeignete Partner, um es für Sie lukrativ zu machen. Stuart ist ein kleiner Fisch, der an meinem Haken hängt. Wen wollen Sie lieber für Ihr Unternehmen? Den Fisch oder den Fischer?«

Zelda senkte die Heugabel. »Ich erinnere mich, dass Ihr Name mir auch von jemand anderem genannt wurde. Sind Sie der, für den ich Sie halte? Er meinte, dass Sie stets zu Ihrem Wort stehen. Kann ich mich darauf verlassen?«

»So wahr mich meine Mutter erzogen hat. Und ich bin der mit den Verbindungen. Sie sprechen mit Mr Money.«

»Keine Drohungen, keine Waffen. Nur Verhandlungen?«

Kawakami verbeugte sich. »Sie haben mein Wort.«

Die Heugabel landete auf dem Boden. »Folgen Sie mir«, forderte Zelda und umrundete das Gewächshaus.

Als Kawakami ihr folgte, sah er nun auch das Tiny-Home, welches zwischen zwei Bäumen erbaut worden war. Ein großer Tank neben dem winzigen Holzhaus schien die Versorgung mit Wasser zu gewährleisten.

Die Tür stand offen. Im Innern brannte eine Tischlampe und spendete Licht.

Zelda winkte und Kawakami betrat ihr Heim.

Kapitel Elf

– Saturday Night Fever – Single des Tages im dunklen Raum –
Ein Fremder im Pirates Parrot – Zu spät –

Der Samstag gehörte nicht zu den umsatzstärksten Abenden im Pirates Parrot. Connor Askaig warf verstohlen einen Blick auf seine Smartwatch. 75, las er. Mist. Die Anzeige war schon wieder auf Pulsmessung umgeschwenkt. Er wischte zweimal. Viertel nach sechs.

In der Ecke am größeren Tisch saßen fünf Wanderer, offenbar eine Gruppe Italiener oder Spanier, das ließ sich schlecht sagen. Nur einer von ihnen sprach verständliches Englisch und war für die Bestellungen zuständig. Wenigstens schienen sie ausreichend durstig. Die dritte Runde in circa einer Stunde, langsam wurden sie auch lauter.

Auf dem Breitbild-Fernseher lief eine Rugby-Übertragung ohne Ton, irgendeine Aufzeichnung.

Connor sehnte sich nach einem Urlaub. Karibik oder Indonesien, Hauptsache sonnig und warm und keine Arbeit. Doch leisten konnte er sich das nicht. Zum Glück saß ihm dieser Lopez nicht mehr im Nacken. Falls Charlotte tatsächlich seine Leiche gesehen hatte, dann sogar für immer. Der schmierige Großstadtpinkel mit dem schlechten Benehmen und seinem verfluchten Akzent, hatte es nicht besser verdient. Wer es getan hatte, durfte sich über Freibier freuen, dachte Connor.

Er hörte dem aufbrausenden Regen zu, der auf das Vordach trommelte. Die Pausen zwischen den kurzen Schauern wurden allmählich länger. Vielleicht würden sich bei diesem Wetter doch noch ein paar Gäste ins Parrot verirren.

Wie auf Kommando öffnete sich die Tür und eine schlanke kleine Gestalt im Regensuit kam herein, blieb am Eingang stehen, schlug die Kapuze zurück und legte dann das Regencape ab. Lilian. In Zivil.

Connor grüßte sie mit einem Nicken und sie lächelte ihm zu.

»Das Übliche?«, erkundigte er sich pro forma, als sie am Tresen Platz nahm. Lilian gehörte zu den vorsichtigen Trinkern, selten experimentierfreudig, was ihre Wahl anging.

»Ein Halbes, ja bitte«, antwortete sie, auf der hübschen Stirn versammelten sich einzelne Regentropfen zu einer Demo.

»Wie war dein Tag?«, fragte Connor, während er ein Helles zapfte.

»Cool. Eigentlich. Ich meine, es ist ja nicht schön, wenn jemand verschwindet, oder gar als Leiche endet.«

»Aber es macht die Zeit ein wenig interessanter«, schlug Connor vor.

»Korrekt. Danke.« Sie nahm das Glas in Empfang und bezahlte mit einer Fünf-Pfund-Note. »So ein Praxisjahr ist kein Zuckerschlecken. Man muss immer die langweiligen Aufgaben übernehmen. Die, die sonst keiner machen will. Man fühlt sich wie ein Praktikant.«

»Lass es dir schmecken, Lil.«

»Danke, Connor.« Lilian trank einen Schluck. »Mhm. Lecker.«

»Gibt es denn Neuigkeiten im Fall der verschwundenen Leiche?«, hielt der Pub-Besitzer das Gespräch am Laufen.

Lilian schüttelte den Kopf. »Dem Grunde nach nicht. Die Küstenwache ist informiert, sie halten nach einer Leiche Ausschau, eine landesweite Suche wurde geschaltet, aber alles bislang ohne Ergebnis. Scotland Yard hat die Ermittlungen auch nicht an sich gerissen. Wahrscheinlich weil man von einem Sturz ausgeht und nicht von einem Mord.«

»Okay.«

»Paul hat schlechte Laune«, sagte Lilian.

»Wegen seines Knöchels?«, tippte Connor.

»Nein, dem geht es schon wieder besser.« Lilian wandte sich um, als die Tür aufging und in rascher Reihenfolge zuerst Mona mit dem deutschen Gast des B&B auftauchte, dann Sophie hereinkam, die ihr zuwinkte und danach noch Elsa Kieran, ohne ihren Mann, was außergewöhnlich war.

Zwei weitere Besucher, Bewohner des Umlandes, betraten kurz darauf den Pub.

Zu Connors Freude füllte es sich. Vielleicht würde der Abend doch genug Umsatz abwerfen.

»Was ist denn jetzt mit Paul?«, fragte er Lilian.

»Ach, nichts. Ich weiß nicht. Möglicherweise der Stress. Kann ich eine Portion French Fries haben? Mit frittierten Onion Rings?«

»Klar.«

Mona staunte, mit welcher Geschwindigkeit das Guinness in Yvonnes Kehle rann. Die Influencerin vertrug eindeutig mehr Alkohol, hatte an zahlreichen Spektakeln und Partys teilgenommen, bei denen es Drinks gehagelt hatte. Yvonnes Social-Media-Kanäle sprachen Bände, die Masse ihrer Follower fütterte sie mit Fotos und Videos von angesagten Events, auf denen anständig gebechert wurde. Die Reise- und Übernachtungstipps liefen so nebenbei mit, erreichten dennoch mehrere Zehntausende Klicks. Wie normal sie sich außerhalb dieser Scheinwelt der Klicks und Likes benehmen konnte, hatte sich in den letzten beiden Tagen gezeigt.

Offensichtlich löste die Landschaft, die Menschen – vor allem Barry – etwas in Yvonne aus, was sie vermisst zu haben schien.

Mit aufrichtigem Interesse ließ sie ihren Blick über den Innenraum des Pubs schweifen, verweilte für einen Moment auf jedem Gast und genoss das Torffeuer im offenen Kamin.

»Mann! Hier könnte ich leben«, sagte sie und stieß einen Stoßseufzer aus.

»In einem Pub?«, stichelte Mona.

»Ach du. Nein, hier mit diesen Menschen, in dieser Umgebung. Ich kann mir das echt vorstellen«, behauptete sie auf Deutsch.

»Es ist schon einsam hier, besonders im Winter.«

»Ach Mona. Das weiß ich doch. Aber du kennst Deutschland. Und die Menschen dort. Die Hektik, das Immer-mehr-Wollen, das Keine-Zeit-Haben, die Unfreundlichkeit. Und hier? Wir sitzen beieinander und genießen den Samstag. Alle tragen ein Lächeln auf den Lippen.«

»Und doch könnte einer von ihnen ein Mörder sein, nicht wahr?«

Yvonne nahm einen großen Schluck des schwarzen Bieres, stellte das Glas vor sich ab und sah dann Mona intensiv und nachdenklich in die Augen. »Glaubst du, dass Charlotte und ihre Karteikarten uns zu einem Mörder führen?«

Mona gab nicht sofort eine Antwort. Als sie es tat, betonte sie jedes Wort. »Ich habe gelernt, der Nase Charlies zu folgen. Sie hat immer den richtigen Riecher, ganz so, als würden gewisse Entscheidungen im Leben eine bestimmte Duftnote haben, die sie wahrnimmt. Ich kann es nicht anders erklären. Ihre Nase ist auch der Grund, warum ich hiergeblieben bin und bleiben werde.«

»Was ist passiert?«, fragte Yvonne.

Die Tür schwang auf und Steven Sunnet trat ein, sah sich um und steuerte mit einem Lächeln den Tisch der beiden Frauen an. In seinen kurzen blonden Haaren glitzerten Regentropfen im Licht der Deckenbeleuchtung. Er tropfte den Boden voll, doch seine Schuhe waren makellos sauber.

Er gesellte sich zu ihnen und sagte: »Wenn ich schon für mich bestelle, dann wäre es äußerst unhöflich, die beiden schönsten Frauen im ganzen Lokal nicht nach ihren Getränkewünschen zu fragen. Was wollt ihr beiden trinken?«

Yvonne kicherte kurz. »Guinness.«

Steven betrachtete das beinahe leere Glas. »Ein Pint?«

»Das halbe ist immer so schnell leer.«

»Und du?«

»Ein Bulmers«, bestellte Mona. »Warte, ich gebe dir Geld m… .«

Doch Steven war schon auf dem Weg zur Bar.

»Lass ihn doch bezahlen«, raunzte Yvonne ihr zu. »Er ist ein Gentleman.«

»Er ist ein Student und hat es nicht so dicke.« Sie starrte ihm hinterher, ohne sich dessen bewusst zu sein. An der Theke saß Elsa und sprach Steven an, der freundlich antwortete. Beide lachten.

Neben Elsa, mit einem Sitz Abstand, saßen Sophie und eine junge Dame, die Mona irgendwie bekannt vorkam. »Wer ist das?«, fragte sie leise wie im Selbstgespräch.

Yvonne hatte es gehört. »Wer?«

»Die, die neben Sophie sitzt.«

»Ist das nicht die Polizistin? Warte mal, ich schaue mir das Video an.«

Mona musste nicht lange warten, bis die bildliche Bestätigung kam. Dort saß die klein gewachsene junge Polizistin, die sie am Tatort gesehen hatten.

Sie unterhielt sich angeregt mit Sophie, doch immer wieder warf die Polizistin Steven einen Seitenblick zu.

Mona ärgerte das. Und noch mehr ärgerte es sie, dass sie sich ärgerte. Steven war ein netter Kerl und er sah gut aus. Warum sollten also andere Frauen ihn nicht beäugen.

Connor stellte drei volle Gläser auf den Tresen vor Steven, der bezahlte und sein Portemonnaie anschließend in der Hosentasche verstaute. Geschickt griff er die drei Gläser mit zwei Händen und brachte sie zum Tisch. Nun war es an Elsa, ihm nachzustarren.

Er setzte sich. »Bitte sehr, die Ladies.« Er schob Yvonne das Guinness zu und Mona erhielt das Bulmers.

Er selbst hatte sich ein Porter gegönnt. »So, dann mal Prost!«, sagte er auf Deutsch und überraschte damit die beiden Frauen. Er begann jedoch sofort zu lachen und meinte, nun wieder auf Englisch: »Mehr ist nicht drin. Oktoberfest vor zwei Jahren.«

Sie stießen an und tranken.

»Danke für das Bier«, sagte Mona.

»Kein Problem.«

»Du warst auf dem Oktoberfest?«

»Ja. Junggesellenabschied eines Kommilitonen. John war auch dabei. Drei Tage und ich erinnere mich kaum noch an was.«

»Ihr wart gute Freunde?«, wollte Yvonne wissen.

»Wir sind wie Brüder aufgewachsen, haben viel miteinander geteilt, aber nicht alle Geheimnisse, wenn du das meinst.«

»Du klingst, als hätte es doch ein paar Unstimmigkeiten zwischen euch gegeben«, meinte Mona.

»Nun, er hat ein Leben geführt, das nicht das meine gewesen ist. Er hat mich gelegentlich in Spelunken und dunkle Orte mitgeschleppt, nahezu entführt, die ich nicht sehen wollte. Wir wurden einmal gejagt und ich weiß nicht mal wieso.«

»War er kriminell?«, hakte Mona nach.

»Ich denke nicht, obwohl er Kontakte zu Dealern und illegalen Wettanbietern pflegte. O Scheiße, ich glaube, mir wird gerade klar, dass er wirklich tot ist.«

Mona legte Steven ihre Hand auf die Schulter. Der Student wirkte geknickt.

»Es tut mir leid.« Die Worte klangen sowohl im Englischen als auch im Deutschen schwach und wenig geeignet, jemanden zu trösten. Das wurde Mona in der Situation, in der sie sich befanden, mehr als deutlich bewusst. Um sie herum wurde gescherzt, gelacht, das Leben genossen. Und hier saß ein junger Mann, der seinen Kumpel, seinen Quasi-Bruder verloren hatte.

Es war schließlich Yvonne, die Steven aus seiner aufkommenden Traurigkeit herausriss. »Wie war das Treffen bei der Polizei? Mallaig, nicht wahr?«

Steven sah auf. »Hm. Ganz okay, würde ich sagen. Officer Laing hat sich die Verträge angeschaut und sie kopiert. Ich denke, ihm ist klar geworden, dass John sich einige Feinde gemacht hat. Aber gesagt hat er dazu nichts.«

»Hat er sich nichts anmerken lassen, als er den Mietvertrag für das Haus seiner Mutter unter den Papieren gesehen hat?«, wollte Mona wissen.

Steven lehnte sich im Stuhl zurück und nippte nachdenklich an seinem Porter. Dann schüttelte er den Kopf. »Nein. Gar nichts. Wenn doch, habe ich es nicht mitbekommen.«

»Okay.« Mona schien das seltsam vorzukommen.

»Wo bleibt eigentlich Charlotte?«, fragte Steven.

»Sie wollte nicht mit«, erklärte Yvonne.

»Wollte mal die Ruhe im Haus genießen, um nachzudenken«, ergänzte Mona.

Der Single des Tages duftete intensiv nach Frucht und Süße. Charlotte schwenkte nun schon minutenlang die Flüssigkeit im Nosing Glas und nahm wiederholt eine Nase von dem herrlichen Aroma.

Im fahlen Licht des Fernsehers, auf dem eine Partie Snooker zu sehen war, konnte sie die Farbe des Single Malt aus der Destille Balvenie nicht beurteilen und sie tat nichts dagegen. Denn an diesem Abend war so vieles anders.

Sie versuchte, ihre Gedanken zu ordnen und versagte dabei vollends. In ihrem Kopf stritten mehrere Charlottes miteinander und keine konnte sich durchsetzen.

Die Vernunft verlangte: Lass es. Es ist Aufgabe der Polizei.

Die Emotionale mahnte: Es sind deine Freunde! Willst du wirklich einen von ihnen als Mörder überführen?

Die Ehrgeizige stichelte: Nun kannst du endlich beweisen, was du in all den Jahren deines langen Lebens gelernt hast.

Und die Egoistische appellierte: Es ist wichtig, einen einmal gesetzten Plan zu erfüllen.

Dazwischen tobten die Emotionen: Erinnerungen an wunderbare Momente mit all den Menschen auf den Karteikarten. Gemeinsames Lachen, Trauern, Feiern und Arbeiten. Konnte es tatsächlich sein, dass darunter jemand zu einem Mord fähig war?

Charlotte steckte die Nase tief in das Glas und holte Luft. Ein Hauch Brombeere, begleitet von einem noblen Sherry Aroma kristallisierte sich heraus. Nicht unbedingt ihr favorite, doch nicht jeder Tag war ein Torftag.

Sie nippte, genoss das Gefühl auf der Zunge, die Wärme im Hals, den Geschmack an den Seiten der Zunge, wie sich ihr Mundraum zusätzlich mit Speichel füllte. Ein Genuss. Wohl wahr!

Sie stellte das Glas neben die unetikettierte Flasche auf den Tisch.

Auf dem Tisch lag das aufgeklappte Notebook. Charlotte betrachtete die Fotos immer und immer wieder. Ihr sollte kein Detail entgehen. Als es ihr dann plötzlich auffiel, musste sie selbst lachen. Sie trank den Balvenie in einem Zug aus und schenkte sich nach.

Sie vergrößerte eines der Fotos und murmelte schließlich leise vor sich hin: »Ein Knopf. Da fehlt ein Knopf an der Jacke und du hast es die ganze Zeit übersehen.«

So ordentlich, wie Lopez ansonsten bekleidet dort am Strand gelegen hatte, sollte dieses Detail eigentlich auffallen.

Möglicherweise war der Knopf bei einer körperlichen Auseinandersetzung abgerissen worden? Die losen Fäden deuteten eindeutig darauf hin und durch die gute Auflösung hielt sie es für sehr wahrscheinlich, dass der Knopf erst kurz vorher abgerissen worden war. Die Fäden hingen wild heraus und man sah deutlich, dass es keine Schere gewesen war, die ihn abgetrennt hatte.

»Das hilft mir nicht weiter«, meckerte sie leise. »Finde den Knopf, dann hast du den Mörder. O Charlie, du bist so naiv.«

Es klingelte an der Haustür.

Charlotte sah hoch zum Fernseher. Die eingeblendete Uhrzeit besagte, dass es weit nach 20 Uhr war.

Wer wollte nun noch zu ihr?

Sie erhob sich und ging zur Tür. Hinter der Milchglasscheibe sah sie eine Gestalt stehen.

Sie hatte die Außenbeleuchtung angelassen, damit Mona Licht hatte, wenn sie vom Pub zurück war.

Charlotte öffnete die Tür. Ein Fremder stand dort und lächelte ihr zu. »Guten Abend«, begrüßte er sie im feinsten

Oxfordenglisch. »Ich habe ihr Schild an der Straße gesehen und bin auf der Suche nach einem Bett für die Nacht, unter Umständen auch für zwei oder drei Nächte. Ist noch was bei Ihnen frei?«

Charlotte betrachtete den Mann mit den seltsamen Augen, die ein wenig asiatisch wirkten. Er trug einen eleganten Tweedanzug, nicht gerade der Typ für ein B&B, eher für ein Fünf-Sterne-Hotel.

»35 Pfund mit Frühstück, so viel sie vertragen, Mr …?«

»Miller-Kawakami. Klingt gut. Kann ich das Zimmer sehen?«

»Natürlich. Wo ist ihr Gepäck?«

»Im Auto. Hole ich gleich.«

Charlotte zeigte dem Mann das Zimmer neben Yvonnes, das eine nicht ganz so gute Aussicht bot, aber im Dunkeln würde ihm das nicht auffallen.

»Sehr schön. Das Bad?«

»Dort, die kleine Tür. Eine Dusche und Sanitäranlagen. Alles zu Ihrer Verfügung, Mr Miller.«

»Miller-Kawakami«, verbesserte er mit einem Lächeln.

»Außergewöhnlich«, sagte Charlotte.

»Mein Vater ist aus Japan nach Wales gekommen. Ich bin Waliser. Ein waschechter Drache!«

»Englisch sprechen Sie jedenfalls, als würden sie bei BBC eine Sendung moderieren.«

Miller-Kawakami lachte. »Wenn Sie wüssten, Mrs …?«

»Polson, Charlotte Polson. Wie sieht es aus?«

Der Waliser wirkte verwirrt. »Wie meinen?«

»Nehmen Sie das Zimmer?«

»Oh. Na klar. Ich hole meinen Koffer.«

»Frühstück gibt es ab halb neun.«

»Das passt, Mrs Polson. Wo habe ich jetzt noch die Möglichkeit auf ein Dinner?«

»Im Pirates Parrot gibt es Barfood, einfach, preiswert und sättigend. Wenn es etwas feiner sein soll, dann empfehle ich das Morar-Hotel in Morar. Da müssen sie allerdings eine halbe Stunde Fahrzeit einrechnen.«

»Der Pub wird genügen. Vielen Dank, Mrs Polson.«

Sie begleitete ihn hinunter zur Haustür. Draußen hatte der Regen einer kräftigen Brise aus Nordwest Platz gemacht. Es hatte deutlich abgekühlt. Charlotte spürte die Kälte an der Nase, beobachtete den Waliser, der die Wagentür seines geländegängigen Jeeps aufzog und sich so hinstellte, dass sie nicht vom Wind zugestoßen werden konnte. Er langte ins dunkle Innere des Wagens, die Beleuchtung schien defekt, und zog ein Smartphone hervor. Das blaue Monitorlicht ließ Schatten auf seinem Gesicht entstehen. Er tippte eine Textnachricht, las und tippte erneut. Er zerrte an Charlottes Geduldsfaden, weil er noch mehrere Messages abschickte. Dann verstaute er sein Handy in der Tweedjacke, zog einen Rucksack und einen Stab aus dem Wagen.

Die Autotür ließ er vom Wind zudrücken und eilte durch den Sturm zurück zur Tür. »Verzeihung«, sagte er. »Wenn ich gewusst hätte, dass Sie hier in der Kälte stehen, hätte ich mich beeilt. Eine Dame warten zu lassen, hätte mir von meinem Dad eine Tracht Prügel eingehandelt. So hat er mich nicht erzogen.«

»Nun, ich bin eine waschechte Schottin, Mr Miller-Kawakami. Ein Hauch von Kälte stört mich nicht. Was ist das für ein Stab?«

Der Waliser zeigte ihr den Knauf in Form eines silbernen Drachens. »Mein Spazierstock. Mein Bein ist nicht immer stabil.«

»Oh. Nun gut. Treten Sie ein.«

»Ich lade nur mein Gepäck ab und fahre dann zum Pub. Ich denke, ich habe die Lichter von der Straße aus gesehen. Kann ich einen Schlüssel haben, damit ich Sie nicht wecken muss, wenn es spät wird?«

Charlotte lächelte eisern, wie einst Margret Thatcher über den Witz eines männlichen Abgeordneten. »Die Sperrstunde wird hier sehr genau eingehalten. Das dürfte kein Problem sein. Außerdem sollten Sie im Pub meine Freundin und Mitbewohnerin Mona treffen. Sie ist dort und kann Sie reinlassen, falls ich wider Erwarten bereits im Bett sein sollte.«

Charlotte wollte dem Gast nicht verraten, dass sie niemals die Tür abschlossen.

Miller-Kawakami nickte ihr zu und eilte mit seinem recht kleinen Rucksack nach oben. In Windeseile kehrte er zurück.

»Bye, bye, Mrs Polson. Wir sehen uns spätestens beim Frühstück.« Er grüßte mit einem Fingertippen an die Stirn und ging zu seinem Auto.

Der Jeep sprang erst im zweiten Versuch an, danach verschaltete sich der Waliser, was das Getriebe protestieren ließ. Dann brauste er davon.

Charlotte fragte sich, welches Ei ihr der Kuckuck mit dem seltsamen Mr Kawakami ins Nest gelegt hatte. Sie ging ins Wohnzimmer. Am Snookertisch brillierte O'Sullivan und der Balvenie in dem Nosing Glas mundete vorzüglich.

Lilian spürte die Wirkung des Alkohols. Bei jeder Drehung schwankte die Welt leicht und ihre Wangen sollten glühen, so warm fühlten sie sich an. Doch noch konnte sie klar denken, vermutete sie zumindest. Etwas an der Art, wie Sophie Hall sie ansah, war eigenartig.

Sie kannten sich seit der Schulzeit, aber ihre Wege hatten sich getrennt.

Sophie hatte sich um ihren Dad kümmern müssen, der inzwischen verstorben war, und deshalb die Schule vorzeitig beendet. Sie schien jedoch glücklich mit ihrem Leben zu sein, behauptete sie.

Das Gespräch zwischen den beiden jungen Frauen hatte sich schnell auf Lilians Arbeit verlagert, insbesondere darauf, wie »Onkel Paul« so als Chef war.

»Was hat er denn jetzt wegen der Jungs in dem roten Golf unternommen?«, fragte Sophie. »Ich meine, der Kerl, dem ich eins mit dem Shintystick übergezogen habe, hatte ein prall gefülltes Portemonnaie. Da waren Karten drin und Geldscheine. Ich kann mir nicht vorstellen, dass es seine waren.«

Lilian griff sich eine der letzten French Fries, garnierte sie mit dem allerletzten Zwiebelring, und hielt sich anschließend an ihrem Glas fest, das zu ihrem Erstaunen schon wieder voll war. »Die Fahndung hat er in Auftrag gegeben, Soph. Bei der Fort-William-Station gingen mehrere Meldungen über versuchte Überfälle in Supermärkten, Drogerien und Tankstellen ein, alle in Zusammenhang mit einem roten Golf. Es ist so, als könne man ihren Weg ziemlich gut nachvollziehen. Aber gefunden haben wir weder den Wagen noch die Jungs, die wir alle dank der Überwachungskameras auf Foto haben. Sie meiden die Hauptverkehrsstraßen und die Überwachung an den Knotenpunkten. Wenn sie sich also weiterhin irgendwo in Lochaber aufhalten, wird es schwer.«

»So ein Mist, aber ihr lasst doch nicht locker, oder?« Sophies Hand landete auf Lilians Unterarm, der auf der Theke lag.

Die Wärme ihrer Hand und die Geste irritierten Lilian. »Ja, klar. Hey, warum ist mein Glas schon wieder voll?«

»Die Runde ging auf mich, Lil. Ich dachte, ich wäre dran.«

»Mhm.« Lilian trank und betete, dass Officer Paul nicht auch dem Pub einen Besuch abstattete. Sie fühlte sich leicht und beschwingt und irgendwie angehimmelt. Konnte es sein, dass Soph sie anmachte?

»Schau mal, Lil. Hier.« Sophie hielt ihr das Display ihres Smartphones hin. Das Foto darauf hätte ein Postkartenmotiv sein können. Lilian erkannte eine Bucht. Ein Segelboot ankerte nahe einer felsigen Insel, auffällig war ein rotes Segel, das eingezogen hätte sein sollen, solange das Boot festlag.

»Nett. Hätte ich auch gerne«, murmelte sie.

»Das liegt dort jetzt seit zwei Tagen. Kein Mensch an Bord zu sehen, ich habe schon zig Fotos gemacht. Onkel Paul meint, das wäre nichts, aber jetzt, wo dieser Lopez verschwunden ist … Meinst du nicht, dass das merkwürdig ist?«

Lilian wusste nicht so recht, warum es seltsam sein sollte. Ihre Gedanken flossen eher träge.

»Schönes Boot«, weckte eine Stimme sie aus der Alkoholtrance. Sie sah auf und versank in den unendlich blauen Augen Steven Sunnets. Sie lächelte ihn an und hoffte, er würde weiter mit ihr sprechen.

»Liegt einfach so vor der Küste, kein Skipper an Bord, ist das nicht merkwürdig?«, meinte Sophie, die ihr Smartphone wieder wegsteckte.

Sunnet winkte Connor zu und zeigte an, dass er eine weitere Runde haben wollte. Dann wandte er sich den beiden Frauen wieder zu. »Landausflug? Oder möglicherweise wurde der Besitzer krank und ist im Hospital?«

»Wo ist das Beiboot?«, zweifelte Sophie. »Verschwunden, genau wie dieser Erbe Lopez mit seinen Mietverträgen und Drohungen.«

»Drohungen?«, wiederholte Sunnet.

Lilian griff nach Sophies Hand, damit sie nicht weiter plapperte. »Steven hier, ist ein Freund des vermissten Mr Lopez, Soph.«

»Oh.«

Sunnets Gesichtsausdruck blieb neutral. Er nahm die Getränke entgegen und bezahlte. Dann nickte er den beiden Frauen zu und trug die drei Gläser zu seinem Tisch.

»Scheiße«, murmelte Sophie. »Das habe ich nicht gewusst.«

»Er war heute in der Mallaig-Station und hat Officer Laing Unterlagen mitgebracht.«

»Die Verträge, von denen Lopez immer gesprochen hat?«

»Ja, Soph. Ich denke schon. Hab sie aber nicht selbst gelesen, nur kopiert.« Lilian trank einen Schluck. Es schmeckte bitter und sie musste aufstoßen. »Ups. Entschuldige. Aber das war eben nicht besonders mitfühlend.«

»Ich kannte den Typ doch gar nicht.«

»Hast du seine blauen Augen gesehen?«, schwärmte Lilian.

»Jetzt sag bloß, du bist in so nen feinen Londoner Pinkel verschossen, Lil?«

»Was? Nein. Außerdem ist er Student und gar nicht so ein feiner Pinkel.«

Die Gesprächskulisse in dem Pub ebbte für einen Moment ab. Man hörte das Klappern der Schwingtür und Lilian sah sich um.

Herein stolzierte ein Mann in Tweed, der affektiert einen Spazierstock bei sich trug.

»Guten Abend, die Herrschaften«, grüßte er laut in die Runde, worauf ihn viele anstarrten.

»Nur weiter mit der Feier.« Er lachte unverschämt, flanierte durch den Raum bis zur Theke, lehnte sich dicht neben Sophie auf den Tresen und gab Connor ein Zeichen, das nicht nötig gewesen wäre.

Der Besitzer des Parrot kam heran. »Ja, bitte?«

»Mein Magen knurrt. Können Sie mir was anbieten?«

Connor legte den Kopf schief. »Maddisson hat die Küche eigentlich geschlossen und reinigt schon den Herd. Toasted Sandwich? Das kriegen wir noch hin.«

»Mit Schinken und Cheddar? Zwei davon wären fein und ein leckeres IPA, egal was sie haben.«

»Klar.«

Connor verschwand hinter der kleinen Tür und man hörte Töpfe klappern.

Lilian sah an Sophies Kopf vorbei dem Fremden ins Gesicht, der nett lächelte.

Woran erinnerte es sie nur?

Sie hörte Gesprächsfetzen eines Dialoges zwischen Soph und dem Fremden, der Lilians Starren einfach ignorierte. Wahrscheinlich hatte er sich daran gewöhnt, wer hätte sonst einen so auffällig altmodischen Tweedanzug getragen.

In ihrem Kopf purzelten Gedanken durcheinander. Dieser starke Drang, sich zu erinnern, nagte an ihr. Sie ärgerte sich über die zu vielen Biere und trank doch wieder aus ihrem Glas.

Wie hatte ihre Mum es immer gesagt: Entspann dich, dann kommen die Erinnerungen von ganz alleine.

Connor trug einen Teller mit duftendem heißem Toast zu ihnen. Lilian sah zu, wie der Fremde den Teller entgegennahm, sich einen Sitzplatz im Raum suchte, noch mal wiederkam, um die IPA-Flasche und ein Glas abzuholen und zu bezahlen.

Und in diesem Moment erinnerte Lilian sich und packte Sophies Arm. »Hey, Vorsicht! Mein Bier!«

»Lass uns vor die Tür gehen, Soph«, kommandierte Lilian.

»Was? Wieso?«

»Jetzt komm schon!« Lilian zerrte sie bis zur Tür und raus aus dem Pub.

»Sagst du mir jetzt, was du nicht drinnen besprechen kannst!«, herrschte Sophie sie an.

Lilian zückte ihr Smartphone, wählte eine Nummer und schaute ängstlich zur Tür. »Dieser Typ da – im Tweed«, sagte sie an Sophie gewandt. »Ich habe ihn heute schon gesehen.«

»Aha. Und was ist so schlimm daran?«

»Oh, jetzt geh schon ran!«, rief Lilian laut. »Ich hatte mich während der Arbeit gelangweilt und mir die Fahndungslisten angeschaut.«

»Und?«

»Ich bin mir sicher, dass dieser Mann dort von Scotland Yard gesucht wird. Ich weiß nur nicht mehr warum.«

»Wen rufst du an?«

»Deinen Onkel, Soph. Meinen Chef. Er muss sofort hier aufkreuzen. Dann würden wir einen dicken Fisch angeln. Jetzt mach schon! Geh ran!«

Die Mailbox verlangte nach einer Nachricht. »F…«, schimpfte Lilian, bis ihr bewusst wurde, dass dieses unfeine Wort auf der Mailbox ihres Chefs gelandet war. »Bitte es ist dringend! Rufen Sie mich an, Officer Laing.« Sie legte auf. »So ein Mist. Was mache ich denn jetzt?«

Sophie lächelte. Ihr Gesicht wirkte im Schein der Außenbeleuchtung wirklich amüsiert. »Na, was jeder machen würde.«

»Und das wäre?«

»Na, die Polizei anrufen.«

»Natürlich. Ich bin so blöd.« Lilian wählte die Nummer der Mallaig-Station.

Mr Miller-Kawakami saß an Monas Tisch und schien interessiert an allem, was in den letzten Tagen so geschehen war. Yvonne fand ihn sofort sympathisch und hatte schon drei Selfies mit ihm gemacht, die sie später in einer Story verarbeiten wollte.

Steven verhielt sich zurückhaltender, lachte jedoch über die Witze des Walisers.

»Und wie kam es zu dem Namen des Pubs?«, fragte der Mann in Tweed, der sich sein drittes IPA einschenkte. »Ich meine, hey, wir sind nicht in der Karibik. Da würde ich so einen Namen erwarten, aber nicht hier in den Highlands. The Pirates Parrot ist schon ziemlich speziell.«

Mona nippte an ihrem letzten Bulmers für den Abend, soviel stand fest. Diese Runde hatte Miller-Kawakami spendiert, von dem sie nur wusste, dass er im Quiet Place ein Zimmer bezogen hatte.

Die Sperrstunde war nicht mehr weit und allmählich spürte Mona die Müdigkeit. Sie unterdrückte ein Gähnen und begann zu erzählen.

»Connor hat mir gesagt, dass der ursprüngliche Besitzer aus einer langen Reihe von Skye-Bewohnern stammt. Seine Urur-Vorfahren hätten mehrere Pubs betrieben, die alle den einen oder anderen Makel hatten. Dieser hier war nur deswegen lukrativ, weil seine Alkoholvorräte zum größten Teil aus Diebesgut bestanden.«

»Was? Nein«, bezweifelte Miller-Kawakami.

»O doch«, sagte Mona. »Draußen vor der Küste wurden zwei Schiffe, deren Schiffsbäuche voll mit Whisky für die Kolonien waren, von Piraten aufgebracht und dann versenkt, weil nicht genug Zeit war, die gesamte Ladung zu bergen. So hat es mir Connor erzählt. Bierfässer für die Insel Skye und die dortigen Kneipen sind dann in jüngerer Zeit auf obskure Art und Weise abhandengekommen und so macht das Pirates Parrot seinem Namen weiterhin alle Ehre. Piraten zu allen Zeiten.«

»Und warum der Papagei?«, erkundigte sich Miller-Kawakami.

»Der Kapitän eines der Piratenschiffe hatte einen, der über hundert Jahre alt geworden sein soll. Er hat ihn dem ersten Wirt dieses Pubs vermacht. Pirates Parrot. Der Name ist geblieben, die illegale Alkoholversorgung nicht.«

»Gute Geschichte. Gefällt mir.« Miller-Kawakami trank sein Glas leer, sah auf seine Armbanduhr und erhob sich.

»Die Sperrstunde naht, ich empfehle mich für einen kurzen Gang auf die Toilette.« Er deutete eine Verbeugung an und suchte dann nach dem Schild für die Gentlemen, das hier unter »Highlander« lief.

»Ah, da.« Er stolzierte leicht schwankend durch den Raum.

Yvonne kicherte. »Was für ein lustiger Kerl. Bin gespannt, wie er sich beim Frühstück aufführt.«

Steven sah irritiert auf die Wand, auf der es breitflächig flackerte, mal blau, mal rot, mal violett. »Was ist denn los?« Sie sahen alle zum Fenster, durch das die Lichter hereinfluteten.

Plötzlich öffnete sich die Tür und zwei Polizisten stürzten herein.

Paul Laing brüllte sofort los. »Wo ist er? Wo ist er?«

Hinter ihm und Jack kam jetzt auch Lilian zurück in den Pub. Sie sah sich nach allen Seiten um und schrie dann Mona an. »Der Mann in Tweed! Wo ist er?«

Mona war so verdattert, dass sie nur auf die Toilettentür deuten konnte.

Paul und sein Kollege stürmten dort hinein. Man hörte Schreie und Türenschlagen, schließlich Flüche.

Im Pub selbst herrschte gespenstische Stille. Alle Gäste begafften die Tür zu der Herrentoilette. Paul kam wieder heraus. »Er ist entwischt, verdammt. Durch ein Fenster geflohen. Wir waren zu spät. Hat jemand ein Foto, wo er drauf zu sehen ist?«

Yvonne durchbrach die Ruhe und hielt ihr Smartphone hoch. »Ich, Officer.«

Kapitel Zwölf

– Fragen um Mitternacht – Geräusche in der Nacht –
Wo ist John Lopez? – Frühstück im Quiet Place –
In die Wildnis – Mona ist verwirrt –

Charlotte Polson, die üblicherweise eine recht robuste Gesundheit ihr Eigen nannte, spürte einen leichten Schwindel bis hin zu Herzrasen.

Der Ansturm der Polizei, zwar ohne Sirenen, aber mit Blaulicht, hatte sie aus einem Nickerchen gerissen, das sie auf dem Sofa gehalten hatte, während Ronnie O'Sullivan eine glatte 145 gespielt, den Frame und das Spiel gewonnen hatte. Peinlicherweise war das Glas in ihrer Hand mit dem Balvenie, das zweite, noch halb voll, als Paul hereingestürmt war und nach dem neuen Gast gefragt hatte.

Zum Glück trafen Mona, Yvonne und der nette Steven Sunnet bald darauf ein und boten moralische, wenn auch alkoholisierte Unterstützung.

Mona klärte sie dann auf, was genau sich ereignet hatte.

»Mr Miller-Kawakami? Ein gesuchter Verbrecher?«, fragte Charlotte.

»Ja, Charlie«, bestätigte Paul, der im Wohnzimmer geblieben war, während sein Kollege, in die obere Etage geeilt war, um die Habseligkeiten des Walisers einzusammeln. »Er ist Nummer acht auf der nationalen Fahndungsliste. Seine Liste an mutmaßlichen Verbrechen ist lang, nachgewiesen wurden ihm bislang nur Drogenhandel und ein Auftragsmord, den er befohlen hat. Er ist Waliser mit japanischen Eltern und heißt nur Kawakami. Warum er dir einen Doppelnamen genannt hat, weiß ich nicht.«

»Was will er denn hier?«, fragte Charlotte.

»Wenn wir das wüssten. Es ist weder sein Gebiet, soweit das Drogendezernat des Scotland Yards es in Erfahrung gebracht hat, noch gibt es irgendwelche Verbindungen in die Highlands.«

Lilian betrat nun ebenfalls den Raum. »Mrs Polson. Bei Ihnen alles klar?«, erkundigte sie sich. »Ich habe mir echt Sorgen gemacht, als ich hörte, dass dieser Verbrecher bei Ihnen ein Zimmer gebucht hat.«

»Er war ausgesprochen höflich«, erklärte Charlotte.

»Uns gegenüber auch«, bestätigte Yvonne. »Er war sogar richtig nett.«

»Hat er euch ausgehorcht?«, wollte Paul wissen.

»Ich weiß nicht«, antwortete Mona. »Es fühlte sich mehr wie ein Gespräch unter Fremden an, interessiert, ein bisschen mehr als Smalltalk. Er hat uns nach nichts gefragt, was verdächtig wäre, wenn du das meinst.«

»Hm, okay.«

Das Wohnzimmer füllte sich, als der Kollege von Laing dazukam. Er trug einen Rucksack bei sich. »Im ganzen Zimmer sonst nichts, Chef.«

»Nenn mich nicht so, Scott.«

»Sonst hat er kein Gepäck hochgebracht«, bekräftigte Charlotte. »Habt ihr seinen Jeep? Mit dem ist er zum Parrot gefahren.«

»Ein Jeep? Ein großer?«, hakte Paul nach.

»Nein, so ein Suzuki, klein, wendig, geländegängig, in mattgrün«, beschrieb Charlotte das Auto.

Lilian schüttelte den Kopf. »So einer stand da nicht. Ihr habt ja mit den Dienstwagen den Parkplatz dichtgemacht.«

»Wo hat er dann die Karre geparkt?«, wunderte sich Scott.

»So ein Mist«, fluchte Paul. »Wir schreiben den Wagen zur Fahndung aus. Ich brauche die Fotos auf meinem Handy, Yvonne.«

»Klar, schicke ich. Mona hat die Nummer?«

Mona nickte.

»Okay. Es ist spät. Verschließt die Türen und achtet darauf, ob er sich hier noch mal rumtreibt«, sagte Paul.

Charlotte sah ihn nachdenklich an. »Sind wir hier in Gefahr?«

»Herrje, ich denke nicht, Charlie. Er weiß, sicherlich, dass wir seinen Rucksack haben, also was soll er hier?«

»Ich kann heute Nacht hierbleiben«, mischte sich Steven Sunnet ein, der bislang stumm geblieben war.

»Soll ich auch hier übernachten?«, fragte Lilian.

Charlotte sah die Falten auf Pauls Stirn. »Mhm. Ich wüsste nicht, was er Übles im Sinn haben könnte. Nein, Lilian. Du bist nicht im Dienst, also ab nach Hause und ich will dich morgen unverkatert auf der Station sehen.«

Die junge Polizeianwärterin senkte verschämt den Kopf.

»Aber gute Arbeit! Ohne dein Gedächtnis wären wir Kawakami nicht auf die Spur gekommen.«

Das Lob erzeugte ein Strahlen in Lilians Gesicht.

»Ich bleibe trotzdem«, bestimmte Steven. »Das Zimmer von ihm ist ja frei, nicht wahr?«

»Ich kann dir Zahnbürste und Handtücher geben«, sagte Mona und zog ihn mit sich.

Yvonne folgte. Nachdem auch Scott und Lilian gegangen waren, schnappte sich Charlotte das Glas mit dem Single des Tages, in dem noch ein Rest wartete, und nippte daran. Anschließend atmete sie zweimal tief durch und meinte: »Er war mir nicht ganz geheuer, so freundlich wie er auftrat. Ich hätte meiner Nase folgen sollen.«

»Du und deine Nase«, entgegnete Paul spöttisch.

»Mach dich nur lustig.«

»Ich bin froh, dass er dir nichts angetan hat.«

Charlotte nickte ihm zu. »Auch ein Glas?«

»Nein, danke.«

»Glaubst du, dass Kawakami etwas mit der verschwundenen Leiche zu tun hat, Paul?«

»Es wäre schon ein seltsamer Zufall, wenn nicht. Halte Augen und Ohren offen.«

»Okay. Übrigens, Paul. An der Kleidung von Lopez fehlte ein Knopf.«

Paul stockte mitten in der Bewegung zur Tür. »Was?«

»Ein Knopf, Paul.«

»Wie …? Ach okay, Charlie. Ein fehlender Knopf ist erst mal nur ein fehlender Knopf. Weder ein Beweis noch ein Indiz. Es kann zahlreiche Gründe haben, warum er fehlt.«

»Ich wollte es nur gesagt haben.«

»Schlaf gut, Charlie.« Er verließ den Raum.

Charlotte stand in ihrem plötzlich leeren Wohnzimmer und ihre Nase kribbelte wie verrückt.

Dann ging sie zur Eingangstür und verschloss sie, danach marschierte sie in die Küche, stellte das Nosing Glas in das Spülbecken und versperrte auch hier die Außentür.

Sie tat es zum ersten Mal seit zwanzig Jahren und kam sich unerwartet eingesperrt vor. Ein Gefühl, das sie gar nicht mochte.

Connor Askaig schlief normalerweise tief, traumlos und so lange, wie es sein Job zuließ.

Doch in dieser Nacht wollte es mit dem Einschlafen nicht so recht klappen. Er fand nicht mal die richtige Position für seinen Kopf auf dem Kissen.

Die Aufregung wegen des Polizeieinsatzes im Pirates Parrot ließ Erinnerungen an sein altes Leben hervorquellen. Männer in Uniform, die eine Büroetage stürmten, die Waffen im Anschlag, Gebrüll und hektische Gesten. Wie sie sich alle auf den Boden legen mussten und ihm, nur ihm, die Arme auf den Rücken gerissen und Handschellen angelegt wurden.

Es waren Jahre ins Land gegangen, bis er diese Ereignisse verarbeitet und mit ihnen abgeschlossen hatte, und nun …

Connor setzte sich auf. Ein befremdliches Quietschen, leise und doch ungewöhnlich, war von unten bis an sein Ohr gedrungen.

Er kannte jedes Geräusch in dem über hundert Jahre alten Haus. Dieses Quietschen gehörte nicht dazu.

Connor schwang die Beine aus dem Bett, griff nach einer Joggingjacke, die er anzog. Untenrum fror er leicht an den

Schenkeln, da er nur Shorts trug, aber barfuß machte er weniger Geräusche. Neben der Tür seines Schlafzimmers im ersten Stock des Pubs lehnte ein Shintyschläger, die Trophäe eines Freundschaftsspiels gegen eine Auswahl von Skye, das sie knapp verloren hatten. Einem Einbrecher würde er damit gehörig einen versetzen können.

Leise schlich er zur Treppe, mied die dritte und achte Stufe von oben, die knarzten, als würden Gespenster in dem Gemäuer stöhnen, kam unten an, verharrte und horchte.

War da jemand in der Küche?

Hinten in dem schmalen Bereich, der Maddissons Reich war, befand sich neben dem Kühlraum auch eine Tür nach draußen. So konnten sie den Abfall direkt hinters Haus bringen. Hatte sich jemand Zugang verschafft?

Das wäre kein Problem gewesen, da die Tür nicht abgeschlossen war, weil darin kein Schloss verbaut war. Niemand in Lochaber verschloss sein Haus.

Ein Dieb von außerhalb, aber … Kawakami, schoss es Connor durch den Kopf. War er zurückgekommen?

Leise schlich er weiter. Ein Lichtschimmer aus dem Innenraum des Pubs irritierte ihn kurz. Hatte er die LED-Werbung nicht abgeschaltet?

Connor nutzte den Mittelgang, um in die Küche zu spähen. Sie war leer. Die Tür nicht offen, zumindest nicht so, dass er es in der Dunkelheit hätte sehen können. Leise betrat er den schmalen Bereich zwischen Herd, Wand und Regalen. Niemand stellte sich ihm in den Weg. Durch das kopfgroße Fenster in der Tür zum Schankraum riskierte er ein paar vorsichtige Blicke. Der Lichtschein musste von der Seite kommen. Die LED-Werbung war aus.

Langsam zog er die Schwingtür zu sich, so gab sie kein Geräusch von sich. Den Shintyschläger in Bereitschaft, schlich er sich geduckt bis an seine Bar. Das Licht kam von den Toiletten.

Connor horchte. Nichts.

Er richtete sich auf und tappte los. Hinter der Bar hervor, an ihr vorbei, bis zu der Tür mit der Aufschrift Highlander, die in der Finsternis natürlich nicht zu erkennen war. Nur der helle Umriss um den gesamten Rahmen bewies, dass dahinter Licht brannte.

Connor legte das Ohr an die Tür. Er hörte ein leises arrhythmisches Quietschen in dem Toilettenraum.

Connor stieß die Tür auf und sprang mit einem Schrei in den Vorraum.

Kein Eindringling. Nur das Klappfenster, durch das auch Kawakami entkommen war, schwang im Wind.

Connor trat vor, drückte es zu und verriegelte es. Er war sich sicher, dasselbe schon einmal vorher getan zu haben.

Bildete er es sich nur ein oder hörte er nun tatsächlich ein Auto, das sich entfernte.

Stuart schlief den Schlaf der Erschöpften – jede Nacht. Er konnte nicht anders. Das Leben stellte ihn vor ungeahnte Herausforderungen, die seine gesamte körperliche Leistungsfähigkeit beanspruchten. So hatte es sich angefühlt, als er ein Kind gewesen war, den Jugendlichen hatte die Realität noch härter rangenommen und jetzt als Erwachsener zerrte ihn die Last des Daseins jede Nacht auf sein bequemes Lager in dem Airstreamer und ließ ihn einschlafen, kaum dass er das Kissen berührte.

Meistens weckte ihn morgens die Sonne oder der Wind.

Als er also mitten in der Nacht fröstelte und sich darüber wunderte, stellte dies eine absolute Ausnahme dar.

Warum war ihm nur so kalt?

Er tastete in der Finsternis nach der Decke, die aus unerklärlichen Gründen seinen Körper nicht bedeckte. Er fand sie nicht.

An der Wand neben seinem Bett hatte er ein Regal verschraubt. Er fingerte vorsichtig, bis er die Taschenlampe ertastete und sie herunterholte.

Er knipste sie an. »Heilige Sch...«, kreischte er.

Neben seinem Bett saß Kawakami-San auf einem Stuhl und lächelte ihn vernichtend an.

»Wo ist Lopez?«, fragte sein Lieferant, dem er Geld schuldete.

»Ich habe die Knete«, heulte Stuart. »Lassen Sie mich nur meine Kassette holen. Dann zahle ich Ihnen alles.«

»Wo ist John Lopez?«

»Wer?«

Die Ohrfeige kam wie aus dem Nichts und Stuart ließ vor Schreck die Taschenlampe fallen. Sie flackerte, als sie auf dem Boden aufprallte, rollte unter die Koje und der Lichtschein erhellte nur noch unzureichend den Raum. So kam die Stimme Kawakamis mitten aus der Finsternis. »Wo ist John Lopez?«

»Ich weiß es nicht, ich weiß es nicht, wirklich! Bitte, glauben Sie mir! Ich kenne keinen Lopez. Wer soll das sein?«

Eine Hand kam aus der Dunkelheit, packte seine Kehle und drückte ihn auf sein Bett. »Ich schwöre, wenn du mir nicht die Wahrheit gesagt hast, dann ...«

Kawakami ließ ihn los.

Stuart keuchte, denn sein Hals schmerzte.

»Geld!«, herrschte der Nippon-Waliser ihn an.

»Ja, ja, sofort!« Stuart suchte unter der Koje nach der Taschenlampe, holte sie hervor, ging zu seiner Kassette im hinteren Bereich des Trailers, öffnete sie und zählte die Zwanzig-Pfund-Noten ab. Als er Kawakamis Atem in seinem Nacken spürte, verzählte er sich und musste von Neuem beginnen.

»Danke«, höhnte sein Lieferant und riss ihm das gesamte Geld aus den Händen. »Der Rest sind Mahngebühren und Zinsen. Beim nächsten Mal bezahlst du pünktlich.«

»Ja, klar!«

»Und falls Lopez bei dir auftauchen sollte, gibst du mir über die üblichen Kanäle Bescheid, hast du verstanden?«

»Ja, natürlich.«

Ein leichter, fast freundschaftlich anmutender Schlag traf Stuart am Hinterkopf.

»Jetzt geh schlafen. Und wechsel mal deine Klamotten. Schrecklich, wie du aussiehst.«

Die Tür nach draußen wurde geöffnet und Kawakami verschwand aus seinem Sichtfeld.

Stuart eilte zum Fenster, das schon recht blind war. Trotzdem gewahrte er kurz darauf oben in der Nähe der Straße zwei Scheinwerfer, hörte einen startenden Motor, dann war er wieder alleine. Erleichtert atmete er auf und legte sich ins Bett.

Aber wer zum Teufel war John Lopez?

Am Frühstückstisch tauschten sich die jungen Leute lautstark über die Ereignisse des vergangenen Abends aus.

Charlotte saß stumm mit am Tisch, ihr Frühstück bestand lediglich aus Porridge, mehr bekam sie nicht runter.

Die Begegnung mit dem Verbrecher bereitete ihr Sorgen. War Kawakami der Mörder von John Lopez?

»Wie war deine Nacht, Steven?«, fragte Yvonne ironisch. »Hast du viel schlafen können?«

»Was? Wieso? Na klar«, antwortete Sunnet.

Mona runzelte die Stirn.

Yvonne ließ nicht locker. »Du warst aber ganz schön lange oben bei Mona. Ich kann mich gar nicht daran erinnern, dich in deinem Zimmer nebenan gehört zu haben.«

»Ich war leise.«

»Wir mussten länger nach einer Zahnbürste suchen«, behauptete Mona. »Und er wollte aus meinem Fenster mal die Aussicht genießen.«

»Es war stockfinster!« Yvonne lachte laut auf.

»Ich habe in meinem Zimmer geschlafen«, sagte Sunnet.

»Er ist ein Gentleman der alten Schule, nicht wahr?«, mischte sich Charlotte nun ein, um die Ehre ihrer deutschen Freundin zu retten, die rot angelaufen war.

Charlotte erhob sich, stellte ihre leere Porridge-Schüssel in die Spüle und fragte: »Kann mich jemand fahren?«

»Klar. Wohin?«, erkundigte sich Mona.

»Kann ich dir während der Fahrt erklären. Das ist ein wenig kompliziert.«

»Könnt ihr mich beim Pub absetzen? Mein Auto steht noch da«, bat Sunnet.

»Liegt auf dem Weg«, erklärte Charlotte.

Yvonne begaffte ihr Handy, und wischte sich wahrscheinlich durch einige Nachrichten. Sie lächelte versonnen.

»Barry?«, vermutete Mona.

»Jepp.« Yvonne tippte eine Antwort. »Er kommt mich abholen. Dann nutze ich die Zeit und mache noch ein paar Videos, die ich in den Werbefilm einbauen werde. Ist das in Ordnung?«

»Viel Spaß euch beiden«, sagte Charlotte, die sich ehrlich freute.

»Soll ich nicht mit dir gehen?«, schlug Mona vor, als sie neben dem Vauxhall standen. Charlotte hatte sie bis zu einem Seitenweg abseits der B8008 geleitet und an einer Stelle anhalten lassen, wo sie bequem den Wagen wenden konnte.

»Nein, Darling. Es wäre nett, wenn du bei Sophie vorbeisehen und sie fragen würdest, ob die Ersatzteile für mein Quad gekommen sind, und wann ich wieder mobil bin. Das Gespräch mit Wulf muss ich, glaube ich, alleine erledigen.«

»Aber warum?«

»Er wird mir gegenüber offener sein, wenn ich nicht zusammen mit meiner, zugegeben sympathischen, Freundin dort auftauche.«

»Nun, das verstehe ich schon. Aber dass du ihn fragen willst, ob er etwas mit dem verschwundenen Lopez zu tun hat, macht mir Sorgen. Was ist, wenn er der Mörder ist? Dann bist du in Gefahr.«

Charlotte lächelte. »Würde es einen Unterschied machen, wenn du mit dabei wärst? Wulf ist größer, schwerer und trainierter als wir beide im Paket. Er lebt von der Jagd und kann mit Waffen umgehen. Nein. Wir wären nicht sicherer, wenn du mitkommen würdest. Vertrau mir.«

»Wie kommst du zurück?«, fragte Mona, die langsam einsah, dass sie nicht gewinnen konnte.

Charlotte hob das neue Smartphone, das ihr Paul besorgt hatte. »Don't call us, we call you«, witzelte die Schottin.

Mona lächelte schwach, umarmte ihre Freundin und flüsterte: »Pass auf dich auf.« Sie setzte sich wieder ans Steuer und wendete. Dann fuhr sie den holprigen Weg zurück.

Charlotte wartete nicht, bis Mona außer Sicht war. Sie marschierte sofort los, immer entlang eines reparaturbedürftigen Zaunes, der an den meisten Stellen nur noch aus einer Querlatte bestand. Das Holz hätte längst ersetzt werden müssen, doch die Weide wurde nicht mehr genutzt. Also blieb es bei dem Anblick.

Der Wind hatte erneut aufgefrischt, ein neues Tief näherte sich der Küste, hatte Regen mit im Gepäck. Bislang spazierte Charlotte jedoch im Sonnenschein, der nur von einigen wenigen Wolken unterbrochen wurde. Deren scharf konturierte Schatten fegten über die Landschaft, machten aus hellem Braun, dunkles, aus dunklem Grün der vereinzelt wachsenden Bäume beinahe ein nachtschwarz.

Charlotte genoss die Bewegung in freier Natur, atmete kräftig ein, spürte die Frische in ihrer Nase, aber auch den Hauch von Seeluft des nahen Meeres.

Sie hatte sich für einen Lodenmantel entschieden, der bis weit übers Knie reichte und sie warmhielt. Ein breitkrempiger Hut komplettierte ihren Jagdaufzug. Sie war sich sicher, dass Wulf sie schon von Weitem erspähen würde.

Das war auch nötig, da sie den Standort seiner Behausung nicht genau kannte. Nur die grobe Richtung lag klar auf der Hand.

An einer Lücke im Zaun wechselte sie auf die andere Seite, wanderte über die Weide auf einen Hain zu, der aus Kiefern und windgeduckten Büschen gebildet war. Ein kleiner Bach hatte eine tiefe Furche in der Weide geformt. Wenn die Schneeschmelze einsetzte, führte das kleine Bächlein deutlich mehr Wasser und zeigte die ganze Erosionswucht. Jetzt dümpelte es nur so vor sich hin. Man hörte kaum ein Plätschern.

Zwischen zwei Kiefern bewegte sich etwas. Charlotte schaute genauer hin. Ihr Herz machte einen Satz.

Wulf.

Er winkte.

Sie winkte zurück, griff in die linke Manteltasche und förderte einen silbernen Flachmann zutage. Sie hielt ihn hoch. »Lust auf einen Ardbeg?«, rief sie laut.

Wulf lächelte.

Wenig später saßen sie mitten in dem Hain auf einem umgestürzten Baumstamm. Um sie herum wuchs breitflächig Moos, das sich mit Wasser vollgesogen hatte. Bei jedem Schritt hatten sich kleine Pfützen um die Schuhe gebildet, die schnell wieder verschwanden. Der durchnässte weiche Boden seufzte regelrecht.

Wulf schwieg, wie üblich. Sein Fellüberhang roch muffig, die Armeestiefel strotzten vor Schlamm.

Charlotte sinnierte, wo er sich wohl rumgetrieben hatte. Sie öffnete den Flachmann und schnüffelte an der Öffnung. »Mhm, 17 Jahre voller Geschmack. Willst du?« Sie reichte ihn dem groß gewachsenen Einsiedler.

Wulf nahm ihn entgegen, schnupperte seinerseits und nickte anerkennend. Dann trank er.

Charlotte erhielt den silbernen Behälter zurück und gönnte sich auch einen ordentlichen Schluck, der in ihrem Mund kräftig brannte, bis der herrlich weiche Charakter dominierte.

»Das ist mal ein Single«, gab sie eine Bewertung ab. »Gut für alle Organe und das Leben.«

Wulf grinste.

Der Flachmann wechselte mehrfach die Seiten, bis nur noch ein kläglicher Rest darin blieb.

Charlotte betrachtete das Moos zu ihren Füßen. Wie im Selbstgespräch sagte sie leise: »Ich muss dich was fragen, Wulf.«

»Mhm«, kam die Antwort.

»Wir haben dich auf einem Video gesehen, in der Nähe des Parkplatzes, von dem aus man zu dem Felsen kommt, unter dem Lopez gelegen hat. Da, wo ich ihn fand. Du warst, während die Polizei Spuren gesucht hat, in dem Wald, von dem aus der Trampelpfad runter zum Küstentrail führt. Was hast du da gemacht?«

»Neugierig«, gab er einsilbig zurück. Er vermied den Augenkontakt mit ihr.

Charlotte scheute es, ihn in die Ecke zu drängen und doch spürte sie in ihrer Nase, dass Wulf etwas vor ihr verheimlichte.

»Aber du wolltest nicht entdeckt werden?«, fragte sie.

»Nö.«

»Was hast du denn gesehen?«

»Polizei. Männer in Weiß.«

»Das waren die Forensiker, Menschen, die Spuren an Tatorten suchen.«

»Ich weiß.« Er strich sich die strähnigen grauen Haare aus der Stirn.

»Ich frage dich jetzt frank und frei, Wulf«, begann Charlotte. »Hast du was mit dem Mord an John Lopez zu tun? Oder hast jemandem geholfen, die Leiche von Lopez zum Strand zu bringen?«

Der Eremit bewegte sich nicht, schwieg eisern.

»Schau mal«, sagte Charlotte und zeigte die Fotos ihres Fundes vom Strand, die sie auf ihr Smartphone übertragen hatte. »Ich habe Yvonne gesucht, wegen des Sturms. Die Frau, die du in deine Wohnung und später in den Pub gebracht hast. Und ich stoße auf dem Küstentrail auf den toten John Lopez. Weißt du, was das für mich bedeutet? Ich kann es dir sagen. Ich will alles in meiner Macht Stehende tun, den Mörder zu finden. Und du – du bist mein erster Anhaltspunkt. Du hast dir den Ort angesehen, während die Polizei da war. Also noch mal. Hast du etwas mit dem Mord an diesem Mann zu tun?«

In den grauen Augen des Eremiten sah sie Panik, Furcht. Er saß nicht länger so ruhig, wie noch zu Beginn des Gesprächs. Hatte sie den Täter?

»Nein.«

»Was? Wie bitte?«

»Wars nicht.«

»Du hast ihn nicht getötet und auf dem Strand abgelegt?«

Kopfschütteln.

Charlotte las etwas in seinen Augen, ein Wissen, eine Information, die ihn beschäftigte. »Wulf?«

»Auto.«

»Du hast ein Auto gesehen?«

»Vor dem Sturm.« Es war offensichtlich, dass er mit sich rang.

»An dem Tag, an dem du Yvonne aufgelesen hast?«

Er nickte. »Ich …, ich war unterwegs. Meine Fallen überprüfen. Vor dem Sturm.« Wie eine Dampflok, die aus einem Bahnhof abfuhr, nahm Wulfs Bericht langsam Fahrt auf. Er war nicht dumm, nicht einfältig, nur das Reden nicht gewöhnt.

»Ich war in dem Wald. Der Wind war schon stark. Ich hörte ein Auto. Es parkte da, wo die Polizei gewesen ist.«

»Hast du jemanden beobachtet?«

»Nö. Als ich es sehen konnte, war der Kofferraum offen, aber niemand da.«

»Was war es für ein Auto?«

»Blau, alt. Noch nie vorher gesehen.«

»Und du bist gegangen, bevor der Besitzer zurückgekommen ist?«

»Der Sturm kam. Ich wollte ins Trockene. Das war ja nur ein Auto.«

»Und als dann die Polizei da auftauchte, warst du neugierig.«

»Mhm.«

Charlotte griff in die rechte Jackentasche und holte eine unetikettierte Halbliterflasche Whisky heraus. »Für dich, Wulf. Wann hast du von der Leiche erfahren?«

»Connor. War da nach der Sperrstunde. Mache ich immer so.« Er nahm die Flasche entgegen und dankte es ihr mit einem Kopfnicken.

»Halt deine Augen und Ohren offen, Wulf. Wenn du das Auto wieder siehst, gib mir Bescheid, am besten über Connor. Okay?«

»Ja.«

»Und ich danke dir, Wulf. Dafür, dass du Yvonne zu dir mitgenommen hast. Das war aufmerksam.«

»Sie wollte nicht.«

»Aber jetzt ist ihr bewusst, dass sie sich falsch verhalten hat, und würde sich gerne bei dir entschuldigen. Alles klar?«

Wulf nickte.

Mona parkte ihren Vauxhall an der Seite der Tankstelle, stieg aus, holte ihren Einkaufskorb und betrat den Supermarkt.

Statt Sophie saß eine gelangweilt dreinblickende junge Frau, mit zahlreichen Pickeln im Gesicht, an der Kasse. Sie feilte sich ungeniert die Fingernägel und sah nicht mal auf, als Mona an ihr vorbeiging.

»Eier, Speck und Toast und schwarzer Tee«, murmelte Mona ihr Mantra für den Einkauf. Außerdem sollte sie ausreichend frisches Obst mitbringen.

An der Kasse scannte die Frau alles ein und wirkte dabei ziemlich genervt.

»Ist Sophie da?«, fragte Mona, während sie ihre Karte zum Bezahlen an das Lesegerät hielt.

»Wer?«, fragte die Kassiererin mit dem gelangweilten Tonfall einer pubertierenden Sechzehnjährigen zurück.

»Miss Hall. Sophie. Soph.«

»Ah, Soph.«

»Und?«

»Inner Garage.«

»Danke.« Mona verließ den Minimarkt und steuerte das Gebäude neben der Tankstelle an. Im Innern hörte sie Musik.

Sie öffnete die Tür und schaute hinein.

Sophie schraubte am hinteren Teil eines Quads und sang laut ein schottisches Traditional mit, das aus dem Radio plärrte.

Mona kannte die Musik nur zu gut, denn Sender Four-o-four lief und Sallys Musikauswahl war beschränkt.

»Hi, Sophie«, grüßte sie lautstark.

»Ups.« Sophie ging zu dem Radio und schaltete es nahezu lautlos. »Ich singe, wenn ich guter Laune bin.«

»Ja, schon gut. Ich soll von Charlotte nachfragen, ob die Ersatzteile …«

»Sind da und werden soeben verbaut. Morgen kann Charlie ihr Schätzchen wiederhaben.«

»Super.«

Sophie wischte sich die Stirn und verschmierte dabei einen Ölfleck bis auf den Nasenrücken. »Kann ich dich mal was fragen, Mona? So von Frau zu Frau.«

»Okay?«, antwortete Mona zweifelnd.

»Bin ich hässlich?«

»Was? Nein.«

»Ich habe manchmal das Gefühl, dass mich Menschen gar nicht wahrnehmen. So als Frau. Du verstehst?«

Mona verstand es nicht. »Du hast doch einen Freund. Er findet dich bestimmt schön. Oder nicht?«

»Boah, ja. Er macht Rum auf Rum. Und irgendwie ist das auch nix Richtiges zwischen uns. Ich sehe ihn nur alle paar Wochen einmal.«

»Wo ist dann dein Problem?«

»Ach nix. Vergiss es. Ich rufe an, wenn ich das Quad fertig habe.«

»Fein. Ich richte es Charlie aus.«

Mona ging mit einem unsicheren Gefühl. Was hatte Sophie nur auf dem Herzen?

Sie verstaute den Einkaufskorb auf der Rückbank und checkte kurz, ob Charlotte bereits abgeholt werden wollte. Als keine Nachricht aufploppte, fühlte sie eine leichte Unruhe. Was, wenn Charlotte ihre körperliche Leistungsfähigkeit überschätzte? Sie war dort draußen, alleine. Und ein Mörder lief frei herum.

Mona schaute in den dunkler werdenden Himmel. Der kommende Sturm meldete sich mit ersten kräftigen Böen. Sie setzte sich ans Steuer und fuhr zurück zum Quiet Place.

Auf halber Strecke blitzte etwas Rotes in ihrem Augenwinkel auf. Sie stoppte und legte den Rückwärtsgang ein. Langsam fuhr es rückwärts, bis sie einen roten Wagen sehen konnte, der zwischen zwei Büschen neben der Straße steckte.

Sie konnte sich nicht erinnern, ihn auf der Hinfahrt gesehen zu haben.

Sie stieg aus, ließ den Motor laufen und die Tür weit offen. Es war ein roter Golf, leicht beschädigt. Konnte es der sein, der Charlotte beinahe gerammt hatte?

Mona machte Fotos und speicherte gleichzeitig die Position mit dem Foto ab.

Im Auto saß niemand, aber der Schlüssel steckte im Zündschloss. Mona rüttelte vergeblich an der Fahrertür.

Merkwürdig, dachte sie. Hat jemand mit einem zweiten Schlüssel den Wagen abgeschlossen, obwohl der erste Schlüssel im Schloss steckte? Warum?

Mona machte auch davon ein Foto.

Dann ging sie zurück zu ihrem Vauxhall und setzte die Fahrt fort. Erst als sie beim B&B angekommen war, erinnerte sie sich daran, dass sie ja die Nummer von Paul Laing hatte. Sie schickte die Fotos mit einer kurzen Nachricht an den Polizisten, danach trug sie die Einkäufe ins Haus.

Kapitel Dreizehn

– Einsatz für Lilian – Quadfahrt mit Interview – Verborgene Talente – Ein Drink am Nachmittag – Enttäuschender Anruf –

Lilian liebte es, den Dienstwagen fahren zu dürfen. Der beschleunigte wie wild und lag hervorragend in den Kurven, eine Eigenschaft, die auf den engen kurvenreichen Straßen in den Highlands sehr wichtig war.

Als Officer Laing sie gebeten hatte, den roten Golf in Augenschein zu nehmen, den die Deutsche gemeldet hatte, fand sie das zunächst irritierend. »Ich? Alleine?«

»Klar«, hatte Laing bestätigt. »Es ist Sonntag, wir sind nur zu zweit, und es ist nicht so, dass Gefahr in Verzug wäre. Außerdem schmerzt immer noch mein Knöchel und Doc meinte, ich solle ihm Ruhe gönnen. Der Einsatz gestern im Pub und bei Charlie hat ihm nicht gutgetan.«

»Okay.«

»Brauchen Sie noch eine Extra-Einladung?«

Lilian benötigte keine, schnappte sich die Schlüssel und lächelte den Sprühregen weg, der ihr draußen vor der Mallaig-Station entgegenfegte.

Im Auto musste sie zunächst den Sitz verstellen, ihre Beine waren einfach zu kurz. Bei der Eignungsprüfung hatte sie durch eine gerade Körperhaltung und mächtiger Muskelspannung die entscheidenden Inches geschunden.

Den Weg zu der angegebenen Stelle markierte das Navi, aber Lilian hätte es nicht nutzen müssen. Sie wusste nach der Meldung sofort, wo der rote Golf zu finden war.

Zwanzig Minuten später drückte sie sich ihre Polizeikappe tiefer auf den Kopf, schaltete die Warnblinkanlage an und verließ den Wagen.

Der Regen flog inzwischen waagrecht über die Landschaft. Die Büsche bogen sich, die Kiefern wackelten, als würden sie jeden Moment entwurzelt. Laut prasselten die dicken Tropfen gegen das Blech des roten Golfes.

Er stand inmitten zweier Büsche und es sah eher so aus als wäre er nach einem Fahrfehler dort liegengeblieben, denn geparkt oder versteckt. Falls jemand das Auto loswerden wollte, so hätte es sicherlich bessere Möglichkeiten gegeben.

Lilian erinnerte sich an die Bergung eines Rolls Royce aus dem Loch Oich. Den Wagen hatten Krabben als Brutstätte für sich entdeckt und er war weit mehr als zwanzig Jahre im See unentdeckt vor sich hin gerostet.

Sie schützte ihre Augen mit der flachen Hand, wischte die Fahrertür vom Wasser sauber und sah den Schlüssel im Schloss stecken.

Langsam umrundete sie den Wagen und rüttelte an jedem Griff. Die Scheibe einschlagen wollte sie nicht, also nahm sie ihr Smartphone und wählte eine Nummer.

»Hier ist Soph, wer stört?«

»Hi. Hier ist Lilian. Du wirst nicht glauben, was ich hier vor mir habe.« Sie wechselte in den Videocall und zeigte Sophie, vor welchem Auto sie stand. »Ist das der rote Golf von den Jugendlichen, die dich überfallen wollten?«

»Ja, sieht so aus. Wo?«

»Ist nur etwa zehn Minuten von deiner Tankstelle entfernt, Richtung Morar. Kannst du vorbeischauen und mir beim Öffnen helfen? Ich will ungern die Scheiben einschlagen.«

»Werde ich bezahlt?« Sophies Gesicht war ölverschmiert, wirkte aber entspannt.

»Das kannst du mit deinem Onkel ausmachen.«

»Schon gut. Ich komme. Aber du schuldest mir dann einen Drink.«

Lilian nickte. Der Call endete, und sie sah sich in der näheren Umgebung um, suchte nach Spuren jeglicher Art.

Der Regen wurde noch kräftiger, die Böen stärker.

Highlandwetter.

Charlotte sah das Quad schon von Weitem, trotz des Vorhangs aus Regen, der alles in schmutziges Grau hüllte. Sie winkte.

Es war das Lastenquad des McManor-Anwesens, mit Frontscheibe und einem Dach in dem Überrollbügelgestänge.

Tymi Bientowitz fuhr es, was sie erst erkannte, als die Räder schlitternd neben ihr stoppten.

»Was machen Sie hier, Mrs Polson. Mitten im Nichts, auf den Ländereien der McManors?«

»Wandern«, erklärte Charlotte, einer Lüge so nahe wie selten. »Der Regen hat mich überrascht. Wohin führt Sie der Weg, Mr Bientowitz?«

»Ich versuchte einen Hirsch zu finden, der verletzt gemeldet wurde.«

»Verletzt?«

»Steigen Sie doch ein, ist genug Platz für uns beide. Dort draußen werden Sie nur nasser.« Er bot ihr den Platz neben sich auf der Sitzbank an.

Charlotte setzte sich dazu. »Danke.«

»Keine Ursache. Ich setze Sie entweder am Pub oder an der Tankstelle ab, je nachdem, wo wir noch durchkommen. Der letzte Sturm hat eine Menge Wasser auf den Hügeln abgeladen. Zwei Bäche sind übergelaufen. Ich muss sehen, wo wir langfahren können.«

»Gerne«, bedankte sich Charlotte.

Tymi Bientowitz drehte den Zündschlüssel und fuhr nun in deutlich gemäßigterem Tempo den Hang hinab, auf eine Natursteinmauer zu, die das Areal eingrenzte.

»Was war jetzt mit dem Hirsch?«, hakte Charlotte nach.

»Hach, kann nicht genau sagen. Da waren Fotos und ein Hirsch mit einem Pfeil in der Flanke.«

»Pfeil?«

»Ja, Pfeil. Von einer Armbrust. Ist zwar verboten, aber die verkommene Gesellschaft aus dem reichen Süden schert sich nicht um Regeln und Gesetze.«

»Das ist ja furchtbar.«

»In der Tat, Mrs Polson. Furchtbar und wenig menschlich. Ich hasse solche Leute. Tiere quälen. Ich jage, und wenn ich das tue, dann auf die menschliche Art.«

Charlotte war kein Fan von der Jagd im Allgemeinen, aber Jäger, die sie kannte, respektierte sie durchaus.

»Transportieren Sie die Jagdbeute immer mit dem Quad?«, fragte sie und dachte dabei an das Blut auf der Ladefläche.

»Wenn ich es dabeihabe und für die großen Tiere, ja.«

»Wie war das mit John Lopez? Hat er auch gejagt?«

Bientowitz wich einigen tiefen Riefen aus und steuerte eine aus drei Brettern gefertigte Behelfsbrücke über einem Graben an. Er wirkte konzentriert.

Charlotte fielen die mächtigen Stirnfalten auf, die sich gebildet hatten, als sie den Namen Lopez ausgesprochen hatte. Sie empfand es als einen günstigen Zufall, auf Bientowitz gestoßen zu sein, und da er sie selbst eingeladen hatte mitzufahren, würde er sich scheuen, sie sofort wieder loszuwerden.

»Nie«, sagte er schließlich. »Lopez ist ein Schisser! Sagt man so auf Englisch? Alles, was mit Waffen zu tun hatte, war nicht sein Ding. Selbst die Degensammlung im roten Salon, er hat gefürchtet. Er wollte verkaufen, machte Fotos und die waren im Internet.«

»Schändlich. So mit seinem Erbe umzugehen, nicht wahr? Was hat der alte McManor dazu gesagt?«

Bientowitz lenkte das Squad vorsichtig über die Bretter.

Charlotte sah an der Seite hinab. In dem Graben floss eine erkleckliche Menge Wasser in Richtung des Meeres. Mehrere Hundert Inches tiefer, würde der Bach auf die Straße treffen und dort drüber fließen. Eine Touri-Attraktion.

»Seine Lordschaft hat alles in die Hände dieses Lopez gegeben.«

Charlotte amüsierte sich innerlich über die Bezeichnung Lordschaft, denn der alte McManor verfügte zwar über Land und Vermögen, aber ein Lord war er mitnichten.

»Wann haben Sie Lopez zuletzt gesehen?«

»Weiß nicht. Ist nicht wichtig.«

»Ich finde schon, Mr Bientowitz. Möglicherweise haben Sie den jungen Londoner getötet oder dabei geholfen. Sie haben ein Motiv.«

»Motiv? Ich?«

»Ja.«

»Nie, nie, nie.« Sie näherten sich einer Durchfahrt in der Mauer. Trotz des dichten Regens sah Charlotte bereits die Straße.

»Kein Motiv.«

»Lopez hätte Sie auf die Straße setzen und das Anwesen, mit allem, was drin ist, veräußern können.«

»Nie! Nein, Mrs Polson. Das nicht wahr. Lopez konnte Haus nicht verkaufen. Muss an nächste Generation weitergegeben werden. So steht es im Testament. Martha hat es keine Ruhe gelassen. Sie hat bei seiner Lordschaft angerufen. Danach war klar, John Lopez hat geblufft. Er konnte es nicht verkaufen. Es muss im Familienbesitz bleiben. Vielleicht er war deswegen so wütend.«

»Mhm, Okay. Das entlastet Sie natürlich. Dennoch hätte er Sie feuern können.«

»Martha sagt, sie nicht glauben. Lopez will schnell Geld. Er hat Schulden. Männer, die ihn suchen. Hat nicht die Zeit, sich um arme polnische Migranten zu kümmern.«

Charlotte hielt sich am Gestänge fest, als das Quad auf die Straße rumpelte. Bientowitz gab Gas und sauste weiter.

»Der Sohn vom alten McManor hat doch alte Autos gesammelt, nicht wahr?«

»Mr MacManor? Przecie. Ähm, ja, doch. Warum?«

»Wo sind diese Oldtimer?«

»Nicht nur Oldtimer, alte Autos. Ein paar nicht so teure stehen bei uns in Garage.«

»Was sind das für Autos?«

»Japanische Importe, Siebzigerjahre und zwei alte aus Frankreich.«

»Ist eines von ihnen blau, so ein helles Himmelblau?«

Bientowitz lenkte in eine enge Rechtskurve, das Schild, das auf den Pub hinwies, tauchte an der rechten Seite der Fahrbahn auf.

»Nein. Eher grau, zwei schwarz und eines mit vielen japanischen Zeichen drauf.«

»Okay, danke, Mr Bientowitz. Sie können mich hier rauslassen.«

»Nicht mehr verdächtig?«

Charlotte lächelte ihm zu, als sie vollständig gestoppt hatten. Tymi wirkte verschmitzt und irgendwie siegessicher.

»Nein, ich denke nicht. Grüßen Sie mir Peter. Wir kommen die Woche noch vorbei, um frischen Salat zu holen.«

»Natürlich. Bye bye.«

»Bye, Mr Bientowitz«, verabschiedete sich Charlotte und blieb im Regen stehen, während der Housekeeper von Old McManor davonbretterte.

»Das ist er, Lil«, rief Sophie Hall begeistert, als sie von dem Motorrad abgestiegen war und den Helm abgezogen hatte.

Die beiden jungen Frauen standen im Regen. Von Lilians Kappe tropfte es schon eine ganze Weile. Die Polizeiregenjacke hielt sie natürlich trocken, doch der Seitenwind trieb immer mal wieder tropfendes Wasser unter ihren Nackenkragen. Es schauderte sie allmählich und dass, obwohl sie im Dienstwagen gewartet hatte.

Sophie hingegen schien der Regen nichts auszumachen. Nach wenigen Sekunden waren ihre kurzen blonden Haare dunkler und durchnässt. Dennoch tat sie nichts, um dem Regen zu entgehen. Wie ein Reh schüttelte sie sich gelegentlich, ließ das Wasser in alle Richtungen spritzen. Sie beugte sich vor und rüttelte an dem Türgriff der Fahrerseite.

»Mhm zu.«

»Stimmt, habe ich auch schon festgestellt, deswegen habe ich dich ja um Hilfe gebeten. Ich meine, du bist Mechanikerin, nicht wahr? Kannst du das Auto öffnen?«

Sophie drehte sich zu ihr um, legte den Kopf in den Nacken und genoss den Regen im Gesicht. Sie leckte sich die Lippen und lachte laut. »Ich liebe dieses Wetter!« Sie griff in eine Brusttasche ihrer Lederkombi.

»Hast du keinen Werkzeugkasten mitgebracht?«, fragte Lilian.

Sophie grinste und förderte einen aufgerollten Draht zutage. Aus ihrer Hosentasche kam ein silberner, häufig genutzt aussehender Leatherman dazu. Sie klappte das Multifunktionswerkzeug auf, suchte nach dem passenden Tool. »Das ist mein Werkzeugkasten, Lil.«

Sie bog den Draht mehrfach und zog ihn dann in die Länge. »Wenn du jetzt so nett sein würdest?«, bat sie Lilian.

»Was? Was meinst du?«

»Einmal bitte in die Landschaft und nach ungebetenen Besuchern Ausschau halten.«

»Ich soll … Schmiere stehen?«

»Wenn du es so ausdrückst. Immerhin bist du Polizistin, nicht wahr. Und ich möchte ungern preisgeben, was ich so gelernt habe, als ich dreizehn oder vierzehn war.«

»Du hast Autos geknackt?«, rief Lilian entsetzt.

»Ähm, nein, Madam Officer.« Sophie grinste. »Umdrehen!«

Lilian seufzte und fügte sich in ihr Schicksal.

»Wer hat den Wagen denn gefunden?«, fragte Sophie im Plauderton.

»Die junge Deutsche, die bei Mrs Polson wohnt.«

»Mona? Ach nee. Dann muss sie es gesehen haben, als sie von mir weggefahren ist.«

»Sie war bei dir?« Lilian hörte leise Flüche Sophies, drehte sich aber weiterhin nicht um. Der Regen legte eine kurze Pause ein, zum Ausgleich intensivierte sich der Wind.

»Ja, klar. Wegen Charlottes Quad, das ich repariere. Dafür habe ich eine …« Es klang gequält. »...gute Bezaaahlung erhalten. So.« Es klackte. »Tadaa!«

Lilian wandte sich um. Sophie stand neben der offenen Fahrertür und machte eine einladende Geste. »Your turn!«

Lilian trat näher. »Gute Bezahlung?«

»Das Bike! Mit dem ich gekommen bin. Charlotte hat es mir geschenkt.«

»Großzügig.« Nachdem Lilian sich Einmalhandschuhe übergestreift hatte, setzte sie sich auf den Sitz. Sie drehte den Schlüssel im Zündschloss und im Armaturenbrett leuchteten zahlreiche Lampen auf, um eine nach der anderen wieder zu erlöschen. »Mhm. Der Wagen ist in Ordnung. Tank zu einem Viertel voll. Warum haben sie ihn hier abgestellt?«

»Schau doch mal ins Handschuhfach«, soufflierte Sophie.

Lilian sparte sich einen Kommentar, beugte sich rüber und öffnete es.

Im Innern lag eine Menge Müll und etwas Schwarzes. Sie langte hinein und zog einen schweren Gegenstand heraus.

»Himmel! Ist die echt, Lil?«

»Ich denke schon. Kannst du mal zu meinem Dienstwagen gehen und in der Mittelkonsole nach Plastiktüten mit Zip sehen? Die ähneln Gefriertüten. Bitte.«

Lilian prüfte, ob sich noch Munition in der Waffe befand. Erleichtert stellte sie fest, dass dem nicht so war. Die Pistole war echt, wenn auch schon älteren Datums. Sie legte sie auf dem Beifahrersitz ab und durchwühlte den Restmüll in dem Fach. Tankzettel, Kreditkartenabrechnungen, Kaugummipapiere und eine halb volle Schachtel Zigaretten. Keine Munition.

Sie schaute in den Seitenverkleidungen der Türen nach, wurde aber nicht fündig.

»Hier, Lil«, sagte Sophie und reichte ihr drei Beweisbeutel. Einer war groß genug, um die Handfeuerwaffe hineinzulegen und den Zipper zuzuziehen. Vorsichtig verstaute sie das Beweismittel in ihrer Jackentasche.

»Wie geht der Kofferraum auf, Sophie?«

»Nimm den Schlüssel. Bei diesem Modell kommst du, glaube ich, nur so dran.«

Lilian zog den Schlüssel ab und ging zum Kofferraum. »Du hast schon einige verborgene Talente, Soph.«

»Ein Drink und ein Date wäre mir als Bezahlung recht.«

»Ein was?« Der Kofferraumdeckel sprang auf. Lilian starrte auf den Inhalt des Gepäckraumes, dann verzog sie voller Ekel das Gesicht und schützte ihre Nase mit dem Unterarm.

»Mist«, hörte sie Sophie aussprechen, was sie selbst nur dachte.

Charlotte saß am Kaminfeuer des Pirates Parrot und hielt die Hände vor sich, um sie zu wärmen.

Connor stellte einen zweiten Stuhl neben den ihren und reichte ihr eine Henkeltasse aus Glas. Darin schwappte eine dampfende rotbraune Flüssigkeit. »Das wärmt dich von innen«, meinte der Betreiber des Pubs und setzte sich zu ihr ans offene Feuer.

Es knackte immer mal wieder zwischen den Torfscheiten, die mehr glommen denn brannten. Die Hitze nahm allmählich zu. Connor legte Torfsoden nach.

Charlotte trank den Grog, verbrannte sich die Lippen und beschloss dann doch ein wenig zu pusten. »Ziemlich heiß«, kommentierte sie.

»So muss er sein.« Connor selbst trank einen schwarzen aromatisierten Tee, der stark nach Rosen duftete.

»Was trinkst du da?«, wollte Charlotte wissen. »Das riecht nach einem ganzen Rosengarten in Vollblüte.«

»Ein Twining Rose Garden. Riecht lecker, nicht wahr?«

»Eher nicht. Ich stehe mehr auf Torf und Seegeruch.«

»Du und dein Single Malt. Manchmal braucht man was Leichtes, meine Liebe.«

»Mir ist mein Wasser des Lebens lieber, als deinen Rosengarten zu trinken.«

»Maddie mag ihn auch nicht.«

»Wo ist sie?« Charlotte hatte genug gepustet. Der heiße Grog rann endlich durch ihre Kehle und es wurde schnell warm in ihrem Bauch.

»Sie kümmert sich um die Wocheneinkäufe, warum?«

»Ach nichts. Wie laufen denn die Geschäfte?«

Connor verzog schmerzhaft das Gesicht. Er blickte in die offene Esse und schien zu überlegen. »Könnte besser sein«, gab er zu.

»Maddisson ist auf John Lopez losgegangen? Stimmt das?«

Connor erstarrte für einen Moment, dann sah er tief in seine Tasse und nahm einen weiteren Schluck. »Ist kein Geheimnis«, bekannte er. »Aber er konnte von Glück sagen, dass ich nicht da gewesen bin. Sonst hätte ich ihn schlimmer vermöbelt.«

»Was war der Grund?«

»Er war unverschämt. So ein typischer Londoner Pisser. Geldadel der übelsten Sorte. Denkt, er könne sich alles erlauben.«

»Dachte«, merkte Charlotte an.

Connor sah sie irritiert an. »Möglicherweise.«

»Er ist tot. Definitiv. Du kannst es mir glauben.«

»Und du denkst jetzt, Maddie hat es getan?«

»Oder du. Ihr hattet ein Motiv.«

»Ach komm, Charlotte. Das meinst du doch nicht ernst.«

»Geldsorgen, Connor. Und Lopez war im Besitz der Mietverträge. Er hätte euch kündigen können.«

»Was hätte ihm das gebracht? Nur die Suche nach einer neuen Geldkuh, die er hätte melken können. Ich war mit einer Einmalzahlung für ein Jahr safe. War für mich kein Problem.«

»Du hast gezahlt?«

»Nein. Er wollte am Montag sein Geld. Eintausend Pfund. Cash Kralle.«

»Woher …? Ach, vergiss es. So bist du ein Problem losgeworden, Connor. Das macht dich umso verdächtiger.«

Connor kippte den restlichen Tee in sich hinein, erhob sich und ging zu seiner Bar.

Charlotte sah ihm dabei zu, wie er hinter dem Tresen abtauchte, zwei Gläser auf der Theke platzierte und eine Flasche aus dem Whiskyregal nahm. Dem Etikett nach schenkte er großzügig einen Talisker ein, stellte die Flasche wieder an ihren Platz und kehrte mit beiden Getränken an seinen Sitzplatz zurück.

»Hier, Charlotte.«

»Danke.« Sie hielt das Glas unter ihre Nase. »Mhm. Wie ein Lagerfeuer und herrlich kräftig.«

»Ist der 11-jährige. In Fassstärke, ganz wie du es magst. Sláinte!«

Sie stießen an und tranken. Für einen Moment hörte man nichts, außer einem leisen Sirren vom Feuer. Die beiden ungleichen Whiskygenießer blieben stumm und spürten, was der Single Malt in ihnen auslöste.

Dann durchbrach Connor die Stille. »Ich möchte dir ein Geheimnis anvertrauen.«

»Gerne.« Charlotte registrierte, dass Connor den Blickkontakt mied. Aber seine Körperhaltung war die eines zutiefst in sich ruhenden Mannes. Er nippte noch mal an dem Talisker.

»Vor mehr als 20 Jahren habe ich selbst noch in London gewohnt, gearbeitet und gelebt. Eine hektische Zeit, eine aufregende Zeit. Ich war jung.«

Es fiel ihm sichtlich schwer, ihr von seinem Leben zu berichten.

»Ich geriet an einen Mentor, der mich in die Feinheiten des Daytradens einführte. Ich brach das Studium ab und spekulierte, was das Zeug hält. Weißt du, was Daytrader tun?«

»Kaufen, verkaufen von Aktien. Optionsscheinen?«

»Mhm, wirklich beeindruckend für eine Maid der Highlands. Zwar könnte ich noch mehr Einzelheiten dazu erzählen, aber den Kern hast du erkannt. An manchen Tagen reichten Sekundenbruchteile, um Geld zu gewinnen oder zu verlieren.«

»Auf welcher Seite der Waagschale warst du?«, fragte Charlotte.

Connor sah sie an. Er lächelte freudlos. »Auf Dauer gewinnt kaum jemand. Glück spielt dabei eine Rolle und die Sicherheit, sich Verluste leisten zu können. Die allermeisten verzocken sich, machen Schulden und verschwinden in der Bedeutungslosigkeit.«

»Erzähl mir mehr von dir, Connor.«

»Mein Name ist nicht Connor. Meine Mama ließ mich auf den Namen Conrad taufen.«

Charlotte sah ihn erstaunt an. »Heiliger Bimbam. Dann lautet dein Nachname auch nicht Askaig?«, folgerte sie.

»Ein Künstlername, mehr nicht. Ich habe zunächst gewonnen. Anfangs nur tausende, dann wurden es mehr. Ich war jedoch klug genug, einiges beiseitezuschaffen, denn mein Absturz kam schnell. Ich landete hart und hinterließ verbrannte Erde.«

»Was heißt das?«

»Schulden. Umgerechnet drei Millionen Pfund, denn ich handelte gleichzeitig in Pfund, Dollar, Yen und Euro.

Ich verlor den Überblick und lieh mir Geld von nicht netten Leuten.«

»Du bist untergetaucht?«

»Jepp. Dort, wo ich nicht auffalle. Dort, wo mich niemand sucht, der weiß, wie ich in London gelebt habe. Im abgelegensten und menschenleersten Landfleck, den ich finden konnte. Hier.«

»Kanntest du Lopez?«

»Lopez? Nein. Ich befürchtete, dass er bei denselben Leuten in die Kreide geraten ist wie ich damals. Aber seitdem ist viel Wasser in den River Spey geflossen. Die Gefahr für mich und Maddie dürfte gering sein. Dennoch wollte ich kein Risiko eingehen.«

»Deswegen warst du bereit zu zahlen.«

»Ja, und weil ich es konnte, da ich nur einen Bruchteil meiner Rücklagen antasten muss. Tausend Pfund sind Peanuts. Aber ich musste sie erst besorgen, daher der Termin am Montag.«

»Weiß Maddie ...?«

Connor, oder besser Conrad, schüttelte den Kopf. »Ich habe sie erst hier kennengelernt. Sie darf es auch nicht wissen. Die Geschäfte laufen wirklich nicht gut, aber das macht nichts.Ich kann den Pub bis zu meinem Lebensende betreiben, ohne auch nur einen Penny Gewinn zu machen. Hauptsache ist ...«

»Dass dich niemand mit deinem alten Ich in Verbindung bringt«, ergänzte Charlotte.

»Nur du kennst jetzt mein Geheimnis. Und du verstehst, warum ich John Lopez nichts angetan hätte. Sogar diese Suchaktion könnte meine neue Identität gefährden.«

»Okay.« Charlotte schwenkte den Talisker und roch erneut an dem Single Malt. »Da sind Fruchtaromen, riechst du es auch?«

»Du hast ein feines Näschen, Charlotte Polson«, sagte Connor.

»Und ich kann schweigen. Sláinte!«

Lilian hatte die Klappe des Kofferraums wieder zugeschmissen. »Was ist das, verflucht noch mal«, rief Sophie. »Ein Wolf?«

Lilian beugte sich vor, stützte sich auf die Knie. Sie kämpfte gegen die Übelkeit an, was ihr schließlich auch gelang.

»Nein, ein Hund. Ein toter Hund.«

»Das Vieh ist riesig! Ein Monster.«

»Ich schätze, es war ein Deerhound. Kenne ich von Instagram. Was haben die jungen Burschen mit einer Hundeleiche im Auto vorgehabt? Ich verstehe das nicht.« Sie zückte ihr Smartphone und begann von allen Seiten Fotos zu machen, bevor sie auf Videoaufnahme umschaltete. »Öffne langsam den Kofferraum, Soph, bitte. Ich will das als Beweisvideo.«

Sophie stellte sich an die Seite und hob den leicht angerosteten Kofferraumdeckel vorsichtig an. Lilian hielt das Smartphone hin und filmte.

Das graue zottelige Etwas füllte beinahe den gesamten Gepäckraum aus. Jemand hatte eine Plane unter das Tier gelegt, offensichtliche Wunden konnten sie auf den ersten Blick nicht feststellen.

»Ich denke, er war alt«, folgerte Sophie. »Schau dir seinen Kopf an, die vielen silbergrauen Haare an den Ohren und die abgeschliffenen Zähne.« Der Hund lag dort mit halb offenem Maul.

Lilian beendete die Aufnahme und speicherte die Dateien in der Cloud.

Danach wählte sie Officer Laings Nummer und wartete, bis er das Gespräch annahm. »Ja?«

»Ich bin hier bei dem roten Golf. Sophie ist bei mir und hat mir geholfen, den Wagen zu öffnen, und ich habe gerade Beweise gesichert, Sir«, meldete sie sich.

»Zu dem roten Golf?«

»Ja, Sir.«

»Kennzeichen zum Vergleich?«

Sie nannte es.

»Okay, Lilian. Könnte es sein, dass du zufällig einen toten Hund im Kofferraum gefunden hast?«

Lilian riss den Mund auf und schwieg.

»Und möglicherweise eine alte Armeepistole im Handschuhfach?«

»Verdammt! Woher wissen Sie das?«

»Der Wagen wurde vor einigen Tagen gestohlen. Zugelassen ist er auf einen Hugo Tarbert, der allerdings vor geraumer Zeit verstorben ist und die Waffe legal in seinem Besitz hatte. Gefahren hat ihn Mrs Tarbert, seine Witwe, deren einziger Lebensinhalt die ausgiebigen Gassigänge mit Sir Henry waren. Ein beinahe 14 Jahre alter Deerhound, was wohl außergewöhnlich sein soll. Das Alter meine ich, nicht die Hunderasse.«

»Der Hund ist im Kofferraum. Er stinkt.«

»Ja, Lilian. Vor sechs Tagen ist er am Morgen nicht mehr aufgewacht. Mrs Tarbert wollte ihm eine würdige Beerdigung verschaffen, war aber so erschöpft, dass sie, nachdem sie den Hund in den Wagen gehievt hatte, einige Minuten auf dem Sofa gelegen hat. Schlüssel und Zweitschlüssel sowie das Portemonnaie mit einer Menge Bargeld, die Witwe traut Plastikgeld nicht, lagen ebenfalls im Auto. Das könnte Sophies Beobachtung erklären, denn die Karre wurde gestohlen. Und Mrs Tarbert glaubt auch bereits zu wissen, wer der Übeltäter gewesen sein könnte.«

»Okay. Und woher wissen Sie das, Sir?«

»Ich habe die Datenbank mit Monas Angaben gefüttert. Es gab einen Treffer, und ich habe mit Mrs Tarbert persönlich geredet, die dir, Lilian und Mona, im Übrigen eine Einladung zur Teatime ausgesprochen hat. Es soll herausragende Scones geben, denn Mrs Tarbert hat mehrfach den Best-Scones-Ever-Contest der Stadt Oban für sich entschieden. Sucht mal, ob die vier Jungs das Portemonnaie nicht einfach im Auto haben liegen lassen. Das Geld ist der Witwe nicht wichtig, aber in der Börse sind Fotos von ihr und Sir Henry, die einen hohen Erinnerungswert haben.«

»Und die vier Kleinkriminellen?«, mischte sich Sophie ein.

»Jack ist schon auf dem Weg. Wenn die Witwe richtig liegt, dann sind drei von ihnen 16 und einer 17. Ich denke, die Angelegenheit wird sich schnell klären, denn die Eltern der Jungs sind gute Mitbürger.«

»Das heißt wohl, dass dieser Fall gelöst ist, aber nichts mit John Lopez zu tun hat?«

»Korrekt, Lilian.«

»Warum haben die Jungs den Wagen hier abgestellt?«, fragte sie.

»Der Wagen ist alt. Und nach Aussage der Witwe geht der Motor einfach mitten in der Fahrt aus, so nach 200 Meilen würde sie schätzen. Was für sie kein Problem darstellt, da sie nur noch Kurzstrecken fährt. Der Wagen erholt sich meist von alleine, sagt sie. Es wäre nett, wenn Sophie ihn zur Station bringen würde. Du begleitest sie, Lilian.«

»Verstanden, Sir.« Das Gespräch endete.

»So ein Mist. Ich dachte, wir hätten was, als ich die Waffe gefunden habe.«

Sophie trat näher, legte ihr eine Hand auf die Schulter und tätschelte sie leicht. »Mach dir nichts draus. Ich war ja auch der Meinung, dass die mehr auf dem Kerbholz haben.«

Sie durchsuchten das Wageninnere, eine Geldbörse fanden sie nicht.

Sophie startete den Wagen ohne Probleme. »Fährt.« Sie stoppte den Motor wieder. »Ich schiebe meine Maschine zur Seite und du bringst mich später zurück?«

»Klar, hab ja nichts weiter vor an einem Sonntag.«

Wenig später rollte eine kurze Kolonne, bestehend aus einem roten Golf mit einem toten Hund und einem Polizeiwagen mit einer enttäuschten Polizistin, Richtung Mallaig.

Sophie parkte den Golf vor der Polizeistation. Lilian hielt dicht hinter ihr und beide stiegen aus.

Es regnete nicht mehr, trotzdem wirkten die schmutziggrauen Mauern der Mallaig Station wie durchweicht.

Sie gingen gemeinsam hinein. Paul Laing hing am Telefon und schüttelte den Kopf. Dann legte er auf. »Hallo, ihr beiden. Danke für den Einsatz. Wir haben die vier Delinquenten. Das wird einige Stunden Sozialarbeit bedeuten.«

»Jack hat sie aufgespürt?«

»Ja, Lilian. Er wird seinen dienstfreien Tag nachholen. Die Ermittlung war schnell beendet. Sophies Behandlung mit dem Shintyschläger ist einem der Vieren nicht so gut bekommen. Er war in der Ambulanz. Der Arzt hat die Verletzung gemeldet und zufälligerweise gehört der junge Mann zu den benannten Nachbarn von Mrs Tarbert, die sie sowieso in Verdacht hatte. Das Portemonnaie ist wieder da, das meiste Geld auch.«

»Was hatten die denn vor?«, fragte Sophie ihren Onkel. »Ich meine, die haben versucht, mich auszurauben.«

Laing lächelte. Er lehnte sich auf seinem Sitz zurück. »Spanien. Sie wollten ans Mittelmeer fliegen und sich dort besaufen. Die Gelegenheit war günstig, aber das Geld von Mrs Tarbert hatte nicht ausgereicht, um allen vieren ein Flugticket zu verschaffen.«

»Und da kam einer auf die Schnapsidee, Tankstellen zu überfallen, um sich den Rest zu besorgen?«

»Exakt. Hat nur nicht geklappt. Nirgendwo. Sie haben es fünfmal versucht.« Laing lachte. »Und dann ging der Motor aus und sie haben sich von einem Kumpel abholen lassen.«

»Ich würde sie Liegestützen im Matsch machen lassen, bis sie …, wenn es meine Kinder wären«, kommentierte Sophie.

»Sie werden nicht ungeschoren davonkommen«, bekräftigte der Officer. »Selbst wenn Mrs Tarbert auf eine Anzeige verzichtet, weil Auto, Geld und Sir Henry wieder bei ihr sind, geht es vor ein Jugendgericht.«

»Das ist auch das Mindeste«, sagte Sophie.

»Fall gelöst«, meinte Lilian.

»Jetzt müssen wir nur noch diesen Kawakami aufspüren«, murmelte Laing sichtlich unzufrieden, dass es ihnen bislang nicht gelungen war. »Und wir sollten uns beeilen. Spätestens Mittwoch wird Scotland Yard tätig werden. Lilian?«

»Ja?«

»Du kannst Feierabend machen. Es wird gleich dunkel, ich schalte das Notfalltelefon auf mein Smartphone.«

Lilian räusperte sich. »Sir. Ich muss Sophie noch zurückfahren.«

»Das übernehme ich.«

»Okay.« Sie senkte den Kopf.

Sophie hielt Lilian am Arm fest, als diese sich in den Mannschaftsraum begeben wollte. »Hey. Bleibt es beim Date? Montag? Im Pirates Parrot?«

Lilian lächelte. »Meinetwegen. Gegen acht.«

Kapitel Vierzehn

– Vertrauliches Gespräch – Der Kreis der Verdächtigen dünnt sich aus – Eine Nacht voller seltsamer Ereignisse – Frühstück im Quiet Place – Eisenhut tut selten gut – Spaziergang mit Erkenntnis –

In Bezug auf John Lopez schlugen zwei Herzen in Steven Sunnets Brust. Da gab es seine Gefühle für den Bruder aus seiner Kindheit, seit Ma Lopez ihn quasi adoptiert hatte. In Mexico schien das damals kein Problem gewesen zu sein und eine zwingende Adoption hatte es niemals gegeben. So hatten die beiden ungleichen Jungen in der Schule stets dieselben Klassen besucht, waren zunächst mit in die USA und anschließend nach England gezogen, wo Ma Lopez in einem gut situierten Haushalt untergekommen und tatsächlich sesshaft geworden war.

Die Entwicklung, die John in London dann vollzogen hatte, entfernte ihn allerdings deutlich von dem Leben, das Steven für sich vorgesehen hatte. John vernachlässigte sein

Studium, verprasste die großzügigen Unterstützungen seines verstorbenen Vaters, den er nur ein einziges Mal zu Gesicht bekommen hatte.

Steven arbeitete für sein Studium, ging seltener aus und stritt sich immer öfter mit John über dessen Alkohol- und Drogenkonsum. Auch die Wettleidenschaft und die damit einhergehenden Umstände wie Prügeleien und Geldnot entzweiten die beiden.

So hatten sich ihre Wege getrennt, ohne dass sie die gemeinsame Studentenbude und die dadurch notwendigen Aufeinandertreffen aufgegeben hätten.

Die Bitte, mit den Papieren in dem Koffer nach Schottland zu reisen, hatte Steven überrascht, aber die Klausuren waren geschrieben und die Vorlesungen nicht mehr wichtig. Also war er hierhergekommen.

Steven lag auf dem zu weichen Bett der Nummer zwei, draußen dämmerte es allmählich und der Wind rüttelte an dem flachen Gebäude. Ja, das Meer war nett anzusehen, aber wer die mexikanische Golfküste mit ihren herrlichen Sandstränden bei schönstem Sonnenschein gesehen hatte, vermisste möglicherweise ein wenig die Wärme.

Warum war er nicht einfach nach London zurückgefahren?

War es wirklich nur das Bedürfnis, sich Gewissheit über den Verbleib Johns zu verschaffen, um Ma Lopez die traurige Wahrheit persönlich zu überbringen? Bislang wusste sie nur von dessen Verschwinden.

Oder lag es an der sympathischen Deutschen, die hier heimisch geworden war?

Steven hatte die Passende noch nicht gefunden, datete während der gesamten Studienzeit keine Frau länger als zwei Monate. Ob es an seiner Beziehungsunfähigkeit lag, oder die Frauen nicht mehr von ihm wollten, wusste er nicht zu sagen.

Nur dass Mona in ihm etwas ausgelöst hatte, spürte er tief in sich. Vielleicht lag darin der Grund, warum er mit Begeisterung den Anweisungen Charlottes gefolgt war und sich in die Detektivarbeit gestürzt hatte.

»Elsa scheint einen Narren an dir gefressen zu haben«, hatte Charlotte behauptet. »Geh doch mal zu ihr und befrage sie zu den Machenschaften Johns. Möglicherweise ist sie zugänglicher als Adam.«

Steven musste bei dem Gedanken an die Aufgabenverteilung beim Frühstück lächeln. Er hatte gehorsam genickt und jetzt, am frühen Abend, war es an der Zeit mit Elsa ein Gespräch zu führen.

Adam Kieran war mit dem Auto weggefahren. Wenn Steven aus dem Frontfenster neben der Tür schaute, sah er im Hause der Kierans Licht brennen.

Er sprang auf, schnappte sich den Schlüssel vom Tisch und zog die Tür hinter sich zu, als er vor das Ferienhaus trat.

Der Wind zerrte an ihm, während er über die gekiesten Wege zu dem Wohnhaus marschierte. Auch hier gab es, wie bei Charlotte und Mona, eine Tür direkt in die Küche. Steven sah zunächst durchs Fenster. Elsa saß am Küchentisch, er klopfte und betrat das Haus.

Über dem Tisch hing eine altmodische Küchenlampe, die ein warmes Licht verstreute. Da brannte wohl noch eine Glühbirne, schoss es ihm in den Sinn. Elsa schien ihn zu ignorieren, saß seitwärts über die Tischplatte gebeugt und wischte sich mit den Händen durchs Gesicht.

»Guten Abend«, sagte Steven leise. »Störe ich?«

»Nein, nein. Kommen Sie nur, Mr Sunnet«, entgegnete Elsa, mied aber weiterhin den Blickkontakt. Sie deutete auf den Stuhl neben sich. »Setzen Sie sich. Was kann ich für Sie tun?«

Steven nahm Platz und bemerkte, dass sie geweint haben musste. Vor ihr stand ein halb volles Glas Rotwein. Die entkorkte Flasche befand sich daneben.

»Ist alles klar bei Ihnen?«, erkundigte er sich und war sich der Absurdität seiner Frage durchaus bewusst.

»Ja, nein, ach beides.« Sie griff nach dem Glas und nahm einen kräftigen Schluck. »Wollen Sie auch? Ach, willst du auch, wir waren schon beim du, nicht wahr?«

»Ja, stimmt. Und nein, danke zu Rotwein. Davon kriege ich Schluckauf.«

»Schluckauf? Wie niedlich«, sagte Elsa und kicherte. Sie sah ihn nun erstmals direkt an. Ihre Augen wirkten wässrig und verquollen. »Wie ist das Leben so in London?«

Steven stutzte. Er beugte sich vor, legte die Unterarme auf dem Tisch ab und verschränkte die Hände ineinander. »Es ist kalt, meist nass, wenn nicht nass, dann neblig und es gibt verdammt viele Menschen.«

Elsa lachte bitter auf. »Klingt als wäre es Schottland, nur ohne die vielen Menschen.«

Steven lächelte ihr zu. »Ja, vielleicht. Aber ich habe in Ländern gelebt, in denen die Sonne fast ständig vom Himmel brannte. In London brauchte ich deutlich weniger Sonnencreme.«

Diesmal klang das Lachen der Hausherrin befreiter. »Du bist ein schöner Mann, Steven. Du weißt das sicherlich?«

»Oh, Elsa, ich bitte dich«, antwortete Steven betont humorvoll. »Du bist verheiratet.«

»Und wo ist mein Mann? Schon in Ordnung«, winkte sie ab. »Ich bin eine alte Frau, ich sollte mich mit dem zufriedengeben, was ich habe.«

Steven schaute sie nachdenklich an. Die Stimme Charlottes war zurück in seinem Kopf. Er hatte einen Auftrag.

»Danke, dass du auf die Plattitüde verzichtet hast, dass ich noch nicht alt bin.« Elsa atmete tief durch und trank erneut, dann schenkte sie sich nach. »Kann ich dir was anderes anbieten?«

»Nein, nein. Ich denke, ich habe in den letzten Tagen sowieso zu viel Alkohol abbekommen.«

»Ist nicht schön, wenn jemand verschwindet, nicht wahr?«

»Ja. Das hat mich wirklich aus der Bahn geworfen. Ich meine, zuerst seine Nachricht, dass ich Papiere, die er in einem Koffer aufbewahrte, in die Highlands bringen sollte, und dann nichts mehr. Kein Anruf, keine Textnachricht, einfach nur Stille. Und hier. Die schrecklichen Neuigkeiten. Ich weiß nicht, wie ich das seiner Mutter erklären soll.« Steven senkte den Kopf und er dachte, dass sie ihm das Thema auf dem Silbertablett präsentiert hatte. »Weißt du eigentlich, was John von dir und deinem Mann wollte? Was hat er hier gemacht?«

Elsa streckte ihre linke Hand aus und tätschelte Stevens Hände. »Ich fühle mit dir. Ich verlor meine beste Freundin vor zehn Jahren durch einen Autounfall. Bis heute hat niemand den Täter aufgespürt. Die viele Arbeit mit den Seaside Lodges hat mich abgelenkt, aber die Erinnerungen kommen immer wieder hoch.«

Steven ließ die Berührung zu und drängte nicht weiter. Dann zog sie endlich ihre Hand zurück und trank erneut. Wenn die Flasche frisch geöffnet worden war, so hatte sie schon mehr als dreiviertel von dem Rotwein intus. Man hörte es auch ihrer Aussprache an. Da war ein Akzent, den sie sonst vermied.

»Mr Lopez war zweimal hier und hatte unsere Verträge dabei. Die Seaside Lodges sind uns für zwanzig Jahre verpachtet, aber die Höhe der Pacht kann alle drei Jahre neu verhandelt werden.«

»Er verlangte mehr Geld?«

»Nein, tat er nicht. Das hat uns schon gewundert. Bislang hatte es keine Erhöhung gegeben, dem alten McManor war das Geld egal und das hat uns den Hals gerettet, denn eine Goldgrube sind die Lodges nicht. Wir sind nicht genug ausgelastet.«

»Er hat wirklich kein Geld gefordert?«, zweifelte Steven.

Elsa schüttelte den Kopf und trank das Glas leer. Ein roter Tropfen rann aus ihrem Mundwinkel. Es wirkte, als würde sie bluten.

»Er ist tot, nicht wahr?«, flüsterte sie.

Steven nickte. »Ich denke schon.«

»So ein Mist.« Sie senkte den Kopf und verbarg ihn zwischen den Händen.

Steven dachte, sie würde erneut weinen, aber er hörte sie nur atmen.

»Hat er den Vertrag etwa gekündigt?«, fragte er leise. »Müsst ihr hier weg?«

Elsa wischte sich über das Gesicht, wie jemand, der die Müdigkeit loswerden will. »Wenn es denn nur so wäre, Steven. Wenn es denn nur so wäre.«

Steven schwieg, wartete auf die große Enthüllung.

»Wir wären dann die Hauptverdächtigen, nicht wahr? Die in Geldnot schwebenden Kierans, stets klamm und schlecht bei Kasse. Dann der geldgierige Landlord, der sie von ihrem Grundstück vertreiben will. Klingt wie in einer der billigen BBC-Serien der Achtziger, die meine Mutter so sehr geliebt hat. Aber nein, ich muss dich enttäuschen.«

»Ich bin nicht enttäuscht, Elsa. Ich will nur herausfinden, was John hier wollte.«

»Nummer vier.«

Steven stutzte. Elsa hatte es so gesagt, als müsse er es verstehen. Das tat er jedoch nicht. Und das schien seine Mimik auch auszusagen, denn sie erklärte es nun in mehr Worten.

»Er kam zu uns und verlangte die beiden Schlüssel zu Nummer vier. Mietfrei. Solange er es benötigte.«

»Okay.«

»Wir fragten ihn, ob er darin wohnen wolle, aber er bestritt das. Er hätte ein Zimmer im Old-McManor. Was er mit der Nummer vier wolle, müsse nicht unsere Angelegenheit sein. Wie lange er es brauche, wisse er nicht.«

»Klingt nicht nach John.«

»Die letzte Forderung hat uns endgültig überrascht.«

»Welche war das?«

»Wir dürften das Apartment nicht betreten. Nie, unter keinen Umständen, deswegen wolle er auch alle Schlüssel.«

»Und ihr seid darauf eingegangen?«

»Adam hat zugesagt. Aber welche Wahl hatten wir sonst? Im Übrigen ist noch keine Saison und wir hofften, dass die Nummer vier bis dahin wieder frei sein würde.«

Sie erhob sich leicht schwankend.

Steven sprang ihr zur Hilfe, packte sie am Arm und an der Hüfte. »Vorsicht.«

Elsa Kieran lehnte sich mit der kompletten Körperseite an ihn. Sie seufzte sogar. »Ich muss ins Bett.«

»Ja, wahrscheinlich«, bestätigte Steven. »Soll ich dir helfen?«

»Aber Steven, ich bitte dich«, äffte sie Stevens Tonfall von vor einigen Minuten nach. »Ich bin eine verheiratete Frau.« Sie lachte glockenhell, was dann in ein Kichern überging. Sie löste sich von ihm. »Danke.«

»Nichts zu danken.«

Sie spazierte zur Flurtür, langsam aber gerade.

Steven überlegte, sie zu fragen, ob sie nicht doch in dem Apartment gewesen waren. Elsa erschien ihm als zu neugierig, als dass sie es nicht versucht hätte. Er entschied sich dagegen, wollte sie nicht bloßstellen.

Elsa blieb im Türrahmen stehen, stützte sich mit erhobenem Arm ab und blickte über die Schulter zurück in die Küche. Steven sah sie an.

»Aus versicherungstechnischen Gründen, Feuer, Notfall und so weiter, du verstehst, Steven, ist die Schließanlage für alle Apartments so konzipiert, dass es auch einen Generalschlüssel geben muss.« Sie warf den Kopf in den Nacken wie ein Supermodel beim Shooting. »Mr Lopez hatte also nur die zwei speziellen Schlüssel für die Nummer vier. Von dem Generalschlüssel wusste er nichts. Der hängt übrigens immer hier am Schlüsselbrett.« Sie richtete ihren Blick auf den Haken in der Wand neben der Tür. Dort hing ein einsamer Schlüssel, Keine Kennzeichnung, kein Anhänger daran.

»Ich habe ihn nicht genutzt, Steven. Für meinen Mann lege ich die Hände jedoch nicht ins Feuer.«

Sie nahm den Arm herunter, rieb sich mit der rechten Hand die Stirn und trat endgültig in den dunklen Flur. »Gute Nacht.«

Mona saß mit Charlotte in der Küche des B&B. Ihre Freundin hatte die Gespräche mit Wulf und Tymi rekapituliert.

»Das ist doch gut, wenn sie nichts mit dem Mord zu tun haben, Charlie. Das entlastet deine Freunde.«

»Und engt den Täterkreis nur weiter ein. Was war jetzt mit dem roten Golf, der mich in die Büsche gezwungen hat?«

Mona fasste zusammen, was sie von Sophie erfahren hatte, die nach dem Besuch in der Polizeistation, Mona via Telefon alles brühwarm erzählt hatte.

Charlotte schmunzelte. »Was machen sie wohl mit der Hundeleiche?«

Monas Smartphone klingelte. Sie schaute auf die Anzeige. »Ist Steven.«

»Soll ich rausgehen, damit ihr beiden Turteltäubchen …«

»Nein, Unsinn. Lass das!« Sie tippte auf Akzeptieren. »Steven, hi!«

Charlotte stemmte sich aus dem Sessel und spürte ihre Knochen. Die langen Spaziergänge an diesem Sonntag waren eine Spur zu anstrengend gewesen. An der Spüle drückte sie ihren Rücken durch und horchte den Schmerzen nach. »Okay. Warte«, hörte sie Mona sagen.

»Charlie?«

»Ja, Darling?« Sie wandte sich um.

»Steven hat mit Elsa gesprochen. John Lopez hat eines der Apartments gemietet. Ja, doch, Steven. Also kostenfrei. Das war seine Forderung an die Kierans. Und niemand darf es betreten, er hat beide Schlüssel bei sich. Aber es gibt einen Generalschlüssel. Die Polizei weiß nichts davon.«

»Elsa weiß nicht, was er dort gelagert hat? Denn gewohnt hat er dort ja nicht«, hakte Charlotte nach.

»Steven sagt nein. Aber es könnte sein, dass Adam neugierig gewesen ist.«

»Wir sollten uns das Apartment mal ansehen«, sagte Charlotte.

»Wann?«

»Wir kommen morgen nach dem Frühstück vorbei. Ich bin müde. Grüß ihn von mir.«

Das Geturtel der beiden am Smartphone dauerte noch ein, zwei Minuten, bis Mona schließlich auflegte.

»Ist Yvonne eigentlich von Barry zurück?«, wollte Charlotte wissen.

»Nö!«

»Dann verabschiede ich mich ins Bett. Machst du die Außenbeleuchtung an, Darling?«

In dieser Nacht geschahen ungewöhnliche Ereignisse. Während viele der Menschen, die in diesem Landstrich lebten, schliefen, wurde Sally Hannah vom Sender Four-o-four von einem Schrei aus dem Schlaf gerissen. Sie saß kerzengerade in ihrem versteckten Haus, atmete heftig und fragte sich, ob sie sich den Laut nur eingebildet hatte.

Grooge und Betsy, ihre beiden Hunde, schienen nicht der Ansicht zu sein, dass da etwas gewesen wäre. Der alte

Grooge schnarchte, Betsy lag zusammengerollt zu seinen Füßen.

Sally war glockenhell wach, schlich durch den Wohnraum, griff sich eine Taschenlampe und öffnete die Tür nach draußen.

Es herrschte absolute Stille. Nebel hing über der Natur, sodass Sally sofort zu frösteln begann. Sie löschte das Licht der Lampe, das sowieso nichts nützte, da die Sichtweite in dem dichten Dunst höchstens ein paar Yards betrug. Sie horchte angestrengt, doch der vermeintliche Schrei wiederholte sich nicht. Vielleicht hatte sie sich den Schrei nur eingebildet.

Sally ging wieder zu Bett.

An einem anderen Ort schlich jemand ohne eine Lampe durch die Finsternis. Er hatte keine Probleme, sich im Nebel zu orientieren, erreichte sein Ziel und öffnete eine Tür. Im Innern machte er Licht, suchte nach einer Schachtel, klappte den Deckel auf und nahm drei Bündel heraus. Die Klappe wanderte wieder auf die Schachtel und schnell löschte jemand das Licht und trat wieder hinaus in die neblige Nacht.

Im Garten des Old-McManor-Anwesens schlief Peter Cunningham in seinem Gärtnerhaus. Sein Handy gab einen Warnton von sich. Er wurde wach und griff nach dem ungeliebten Gerät. »Hab ich dich«, flüsterte er und aktivierte die App der Kamera, die er heimlich am Gitter seiner Giftpflanzenabteilung angebracht hatte. Das Foto, das die Wildkamera mit Nachtsichteinstellung gemacht hatte, war undeutlich. Doch Peter glaubte zu wissen, wer sich an seinem blauen Eisenhut vergriffen hatte.

Er speicherte das Foto und legte sich wieder hin. Das würde ein interessantes Gespräch werden.

Mitten in Morar wurde Officer Paul Laing in seinem Wohnhaus wach. Jemand machte sich am Türschloss zu schaffen. Die Geräusche drangen bis in sein Schlafzimmer. Da versuchte wohl ein Amateur einzubrechen.

Paul schnappte sich einen Gummiknüppel, den er zu seinem Polizeiabschluss geschenkt bekommen hatte und schlich barfuß die teppichbelegte Treppe hinab.

Die Haustür stand sperrangelweit offen. Im schwachen Licht einer sensoraktivierten Außenlampe sah er im Nebel eine Gestalt in Richtung der Gartentür marschieren. Paul ließ den Knüppel fallen, rannte hinaus und erwischte seine Mutter noch rechtzeitig, bevor sie in die Nacht hinauslaufen konnte.

»Mum.« Er umschlang ihre Schultern, hielt sie fest. »Wohin willst du?«

»Wer sind Sie?«, antwortete Maire Lang sichtlich verwirrt. »Wo bin ich?«

»Mum, komm ins Haus. Es ist kalt und neblig. Du holst dir sonst den Tod.« Er drängte sie vorsichtig in die richtige Richtung.

»Es ist kalt. Stimmt.« Sie trippelte los, hatte nicht mal Schuhe an den Füßen.

»Sean? Bist du es?«

»Nein, Mum. Dad ist tot. Ich bin es, Paul, dein Junge.«

»O ja. Paul ist ein guter Junge. Wirklich. Wohin bringen Sie mich?«

»Ins Bett. Es ist Nacht und kalt.«

»Das ist gut. Ich friere ein wenig.«

Als Paul sie endlich unter der Decke wusste, machte er sich eine gedankliche Notiz für den nächsten Morgen. Ein neuer Riegel für die Außentür und Doc musste her. Die Medikamente begannen ihre Wirkung zu verlieren, und es dauerte, bis er eingeschlafen war.

Der Nebel hing am Montagmorgen wie ein gewaltiger Wattebausch über ganz Lochaber. Jeder Blick aus dem Fenster endete nach wenigen Inches im Grau.

Mona stand dick eingemummt vor der Küchentür im Freien und lauschte der Stille. Eine Flaute, wie sie selten an der Küste vorkam. Es konnte Stunden dauern, bis die Sonne den Nebel vielleicht besiegen würde. Mona spürte die Feuchtigkeit auf ihrem Haar, das unter der Wollmütze hervorlugte. Sie sog die Luft ein. Kaum ein spezifischer Geruch war darin enthalten.

Auf ihrem Smartphone sollte gleich eine Antwort Yvonnes erscheinen, die sie angeschrieben hatte. Das Zimmer der Influencerin war in der Nacht unbenutzt geblieben.

Dann kam endlich die erlösende Rückmeldung: »Bin bei Barry, wartet nicht auf mich. Der Nebel ist zu dicht.«

Das stimmte. Wer nicht musste, bewegte sein Auto in dieser Suppe besser nicht.

»Kommst du, Darling?«, rief Charlotte, die schon wieder zum Haareraufen munter war.

Mona wedelte dem Nebel einen Gruß zu, ging ins Haus und hing die Jacke an den Haken.

»Tee?«

»Was sonst, Charlie. Und bloß keine Eier. Ich nehme Cornflakes. Die neue Packung, die ich besorgt habe.«

Charlotte briet sich eine Tomatenscheibe und eine recht große Portion Black Pudding. Sie setzte sich anschließend mit an den Tisch und sie frühstückten in aller Stille, bis Mona aufstand und das Radio anschaltete. Kurz nach neun, Sally war mitten in den Lokalnachrichten.

»...in eigener Sache. Ich bitte um eure Mithilfe, denn letzte Nacht gegen kurz nach drei, der Nebel war schon über uns und sehr dicht, habe ich einen Schrei gehört. Ich denke, es war ein Mensch. Der Schrei klang nach jemandem, der in eine Spalte gefallen ist, kurz, abrupt abbrechend. Das lässt mir keine Ruhe. Falls also jemand vermisst wird, dann gebt meinen Hinweis bitte an die Polizei weiter. Vielen Dank. Und nun zum Wetter für den Tag. Nicht überraschend. Nebel, durchgehend. Kaum Windbewegungen und nicht genug Kraft in der Sonne, um ihn aufzulösen. Wenn ihr also Auto fahrt, Nebelscheinwerfer und Schlussleuchte an, vor den engen Kurven hupen und die Fenster runterkurbeln, damit ihr die anderen besser hört. Und Fußgänger? Runter von der Fahrbahn, wenn ihr einen Motor hört, klar? Das ist Sally von Sender Four-o-four, jetzt geht es weiter mit Musik.«

»Ein Schrei in der Nacht«, murmelte Mona. »Klingt mysteriös.«

»Oder wie ein Satz aus einem der Kriminalhörspiele der BBC aus den Siebzigern«, führte Charlotte den Gedanken fort.

Mona leerte ihre Schüssel und den Tee, brachte das Geschirr an die Spüle und begann mit dem Abwasch.

»Darling? Wir sollten den Küstentrail noch einmal abgehen. Möglicherweise hat die Polizei etwas übersehen. Außerdem bin ich ja nur bis zu der Stelle gegangen, an der ich Mr Lopez gefunden habe. Den Rest des Wegs habe ich nicht abgesucht. Wenn wir von der anderen Seite aus anfangen, können wir zwei Fliegen mit einer Klappe schlagen.«

»Welche beiden?«, erkundigte sich Mona und stellte Schüsseln und Teller in das Abtropfgitter.

»Den Trail absuchen und zu den Seaside Lodges kommen. Willst du heute nicht mit Steven sprechen und ein geheimes Zimmer betreten?«

»Du schon wieder.«

Charlotte lachte. »Junge Liebe. Ich kann mich noch so gut an meine jungen Jahre erinnern, ich war ständig verliebt und der Sex, Mona, der Sex.«

»Jetzt gib Ruhe, Charlie!«

Peter Cunningham sah die Hand vor Augen nicht. Aber das war auch nicht nötig. Er lebte seit so langer Zeit auf dem Anwesen, dass seine Fußsohlen jeden Quadratinch, auf dem er wandelte, am Geräusch erkennen konnten. So erreichte er das Haupthaus, betrat die einschüchternde Eingangshalle, grüßte das Abbild von Lady Marion McManor mit einem kurzen Nicken und bog dann in die Küche ab, wo er leises Klappern vernahm.

»Guten Morgen, Martha.« Er musste es wiederholen, da die Haushälterin mit Inbrunst einen metallenen Topf schrubbte, als gäbe es keinen anderen Feind auf dieser Erde.

»Ha!« Sie schrak trotzdem zusammen und ließ beinahe den Topf fallen. Sie setzte ihn ab.

Peter sah, dass sie vor Anstrengung schwitzte. »Ich würde gerne mit dir sprechen.«

»Mit mir? Nicht mit Tymi?«

»Nein, mit dir.«

»Soll ich uns einen Tee machen?«

»Gerne.«

»Setz dich doch.« In der Mitte der gewaltigen Küche, in der gut und gerne zehn Köche gleichzeitig hätten arbeiten können, stand der sogenannte Gesindetisch. Dort aßen in früheren Zeiten die Bediensteten in trauter Runde, wenn der Herr des Hauses versorgt war. Der Tisch gehörte zu den heimlichen Schätzen des Hauses, ohne dass dies den meisten bewusst gewesen wäre. Doch Peter hatte zusammen mit Tymi mal einen Antiquitätenhändler kontaktiert und den Wert schätzen lassen.

Geldnot schien dann kein Problem mehr zu sein.

Martha stellte eine Kanne mit schwarzem Tee auf den Tisch, dazu Zucker und zwei Tassen. Sie setzte sich zu Peter und schenkte ihm ein.

Peter nippte zunächst, löffelte sich Zucker nach und trank. Ein wenig bitter für seinen Geschmack, aber das war Ansichtssache.

Martha ließ ihr Getränk erstmal unangerührt.

»Willst du nicht trinken?«

»Zu heiß für meine Zunge. Muss ein wenig abkühlen.«

Peter hatte sich zuvor in seinem Haus Gedanken gemacht, doch nun waren alle Worte verschwunden. Er setzte mehrfach an. Dann sprudelte es aus ihm heraus. »Du hast dich an meinem Eisenhut vergriffen. Warum?«

Martha wirkte nicht allzu überrascht, runzelte die Stirn und fragte höflich, ob sie ihm Tee nachschenken solle.

Sie hatte immer noch nicht getrunken. Peter wurde es jetzt erst so richtig klar. »Martha?«

»Was ist Eisenhut?« Sie nahm die Tasse bis an den Mund.

Peter wollte schon aufatmen, als sie sie wieder absetzte.

»Eisenhut ist eine hochgiftige Pflanze, die in einem abgeschlossenen Käfig in meinem Garten wächst.«

»Ah, die Minikapelle?«, hakte Martha nach und setzte erneut zu einem ersten Schluck an, um dann doch nicht zu trinken.

»Ja, genau, Martha. In der Minikapelle, Eisenhut.«

»Ich kenne den Namen nicht.«

»Aber die Wirkung? Ist für Menschen hochgiftig. Also, warum warst du an meinem Eisenhut?«

»Ist nicht deiner. Gehört dem alten McManor. Wir sind hier nur angestellt.«

»Trink deinen Tee!«, herrschte er sie an.

»Wieso? Glaubst du, ich habe deinen Eisenhut da reingemischt?«

»Trink ihn!«

Sie tat es, leerte die Tasse in einem Zug und stellte sie klappernd zurück auf den Tisch. »Zufrieden?« Sie rollte das r ausgesprochen gerne.

»Ja, danke. Und bitte hör auf, dich so dumm zu stellen. Ich weiß, dass du hier finanziell alles managest. Die wichtigen Entscheidungen triffst immer nur du. Und jetzt sag mir bitte endlich, was du mit meinem Eisenhut gemacht hast.«

Martha lächelte ihn an. Sie wirkte plötzlich Jahre jünger. »Ist dir aufgefallen«, sagte sie in hervorragend betontem Oxford-Englisch, »dass ich keinen Zucker genommen habe?«

Peter starrte sie erstaunt an.

Martha lachte und lachte und lachte.

Peter schämte sich, wartete, bis sie sich beruhigt hatte.

Sie wischte sich die Tränen aus den Augen, als Tymi in die Küche gerannt kam. »Ist was los?«

Martha kicherte albern. »Er denkt, ich hätte ihn vergiftet.« Sie setzte noch ein paar Sätze in polnischer Sprache hinzu.

Tymi holte sich eine Tasse, schenkte sich Tee ein und tat Zucker hinein, rührte und trank. »Wir sind doch Freunde, Peter. Was geht in deinem Kopf vor?«

»Entschuldigt. Bitte«, flehte der Gärtner. »Ich meine, ich war so verwirrt. Zunächst der Mord an Lopez, dann habe ich gemerkt, dass Eisenhut gestohlen wurde.«

»Und da hast du gleich an meine Frau gedacht?«

»Ich hatte eine Kamera installiert und gefilmt, wie sie das Kraut mitgenommen hat. Was soll ich denn da denken?«

Martha lachte erneut. Sie sprach wieder auf Polnisch.

»Was hast du gesagt?«, bettelte Peter.

»Frauen nutzen Gift, Männer Waffen, nicht wahr? So sieht man es im Fernsehen. Und sie haben recht. Ich setze deinen Eisenhut als Rattengift ein. Für die Ratten, die wir im Stall haben, damit sie nicht überhandnehmen. Ist billiger als jedes Gift aus dem Handel. Ich bin sparsam und kümmere mich um den Haushalt, wie du es sagtest.«

»Warum hast du mich nicht gefragt?«

»Weißt du eigentlich, wie empfindlich du mit deinen Pflanzen bist, Peter? Breche ich nur einen Stängel von einer deiner wertvollen Pflanzen ab, o wie groß ist das Geschrei. Ich bin nicht nur sparsam, sondern auch pragmatisch. Und jetzt frage ich dich, willst du noch einen Tee? Oder etwas Stärkeres?«

Natürlich fanden sie keine neuen Spuren oder Indizien auf dem Küstentrail. Allerdings war es ein schöner Spaziergang, beinahe schon meditativ. Das Meer plätscherte leicht, gelegentlich kreischte eine Seemöwe. Nebel erstickte das Geräusch der eigenen Schritte. An manchen Stellen mussten sie durch niedriges Meerwasser waten, da die Ebbe noch nicht auf ihrem Höhepunkt war. Charlotte hatte Mona gezwungen die wasserfesten Schuhe anzuziehen, so blieben die Füße trocken.

»Was ist, wenn wir jeden von der Liste ausgeschlossen haben, Charlie?«, durchbrach Mona das Schweigen.

Charlotte, die voranging, wollte diesen Gedanken gerne selbst fortführen, und alle ihre Freunde und Bekannten als Verdächtige streichen. Doch ihre Nase für die Wahrheit ließ keinen anderen Schluss zu, dass es jemand von ihnen gewesen sein musste.

»Ich weiß nicht, Darling. Dann leben wir vielleicht einfach unseren Alltag weiter und überlassen die Lösung des Falls der Polizei.« Sie kletterte über einen kniehohen breiten Felsvorsprung, dessen Spitze irgendwo im Nebel verschwand und dort ins Meer ragte.

Ihr linkes Knie schmerzte. Sie ignorierte es, hörte Mona fluchen, die wohl ausgerutscht war. »Nichts passiert«, rief die junge Deutsche.

»Es würde mich natürlich nicht zufriedenstellen, wenn wir das Rätsel der verschwundenen Leiche nicht lösen, aber es würde mich nicht umbringen«, ergänzte Charlotte und wartete, bis Mona neben ihr stand.

Sie hatten mittlerweile einen sandigen Strandabschnitt erreicht, ihre Schuhe hinterließen tiefe Abdrücke.

Mona sah nach unten. »Das hier wird bei Flut komplett überspült, nicht wahr?«

»Ja, Darling. Das Wasser dürfte dir bei einer normalen Flut auf dem Scheitelpunkt etwa bis zur Hüfte reichen.«

»Und bei einer Sturmflut, wie die am Donnerstag?«

Charlotte deutete eine Linie bis Brusthöhe an.

Mona nickte. Ihr Gesichtsausdruck wirkte grimmig. »Mal Folgendes angenommen: Wenn also jemand eine Leiche vor einer Sturmflut an einem bestimmten Strandabschnitt deponiert, damit sie vom Meer entsorgt wird, und es keine Spuren gibt. Was sagt das über den Mörder aus?«

Charlotte senkte den Kopf. »Ja, Darling. Das ist es ja, was mir die ganze Zeit in meinen Gedanken herumspukt. Es muss ein Ortskundiger sein. Jemand, der sich mit Gezeiten auskennt und einen entsprechenden Plan verfolgt. Es wäre nur dann ein Außenseiter im Spiel, wenn er einen örtlichen Helfer hätte oder es reiner Zufall war, dass die Leiche genau dort gelandet ist. Beides halte ich für eher unwahrscheinlich.«

»So ein Mist.«

»Du sagst es.«

Kapitel Fünfzehn

– Rettung – Geheimnisse im verschlossenen Zimmer – Das schlechte Gewissen – I don't like mondays – Single Malt des Tages – Nur ein kurzer Moment, der alles entscheidet – Ein längst überfälliger Besuch –

In all den Jahren, in denen Wulf in der Einsamkeit der Highlands umhergestreift war, sich Höhlen suchte oder im Wald unter Bäumen hauste, war sein wahrer Name auch ihm verloren gegangen. Da er allerdings Menschen mied, soweit es möglich war, schien es ihm nicht wichtig. Es hatte Monate gegeben, in denen er kein Wort gesprochen hatte.

Er liebte die Stille, die Nähe von wilden Tieren und den Einfluss der Natur auf sein inneres Gleichgewicht.

Seine lange Anwesenheit hier in Lochaber schrieb er dem fortschreitenden Alter und den Menschen hier zu, die seine Lebensweise akzeptierten. Er genoss es, wenn Connor ihn nach der Sperrstunde empfing und ihm ein Bier spendierte. Dankbar nahm er die Hilfe von Sophie an, die für ihn die Schecks seiner Pension einlöste und ihm gewünschte Lebensmittel aus dem Supermarkt an einem stillen Briefkasten abstellte.

Und er mochte Charlotte, die ihn irgendwie an eine alte Jugendliebe erinnerte.

Daher blieb er, gewöhnte sich an so etwas wie einen Alltag. Das Gespräch mit Charlotte stellte den Endpunkt einer Entwicklung dar, die er nie für möglich gehalten hätte. Er war sich bewusst, dass er eine neue Heimat gefunden hatte.

So saß er an diesem Morgen mitten im Nebel auf einem Felsvorsprung, unter sich das Meer, und hielt eine Angel. Ein wahres Luxusteil, das er sich von seiner Rente gegönnt hatte. Sophie hatte es ihm via Internet bestellt, und Wulf liebte die Leichtigkeit des Gerätes. Seit zwei Stunden folgten seine Augen den Schemen im Nebel, die manches Bild aus der Vergangenheit heraufbeschworen. Seine Hände konzentrierten sich auf die Vibrationen der Angelrute, doch bislang hatte nichts angebissen. Vielleicht mochten die Fische heute den Nebel nicht.

Gelegentlich hörte er einen auf- und wieder abtauchenden Seehund, das typische Schnaufen, wenn sie aus dem Wasser kamen und die Nasen blähten.

Es gab keinen besseren Ort, um das Leben zu genießen.

Plötzlich störte ein Wimmern die Ruhe. Wulf horchte auf. Möwen schafften es mit ihren Lauten, Menschentöne zu imitieren. Also wartete er, ob da noch mehr kam.

Seine Ohren hatten sich über die Jahre an die Geräusche der Natur angepasst, selbst winzigste Nuancen vermochte er zu unterscheiden. Das Wimmern wurde nicht von einem Tier ausgestoßen.

Er kurbelte die Leine zurück, legte die Angel vorsichtig ab und beschwerte sie mit dem Rucksack, in dem er eine Menge mit sich führte. Falls doch noch Wind aufkam, wollte er die Angel nicht ans Meer verlieren.

Er stemmte sich hoch, drehte seinen Kopf wie eine Radarantenne hin und her. Im Nebel täuschte sich das menschliche Ohr sehr häufig, was die Richtung anging.

Wulf irrte sich jedoch selten. Langsam schritt er auf die Quelle des Wimmerns zu, setzte Fuß vor Fuß und vergewisserte sich, nicht in eine der vielen, recht tiefen, Spalten zu treten, die von Wind und Wasser in den Felsen geschnitten worden waren.

Er kam näher. Die Geräusche wurden lauter.

»Hallo?«, rief Wulf und erschrak vor seiner eigenen dröhnenden Stimme.

Das Wimmern ebbte ab. Wulf verharrte mitten in der Bewegung. »Hallo? Ist da wer?«, rief er.

»Ja. Hier unten. Ich bin verletzt.« Eine männliche Stimme, ziemlich weinerlich.

»Reden Sie weiter, ich muss Sie orten.«

Der Mann stammelte vollkommen zusammenhanglosen Kram, erzählte was von Drogen, von einem gefährlichen Mann, der ihn mies behandelt hat und von seinen Wünschen und Träumen.

Wulf hörte ihm nicht zu, sondern konzentrierte sich auf die Richtung, aus der die Worte kamen. Er erreichte eine Spalte, die so tief war, dass er in der Dunkelheit nichts erkennen konnte.

Das kondensierte Wasser des Nebels rann an dem Gestein hinab und verwandelte es in eine sehr rutschige Oberfläche.

»Hey!«, rief Wulf nach unten. »Können Sie mich sehen?« Er schob seinen Oberkörper soweit er konnte vor und winkte.

»Ja, ja, ja!«

»Wie viele Meter sind es?«

»Weiß nicht. Fünf, sechs?«

»Können Sie hochklettern?«

»Ich …, nein. Ich glaube, mein linker Arm ist gebrochen.«

Wulf überlegte nicht lange. »Ich hole ein Seil. Bin gleich wieder da.«

Bis er das Seil aus dem Rucksack geholt und heruntergelassen hatte, hörte die sinnbefreite Lebenskrise des Mannes nicht auf, aus ihm herauszusprudeln. Er wollte ein besserer Mensch werden, Steuern zahlen, eine Frau finden, sie nicht anlügen und so weiter und so fort.

Wulf hätte sich am liebsten die Ohren verstopft. Er ließ das Seil herab, bis er den Schrei »Ich habs« hörte.

»Am Ende des Taus ist eine Schlinge«, rief er. »Ein Bein dort durch und halten Sie sich mit dem nicht verletzten Arm daran fest. Wenn Sie können, helfen Sie mit den Beinen nach, damit ich nicht so viel Gewicht tragen muss.«

»Okay, okay.« Wulf hörte den Verletzten ächzen und dann ein weiteres Okay.

»Ich ziehe jetzt.« Wulf stemmte sich mit den Beinen in eine Kuhle, um nicht abzurutschen und zerrte das unglaublich geringe Gewicht hoch, bis er den Kopf und dann den gesamten Körper sehen konnte. Der dürre Kerl war blut- und dreckverschmiert, wirkte, als wäre er sechzehn. Seine Kleidung war zerschlissen, aber das trug man heute ja auch so. Er lag auf dem Felsen wie ein Fisch auf dem Trocknen, nur dass er weniger zappelte. Den linken Arm hielt er dicht am Körper, ließ den Kopf auf den Felsen sinken und schloss die Augen. Wiederholt fuhr ein Zittern durch Beine und Rumpf.

Wulf eilte zurück zu seinem Rucksack, wühlte in einer der großen Seitentaschen und förderte eine beschichte Decke zutage. Er brachte sie dem Verletzten, zog ihn in eine sitzende Position und legte die Decke um ihn.

»Wie lange waren Sie da unten?«

»Weiß nicht. Kawakami-San hat mich so gegen halb drei aus dem Schlaf geholt und mich hierhin gezerrt. Dann warf er mich in diese Schlucht.«

Wulf verzichtete darauf, die dramatische Übertreibung, von einer Felsspalte zu einer tiefen Schlucht, zu verbessern. »Das muss sich ein Arzt ansehen«, sagte er.

»Ich muss nur nach Hause, dann rufe ich Doc an, der wird mir helfen.«

»Doc? Sie kennen Doc?«, erwiderte Wulf verblüfft.

»Ja, klar. Ist einer meiner Kunden.«

»Wie ist Ihr Name?«

»Stuart.«

Steven drängte. »Los, mach schon, Mona!«

»Hey, hetz mich nicht.« Sie fummelte den Generalschlüssel in das Schloss von Nummer vier der Seaside Lodges. Steven hatte den Schlüssel besorgt, Charlotte stand Schmiere, obwohl das gar nicht nötig war, da der Nebel sie vor neugierigen Blicken schützte.

»Mann, er hakt.«

»Lass mich mal«, sagte Charlotte.

»Geschafft!«, meldete Mona zufrieden, trat ein und suchte nach dem Lichtschalter, den Steven dann betätigte.

Im Innern blickten sich die drei im Wohnraum um. Außer dem Mobiliar sahen sie nichts. Keine Kleidung, keine persönlichen Sachen. Der Raum wirkte, als warte das Apartment auf den kommenden Mieter.

»Ich nehme das Badezimmer, ihr beide nehmt euch das Schlafzimmer vor«, bestimmte Charlotte.

Mona und Steven stießen im Rahmen der Schlafzimmertür ineinander. Sie kicherten. Dann betrat Steven das Zimmer zuerst und schaltete auch hier das Licht an.

Auf dem Bett lag eine schwarze Schachtel mit verstärkten Ecken. Vier oder fünf Paar Schuhe hätten darin locker Platz gefunden.

Am Boden, neben dem Bett, sah Mona eine Aktenmappe aus abgewetztem braunem Leder und einem Metallverschluss. »Charlie?«, rief sie laut. »Wir haben hier was.«

Charlotte kam zur Tür herein und drängte sich zwischen Steven und ihr hindurch. »Los, macht auf. Keiner? Dann wohl ich.« Sie hob den Deckel der Schachtel an und legte ihn daneben ab. »Bei den Kronjuwelen Ihrer Majestät!«

Mona starrte auf die Bündel an Geldscheinen. So viel hatte sie noch nie in ihrem Leben auf einen Haufen gesehen. »Wieso sprach John von Schulden, wenn er hier Tausende von Pfund lagert?«, stieß Steven hervor.

»Wie viel es tatsächlich ist, werden wir erst wissen, wenn wir es gezählt haben«, meinte Charlotte und hob die Aktenmappe hoch. Sie setzte sich auf das federnde Bett und öffnete den Schnappverschluss. Obwohl eine Öffnung für einen Schlüssel darin war, hatte Lopez sie nicht abgeschlossen. Sie zerrte mehrere Schriftstücke heraus. Mona und Steven bekamen jeweils vier Blätter in die Hand gedrückt, den Rest inspizierte Charlotte.

Mona fühlte sich ein wenig benachteiligt, da das Englisch auf den Dokumenten recht antiquiert wirkte. Klar war, dass es wohl um eine vertragliche Vereinbarung ging und John Lopez mit einer gewissen Zelda Miranda eine geschäftliche Partnerschaft eingegangen war. Mehr verstand sie von dem juristischen Kauderwelsch nicht. Halt! Da stand was von Kapital. Und ein weiterer Name. Mitchell Kawakami.

»Himmel«, kam es Mona unwillkürlich auf Deutsch über die Lippen. Charlie und Steven sahen auf.

»Dieser Kawakami hat mit Lopez zusammengearbeitet. Hier ist auch noch eine Zelda Miranda erwähnt. Kannst du mit dem Namen was anfangen, Charlie?«

Charlotte wirkte ratlos. »Nein, Darling, nicht dass ich wüsste. Aber ich habe hier Ausdrucke von E-Mails und Textnachrichten. Lopez und Kawakami haben sich mächtig viel zu schreiben. Es geht um Geldbeschaffung und einen illegalen Drogenanbau, um die Profite zu erhöhen. Lopez sollte das Geld beschaffen, Kawakami hatte die Connections, um die Drogen unters Volk zu bringen. Ich bin wirklich erstaunt. Hier wird ein Stuart erwähnt. Ob das der in dem Airstreamer ist?«

Steven legte die Papiere auf dem Bett ab und setzte sich auf den einzigen Stuhl im Raum. Seine Gesichtsfarbe ähnelte der blassen Tapete hinter seinem Rücken. Er atmete schwer.

»Steven?«, fragte Mona. »Alles klar?«

Er schüttelte den Kopf.

»Was war auf deinen Papieren?«, erkundigte sich Charlotte.

»Geschäftspläne«, antwortete Steven entgeistert. »Geschäftspläne für einen illegalen Drogenhandel. Das so etwas zwischen Kriminellen vertraglich geregelt wird? Ich fasse es nicht, dass John sein Studium dafür verwendet hat. Wollte er der neue Pate werden? Ich kapiere nicht, wie das aus ihm werden konnte. Ein Mensch, der sich an der Sucht und dem Elend anderer bereichert. Dabei war ihm das Erbe doch sicher. Reichte ihm die Apanage des alten McManor nicht?«

Mona trat näher an den sich in Rage redenden Steven heran und legte ihm die Hand auf die Schulter.

Steven griff nach ihr und drückte sie. Als er hochsah, sah sie Trauer in seinen Augen. »Du denkst, du kennst jemanden, mit dem du quasi als Bruder aufgewachsen bist und dann das. Ich …« Er brach ab.

Charlotte hielt ein Papier in die Höhe. »Hier habe ich eine Mail, in der es um ein Treffen am letzten Sonntag geht. Doch Kawakami ist nicht gekommen. Lopez war sauer und hat das auch deutlich ausgedrückt.«

»Ein Motiv?«, sprach Mona ihren Gedanken aus.

»Möglicherweise. Aber interessanter ist die Entschuldigung, die Kawakami ihm präsentierte.«

Mona hob die Augenbrauen und sah Charlotte fragend an.

»Sein Segelboot musste wegen des Unwetters erst in einem sicheren Hafen ankern. Er wäre aber bereits auf dem Weg. Lopez sollte sich gedulden.«

»Jetzt ist klar, warum die Polizei Kawakami nicht auf irgendwelchen Überwachungskameras gefunden hat«, sagte Mona.

»Yes, Darling«, führte Charlotte den Gedanken fort. »Er ist mit einem Segelboot angereist.«

»Die Infos müssen an Officer Laing«, mischte sich Steven ein. »Ich denke, es ist jetzt Sache der Polizei. Denn der Mörder von John ist entweder Kawakami, Zelda Miranda oder Stuart. Wir sollten uns ab sofort raushalten.«

Mona stimmte ihm gedanklich zu, schwieg aber, da sie den Gesichtsausdruck Charlottes nur allzu gut kannte.

»Was macht ihr hier?«, rief eine Männerstimme in ihrem Rücken. Mona schrak zusammen und wandte sich um.

Adam Kieran spürte sein Herz bis zum Hals schlagen, als er das Fehlen des Generalschlüssels bemerkte. Noch schlimmer wurde es, als er das Licht in Nummer vier gewahr wurde und dann, einen Strich vor dem Herzinfarkt, da er Stimmen im Schlafzimmer hörte.

Da half es nichts, dass es nicht John Lopez war. Der hätte gewusst, wie viel Geld in dem Karton gewesen war und wie viel jemand – Adam – davon abgezweigt hatte.

In diesem Moment kannte er nur einen Ausweg. Attacke!

»Was macht ihr hier?«, herrschte er die drei Eindringlinge an. »Charlotte! Erklär dich!«

Charlotte Polson wirkte wenig beeindruckt, legte ein Papier zu den anderen auf das Bett und sah ihn tadelnd an. »Adam Kieran, du Dieb!«

Adam spürte Hitze in seinen Kopf steigen. »Was? Ich ein Dieb? Wer ist hier illegal in eines meiner Apartments eingedrungen? Wer hat den Generalschlüssel gestohlen? Doch wohl ihr!«

»Elsa hat uns die Vereinbarung mit John Lopez gebeichtet, Adam«, sagte Charlotte. »Paul habt ihr davon nichts erzählt und auch keinem anderen. Warum nicht? Nun ganz einfach. Hier steht ein Karton voller Geld, den Stevens Kumpel nicht mehr abholen wird, weil ich ihn tot am Strand gefunden habe. Und wer kann das Geld gut gebrauchen?«

Adams mögliche Erwiderungen erstickten noch in seinem Kopf im Hagel der gut vorgetragenen und stimmigen Argumentation. Ihn wurmte am meisten, dass Elsa ihn verraten hatte. Wie gut wäre es ihnen ergangen, wenn Elsa nur die Klappe gehalten hätte. Ein Neuanfang irgendwo im Süden mit ewiger Sonne, billigen Lebensmitteln und dem Sandstrand direkt vor einem gut laufenden Hotelbetrieb, bei dem sie weniger arbeiten müssten und mehr Angestellte hätten.

Und jetzt? Was blieb ihm noch zu tun?

Sich bei Paul zu melden?

»Adam. Bitte. Uns interessiert das Geld nicht und niemand muss erfahren, wie viel du als Miete genommen hast. Aber die Papiere müssen zur Polizei. Nimm dir, was du und Elsa braucht und lass den Rest drin. Paul wird Kawakami suchen und ihn festnehmen«, baute ihm Charlotte eine goldene Brücke. »Hast du die Papiere gelesen?«

Adam nickte schweigend.

Charlotte erhob sich vom Bett und trat nahe an ihn heran. Sie schwenkte die Papiere in der Hand. »Hier werden noch zwei Namen erwähnt. Da ist ein Stuart. Ist das der aus dem Airstreamer?«

»Ja.« Adams Stimme brach fast. »Das ist ein Kleinkrimineller. Ein Dealer, der die Jugend im Umkreis von 80 Meilen mit Tabletten und ein wenig mehr versorgt. Frag Doc.«

»Doc? Was hat Doc mit ihm zu tun?«

Adam schüttelte verstockt den Kopf. Sollte sie es doch selbst von ihrem ehemaligen Liebhaber erfahren.

»Okay, sei's drum! Wie war der zweite Name? Mona?«

»Zelda Miranda«, soufflierte die junge Deutsche.

»Kennst du auch sie?«, wollte Charlotte von ihm wissen.

»Ja«, bekannte Adam. »Lebt einige Meilen südwärts, ziemlich einsam. Sie ist eine Aussteigerin, baut Ökogemüse an und hält Schafe, Ziegen und Hühner. So' ne Art Hippietante.«

»Auch im Drogengeschäft?«

Adam zuckte mit den Schultern. »Keine Ahnung. Aber sie hat ein Gewächshaus auf dem Grundstück. Möglicherweise?«

»Hast du dein Handy bei dir?«, fragte Charlotte.

»Ja.«

»Ruf Paul an. Erklär ihm das mit Lopez und diesem Apartment, erwähne die Papiere und gib ihn mir dann.«

Er konnte nicht verhindern, dass Tränen in seine Augen schossen. Ein Schluchzen entrang sich seiner Kehle. »Soll ich das mit dem Geld, das ich …«

»Deine Entscheidung, Adam.«

Mona kam näher und Adam zuckte zusammen, als sie sowohl ihm als auch Charlotte eine Hand auf die Schultern legte. »Ich denke, dass das nicht unsere Angelegenheit ist. Wenn Charlie mit Paul gesprochen hat und alles geklärt ist, werden wir einfach gehen. Wie lange braucht Paul, um hierherzukommen?«

»Bei dem Nebel, etwas zwischen 45 Minuten und einer Stunde«, behauptete Charlotte.

»Und keiner von uns hat in den Papieren etwas über die Höhe der Summe gefunden?«

»Nein«, sagte Steven.

Charlotte schüttelte den Kopf.

»Nun, dann wird wohl irgendeine Summe ausreichend sein, Adam. Du weißt Bescheid.«

Adam hörte die Worte in seinen Ohren rauschen, als würde in der Nähe ein Wasserfall in einen See stürzen. Was hatte Mona ihm da gerade geraten?

»Der Anruf«, erinnerte ihn Charlotte und

Adam griff nach dem Handy in seiner Hosentasche.

Paul Laing saß schlecht gelaunt in seinem schäbigen Bürostuhl in der Mallaig-Police-Station. Der dichte Nebel hatte ihn schon Zeit gekostet, um zur Arbeit zu kommen. Jetzt hatte sich Jack krankgemeldet und Scott war mit seiner Karre verunfallt und musste sich um seine Angelegenheiten kümmern.

Dann kam der Anruf von Doc, der Stuart behandelt hatte. Wulf hatte den Dealer aus einer Felsspalte gezogen, in die Kawakami ihn geschubst hatte. Das erklärte Sally Hannahs Aufruf im Radio und machte es noch wichtiger, diesen Ganoven aufzuspüren.

Allerdings hatte sich dadurch ergeben, dass Wulf nun im Kreis der Eingeweihten war.

Nicht nur, dass Doc ihm erzählt hatte, dass Stuart für ihn auf halblegale Weise Medikamente auf dem Schwarzmarkt besorgt hatte, sondern auch, dass diese Medikamente für Pauls Mutter gedacht waren.

Damit stand Paul mit halbem Bein im Knast, falls Wulf dies preisgeben würde. Denn dem Eremiten war klar geworden, dass Stuart nur deswegen unbehelligt anderen Drogen verticken konnte, weil er einen Deal mit Paul hatte.

In Pauls Kopf machten sich Kopfschmerzen breit. Stuart war wichtig für ihn. Ohne seine Lieferungen an Doc, hätte er sich nicht mehr zu helfen gewusst. Doc versorgte seine Mutter Maire mit den Medikamenten, die ihren Zustand halbwegs in Grenzen hielten. Wenn das nicht mehr möglich war, blieb ihm nur eine Alternative. Und daran wollte er nicht denken.

Ein Ohrwurm hatte sich in ihm festgesetzt. Der Song von den Boomtown Rats.

Tell me why

I don't like mondays

Sein Smartphone klingelte. Es war die Nummer Adam Kierans.

Was wollte Adam von ihm? An einem Montag um halb zehn?

»Laing«, meldete sich Paul.

Adam sprudelte los wie ein Wasserfall, ließ ihn nicht einmal eine Frage stellen. Mehrfach entschuldigte er sich zwischen den Sätzen. Endlich endete der Schwall. »Und deswegen solltest du hierherkommen, die Papiere sichten und das Geld abholen, Paul. Entschuldige nochmals. Ich gebe dir jetzt Charlotte.«

»Charlotte? Wieso Charlotte? Adam. Adam! ADAM!«

»Paul«, erklang die wohlbekannte Stimme Charlies. »Schrei nicht so und hör mir zu. In den Papieren findest du alles, um Kawakami mit Lopez in Verbindung zu bringen. Außerdem noch die Namen Zelda Miranda und Stuart, die irgendwie mit drinhängen. Aber besonders wichtig ist die Tatsache, dass wir nun wissen, wo Kawakami sich aufhält, wenn er an Land keine Leute terrorisiert.«

»Du hast die Papiere gesehen?«, unterbrach Paul sie.

»Ja, und Mona und Steven ebenfalls. Ist das jetzt wichtig? Kawakami ist mit einem Segelboot angereist. Das dürfte der Grund sein, warum er nicht auf den Überwachungskameras auftaucht und wohin er sich zurückgezogen hat, als ihr ihn gesucht habt. Segelboot. Alles klar? Wir gehen nun nach Hause.«

Das Telefonat endete abrupt und ohne dass Charlotte auf eine Antwort gewartet hätte.

Paul starrte sein Smartphone an, legte es zur Seite und schlug dann mit der flachen Hand fest auf den Schreibtisch. Der Knall hallte durch das gesamte Revier.

»Habe ich etwas falsch gemacht?«, hörte Paul die leise Stimme Lilians.

Erst jetzt registrierte er, dass sie wohl gerade zur Arbeit erschienen war.

»Tut mir leid. Der Nebel …«

»Stopp!« Paul hob seine Hand und sprang aus dem Stuhl. »Jacke anbehalten, eine Waffe aus dem Safe holen. Wir haben einen Einsatz.«

»Eine Waffe? Aber ich darf doch noch nicht …«

»Schluss jetzt. Das ist ein Notfall. Du hast mir doch von dem Segelboot erzählt, das Sophie fotografiert hat.«

»Ja.«

»Welche Bucht war es?«

»Kann ich nachsehen.«

»Im Auto. Los, hol dir die Waffe. Wir müssen Kawakami festnehmen!«

Der Nebel hatte sich den ganzen Tag über gehalten. Charlotte hasste das feuchte Wetter, bei dem ihre Gelenke schmerzten. Sie blieb also drin und hing ihren Gedanken nach. Manche Gedankengänge, und damit die Verdächtigungen gegen ihre Freunde, schmerzten sie derart, dass sie Ablenkung gesucht hatte. Ein Putzanfall war das Ergebnis, bei dem sie durch das Haus gewirbelt war, bis ihr sämtliche Knochen weh taten. Sie hatte sich nicht einmal von Mona helfen lassen, die stattdessen gegen Mittag mit Steven das Haus verlassen hatte.

Inzwischen saß sie erschöpft auf dem Sofa im Wohnzimmer. Es war fast sechs, als Mona mit Steven im Schlepptau eintrat, der weiterhin deprimiert wirkte.

»Wir haben dein Quad bei Sophie abgeholt. Es steht jetzt hinter dem Haus.«

»Danke, Darling. Ach, Yvonne hat angerufen, sie bleibt noch eine Nacht bei Barry.«

»Oh.«

»In der Tat.«

»Du siehst erschöpft aus, Charlie«, sagte Mona mit Besorgnis in der Stimme.

»Bin nur müde.«

»Zeit für den Single des Tages?«, schlug Mona mit gespielter Freude vor.

Charlotte nickte.

»Komm, Steven, ich zeige dir den Keller.«

Mona knipste das Licht an und zeigte Steven mit einer einladenden Handbewegung das Regalsystem mit den 366 Flaschen darin. »Das ist schon ein wenig schrullig, nicht wahr?«, fragte sie.

Steven sah sich um. Er wirkte wenig interessiert.

Mona stellte sich ihm entgegen. »Ist bei dir alles klar?«

»Ja.«

Bis zu diesem Ja waren zehn Herzschläge vergangen. Sie verstand intuitiv, dass sich in dieser Zeit Erinnerungen in den Vordergrund gedrängt hatten. Das Leid hatte ihn voll getroffen und seine Stimme hatte gezittert.

Mona umarmte ihn, ließ ihn ihre Körperwärme spüren.

Es dauerte, bis sie sich voneinander lösten. Mona nahm den Single des Tages aus dem Regal und sie gingen nach oben. Charlotte saß in der Küche am Tisch, drei Gläser darauf.

Mona schenkte ein und gemeinsam tranken sie alle drei den kräftigen Laphroig, der die Mägen und die Seelen wärmte.

Den Dienstag begrüßte strahlender Sonnenschein und Yvonne kehrte mit einem breiten Lächeln zurück. »Ich bin verliebt, Charlotte. Kann ich noch ein paar Tage länger bleiben?«

Mona und Steven waren zu einer Wanderung aufgebrochen, sodass nur Charlotte da war, um an der Glückseligkeit der Influencerin teilzuhaben.

Es sprudelte nur so aus ihr heraus und sie kam gar nicht auf die Idee, zu fragen, was sich in Sache verschwundener Leiche ergeben hatte.

Charlotte lächelte milde und hieß Yvonne weiterhin willkommen. Als sie wieder alleine war, fiel ihr die Decke auf den Kopf. Ein abermaliger Hausputz kam wegen des schmerzenden Rückens nicht mehr infrage und ansonsten gab es nicht viel zu tun.

Charlotte bewunderte draußen im Sonnenschein ihr generalüberholtes Quad. Sogar eine neue Lackierung hatte Sophie aufgetragen. Daher rief sie Sophie an, um sich zu bedanken, und hörte von ihr, dass Kawakamis Boot nicht mehr in der Bucht geankert hatte. Er war der Polizei erneut durch die Lappen gegangen. Paul war stinkwütend auch auf sie.

So beschloss Charlotte, den Polizisten lieber nicht anzurufen. Wahrscheinlich würde es sie einige Biere im Pirates Parrot kosten, um die Wogen wieder zu glätten.

Nach dem Telefonat mit Sophie blieb sie bei dem Quad stehen und streichelte über den Kunstledersitz.

Ihr kam eine Idee. Vielleicht war Paul auch anders zu besänftigen.

Charlotte schnappte sich ihren Lederkopfschutz und setzte sich auf das Quad. Der Motor sprang sofort an und schnurrte wie eine Katze. Sie gab Gas und fuhr noch recht vorsichtig zur Straße, dann erst erhöhte sie das Tempo.

Bis nach Morar waren es nur wenige Meilen und ein längst überfälliger Besuch lag vor ihr.

Auf der A830 Richtung Mallaig konnte sie das Quad komplett ausfahren, denn es war kaum ein anderes Fahrzeug unterwegs. Der Fahrtwind zerrte an ihr und sie genoss das Gefühl der Geschwindigkeit. Die Sicht war gut und der Ausblick auf die Küstenlinie erfreute Charlottes Herz.

Sie nahm die erste Abfahrt rechts, um nach Morar zu kommen, obwohl sie schneller über die zweite Zufahrt gewesen wäre.

Aber sie liebte die letzten Kurven, den Blick auf das Eisenbahnviadukt, das in die Jahre gekommen war, und auch so kam man in das Dorf.

Sie passierte den Bahnhof und im Anschluss das Hotel mit dem viel zu großen Parkplatz. Jemand winkte ihr zu und sie winkte zurück.

Dann stutzte sie, betätigte die Bremse und wendete.

Es war Maire Laing, die im Morgenmantel die Straße entlangspazierte. Charlotte hielt neben ihr an, nahm Lederkappe und Schutzbrille ab. »Maire. Hallo. Zu dir wollte ich. Ich war schon lange nicht mehr da, wollte hören, wie es dir geht und mit dir quatschen.«

»Charlotte. Das ist aber nett«, erwiderte Maire Laing im Plauderton. »Ich bin auf dem Weg zum Cross. Kommst du mit?«

»Klar. Lass mich nur erst mein Quad abstellen.«

Maire wartete geduldig.

Charlotte erkannte jetzt auch, dass Pauls Mutter den Bademantel über ihre Alltagskleidung gezogen hatte.

Stand es wirklich so schlimm um sie?

Gemeinsam schlenderten sie die wenigen Meter bis zum Cross entlang. Dort wachte eine hochgewachsene Birke über einen Schutzzaun mit einem federgesicherten Tor, damit Menschen zwar ungehindert passieren konnten, aber die Schafe nicht durchkamen. So verhinderte man, dass der Hügel vollgekackt wurde.

Sie erklommen die unregelmäßigen Stufen bis zu dem erhöhten Plateau, von dem aus man sowohl zum Meer und den Silver Sands schauen als auch das dunkle Gewässer des Loch Morars auf der anderen Seite erblicken konnte.

Neben dem großen Kreuz blieben sie stehen und stellten sich in den Wind. Schließlich schlug Maire vor, sich auf die Bank davor zu setzen. Als sie saßen, begann sie zu plaudern. »Hier haben Michael und ich immer gesessen und auf das Hotel geschaut, in dem er gearbeitet hat. Wenn Gäste kamen, hat sein Chef dort unten gestanden und gewunken. Dann ist Michael sofort zur Arbeit aufgebrochen. Er war ein fleißiger Mann, nicht wahr, Charlotte?«

»Ja, kann ich nur bestätigen«, sagte Charlotte, die Michael genauso lange gekannt und bei seiner Beerdigung eine Rede gehalten hatte. Es mussten seitdem mehr als zwanzig Jahre ins Land gegangen sein.

»Ihr hattet eine schöne Zeit miteinander. Und mit Paul einen prächtigen Jungen.«

»Ja, das ist er.« Maire sah gedankenverloren auf die Straße hinab, wo ein Cabrio entlangbrauste. »So sind wir auch immer gefahren. Mit dem Citroën. Erinnerst du dich daran? Der Wagen war Michaels ganzer Stolz. Jeden Samstag hat er ihn gewaschen, damit das Himmelblau so richtig zur Geltung kommt. Es hat geleuchtet. Und er sagte immer: Das ist das Blau deiner Augen, meine Rose.«

Charlotte musste lächeln. An den französischen Wagen erinnerten sich die Alteingesessenen von Morar. Und auch daran, wie Paul eine gehörige Tracht Prügel kassiert hatte, als er ihn für eine Spritztour nach Skye ausgeliehen und mit einer Schramme zurückgebracht hatte.

»Es wäre schön, wenn der Wagen noch da wäre und Paul mit dir Ausflüge machen würde, nicht wahr, Maire.«

»Oh, das könnte er. Aber wir dürfen nicht, sagt Paul. Die Zulassung und die Versicherung sind erloschen und wir können uns das alles nicht leisten.«

»Was meinst du? Nicht leisten?«

»Alles wird teurer, Charlotte. Wirklich alles. Und Paul tut sein Bestes, aber meine Behandlungen in Inverness, die Medikamente, die Doc mir verschreibt, die sind nicht billig.« Maire schüttelte den Kopf. »Paul denkt, ich würde das alles nicht mehr mitkriegen. Ich bin nicht gesund, vergesse vieles und er macht sich Sorgen. Aber ich bemerke doch, wie er die Kontoauszüge betrachtet. Und dann kam da dieser Mann, der die Miete erhöhen wollte. Ein echt garstiger junger Mann, ohne Moral, Anstand und Mitgefühl. Er schrie mich an, beleidigte mich und sogar Michael, den er auf einem Foto in seiner Hausdienerlivree sah und meinte, dass aus Hotelangestellten niemals etwas werden würde. Da habe ich ihm eins verpasst. So schnell, dass er gar nicht wusste, wie ihm geschieht.«

»Was?« Charlotte spürte beim Atmen einen schmerzhaften Stich in der Seite.

»Na, ihn Mores gelehrt, ihm erklärt, was gute Manieren sind. Seine Wange sollte ihm ordentlich wehtun. Dabei ist er die Treppe hinuntergestürzt. Paul hat ihm aufgeholfen und mir gesagt, ich solle mich beruhigen. Dann hat er ihn zum Arzt gebracht.«

»Paul hat ihm aufgeholfen? Hast du das gesehen, Maire?«, fragte Charlotte nach.

»Nein, hat sie nicht, Charlie«, sagte Paul, der plötzlich hinter der Bank stand. »Mum? Du sollst doch nicht einfach von zu Hause weglaufen.«

»Ach, mein Junge. Ich gehe doch nicht weit. Und du findest mich doch immer.«

»Mag sein. Aber jetzt gehen wir nach Hause. Begleitest du uns, Charlie?«

Charlotte war noch ganz starr von dem Gehörten und nickte nur stumm.

Im wärmenden Licht der Sonne spazierten die drei gemütlich über die Hauptstraße Morars, bis zu dem alten Haus mit der Scheune, in dem Maire seit Ewigkeiten wohnte.

»Oh, der Wagen, Charlotte. Der Citroën steht noch in der Scheune. Wenn du mal Zeit hast, könnte Paul uns mal kutschieren.«

»Mum, du weißt doch. Keine Zulassung und …«

»Keine Versicherung, richtig. Verzeih.«

Paul öffnete die Tür zum Wohnhaus, führte seine Mutter hinein und bugsierte sie zur Treppe. »Charlie? Wartest du bitte im Wohnzimmer? Ich bringe Mum gerade ins Bett. Sie muss ihre Tabletten nehmen.«

Wie betäubt tat Charlotte ihm den Gefallen. Sie versank in dem unglaublich weichen Tudorsofa, hing ihren Gedanken nach, bis Paul plötzlich auftauchte, etwas auf dem Wohnzimmertisch ablegte und sich neben sie setzte.

»Tja, Charlie, da sind wir beiden nun. Du hast es geschafft.«

Charlotte starrte den Knopf an, der auf dem Tisch lag.

»Du hast den Fall gelöst. Zum zweiten Mal. Und nun hast du sogar den wahren Mörder von John Lopez zu einem Geständnis gebracht. Wie gehen wir weiter vor?«

Charlotte schluckte. »Maire weiß nicht, dass Lopez gestorben ist?«

»Nein. Natürlich nicht. Sie hat das Knacken des Genicks nicht gehört. Ich schon. Ich kam zu spät, hörte sie schreien, dann die Ohrfeige, den Sturz und fand ihn da unten. Er war schon tot. Was hätte ich tun sollen?«

»Es war ein Unfall.«

»Nein. Zumindest kein einfacher Unfall. Sie wollte seinen Tod nicht und doch hat sie ihn gewaltsam ins Jenseits befördert. Fahrlässige Tötung? Möglicherweise verminderte Schuldfähigkeit, aber Gefängnis oder Anstalt wären es in jedem Fall geworden. Und das kann ich ihr nicht antun. Ihre letzten Jahre mit dieser Krankheit woanders als in ihrem Heim zu verbringen, das geht nicht. Also habe ich die Leiche im Citroën zwischengelagert und wegen des Wetterberichts auf den Tag des Sturms gewartet. Zu dumm, dass ich mir den Knöchel verstaucht habe, als ich mit der Last in ein Felsloch getreten bin. So blieb mir nur noch eine Stelle, die ich für sicher erachtete. Die Flut hätte ihn mitnehmen sollen. Wie hätte ich wissen können, dass eine Influencerin gesucht werden musste und eine neugierige Schulfreundin meiner Mum bei der Suche auf die Leiche stoßen würde? Es wäre alles gut gegangen, wenn … ja, wenn.« Er schwieg.

»Oh, Paul.«

Er sagte weiterhin nichts.

»Kawakami hat es sicherlich mehr verdient ins Gefängnis zu wandern. Und du schon gar nicht. Darf ich den Knopf als Andenken behalten?«

Er nickte.

»Pass auf Maire auf. So eine schreckliche Krankheit.« Charlotte stand auf, nahm den Knopf vom Tisch, steckte ihn ein und ging mit dem sicheren Gefühl, sich richtig entschieden zu haben.

Nach Kapitel Fünfzehn

– Nachmittagstee in ungewöhnlicher Gesellschaft –

Prachtvollstes Highlandwetter ließ einige Tage später die Welt in neuem Licht erstrahlen.

Charlotte schlief wieder gut. Sie war mit sich im Reinen. Yvonne war nach Deutschland abgereist, schlug heftig die Werbetrommel, was sich auch tatsächlich in den Vorabbuchungen für das Quiet Place und die Seaside Lodges bemerkbar machte.

Im strahlenden Sonnenschein saßen Charlotte, Mona und Steven vor dem Café Clotted Cream und warteten auf ihre Bestellungen.

Die Bank an der Hauswand wurde von Steven und Mona besetzt, die eng beieinander kuschelten und die Sonne im Gesicht genossen.

Charlotte saß auf einem der Stühle und fühlte sich ein wenig unruhig.

Monas Smartphone gab einen Nachrichtenton von sich. Sie öffnete die Augen und las. »Yvonne kommt in einer Woche zurück. Es soll eine Überraschung für Barry werden, also dürfen wir ihm nichts verraten. Sie will auch wieder in ihr Zimmer ziehen.«

»Ich freue mich, wenn sie wieder da ist, Darling. Sie hat Leben in die Bude gebracht.«

Mona lächelte und tippte eine Antwort.

Simona Tavish kam aus der Tür, trug ein Tablett in den Händen, das sie am Rande des Tisches abstellte. Sie verteilte die darauf stehenden Teller und stellte anschließend die Schüssel mit der Clotted Cream, ein Schälchen mit Erdbeerkonfitüre und einen Korb mit Scones dazu.

»Sind noch heiß, ihr Lieben«, sagte sie und legte ein Handtuch über den Stapel des frischen Gebäcks. »Dann bleibt das auch so.«

»Danke, Simona«, entgegnete Charlotte und beugte sich vor.

Sammy, die stumme Hilfskraft, die mit im Haus wohnte, brachte das zweite Tablett mit Besteck, einer großen Kanne Tee und drei Tassen. Milch und Zucker waren auch dabei.

»Ich schenke ein, Charlie«, bestimmte Simona und füllte alle Tassen. »Bedrückt dich etwas?«

»Ja, nein. Ich weiß nicht.«

Mona und Steven nahmen sich Scones und Messer und machten sich über das leckere Gebäck her.

Simona sah Charlotte fragend an.

»Das war dieser Anruf von Paul. Er hat sich erkundigt, wo wir wären und will gleich vorbeikommen. Ich habe kein gutes Gefühl, wenn er am Telefon nicht drüber reden will.«

»Ist es was Offizielles? So Polizeimäßiges?«

»Denke schon.«

»Dann warte es doch einfach ab. Nimm einen Scone und die Welt sieht gleich besser aus.« Sie zwinkerte Charlotte zu. »Lasst es euch schmecken«, wünschte sie auch den beiden Turteltäubchen, die mit vollem Mund Begeisterung ausdrückten. Dann ging sie zurück ins Café.

Charlotte legte sich einen Scone auf den Teller, teilte ihn mittig und nahm großzügig Konfitüre und Clotted Cream. Charlotte leckte sich während des Kauens das Sahne-Erdbeergemisch von den Lippen. »Mhm, lecker.«

»Der nächste ist meiner«, rief Mona und schnappte sich einen weiteren.

Eine Art Wettrennen um die meisten Scones entbrannte, das Mona knapp vor Steven gewann.

Charlotte leckte sich die Finger sauber. »Soll ich noch welche nachbestellen?«

Steven nickte, Mona schüttelte den Kopf und rieb sich den Bauch. »Zu viel Sahne. Kann nicht mehr.«

Plötzlich hörten sie Autoreifen auf Kies.

Charlotte wandte sich um und sah ein Polizeiauto.

Es stoppte auf dem Parkplatz neben Monas Vauxhall und Paul stieg aus. Er trug volle Uniform und setzte sogar seine Mütze auf.

Das war außergewöhnlich, dachte Charlotte. Was wollte er nur?

»Hallo, ihr drei«, grüßte er, als er bei ihnen war. Seine Mimik verhieß nichts Gutes.

»Alles klar mit Maire?«, erkundigte sich Charlotte.

»Ja, Charlie. Mum geht es gut. Die Medikamente sind neu eingestellt. Klappt schon. Aber sie würde sich über Besuch wirklich freuen. Vielleicht kannst du sie mal auf einen Ausflug mitnehmen?«

»Klar. Wir könnten nach Skye übersetzen und dort ein wenig umherfahren.«

»Das wäre klasse. Danke. Aber deswegen bin ich nicht hier.«

»Sondern?«

Pauls Blicke ruhten auf Steven. Warum nur?

»Die Küstenwache hat vor zwei Tagen nahe Canna eine Leiche aus dem Wasser gefischt.«

Mona nahm Stevens Hand. »Wo ist dieses Canna?«

»Ist eine der Small Isles, Darling«, erklärte Charlotte. »Canna ist die westlichste. Da wohnen nur ein paar Menschen, aber es gibt eine Werbekampagne. Die Regierung würde gerne mehr Leute dort ansiedeln.«

»Okay.« Mona blickte Paul nachdenklich an.

»Ist es John?«, stellte Steven die entscheidende Frage.

»Das wusste man zuerst nicht. Er wurde als John Doe eingetragen und mit den Vermisstenmeldungen abgeglichen«, antwortete Paul. »Eine direkte Identifizierung mittels Fotos war ob des Zustandes der Leiche nicht mehr möglich. Auf den Fotos, die Charlie am Strand gemacht hat, konnte man die Kleidungsstücke gut erkennen, aber in der salzigen See … Also wurde eine DNA-Identifizierung durchgeführt.«

Charlotte verstand nicht, weshalb Paul es so langwierig erzählte. Warum kam er nicht zum Punkt?

Steven wirkte ebenfalls irritiert. »Ist er es? Kann ihn seine Mum begraben?«

Paul schüttelte den Kopf. »Das ist knifflig, Mr Sunnet. Deswegen bin ich persönlich hier, denn der DNA-Abgleich mittels der Datenbank ergab einen Treffer. Und der lautete Steven Sunnet.«

Die Verblüffung aller war groß.

Mona fing sich als Erste. »Aber er sitzt hier, lebendig. Und wieso waren seine Daten in der DNA-Datenbank vorhanden?«

Charlotte mischte sich ein. »Es gab doch diesen DNA-Test, um den Erben des Hauses McManor zu bestätigen, Darling. Daher wohl der Übertrag in die allgemeine Datenbank. Steven?«

»Mhm?«

»Ich denke, du musst mit der Mutter von John Lopez sprechen. Mein Näschen hat sich gerade gemeldet. Ich kann mir vorstellen, dass Mrs Lopez genau wusste, dass ihr eigener Sprössling das Erbe nicht würde antreten können, da sie keine Affäre mit einem McManor eingegangen war. Aber sie wusste, wer ein Nachfahre des alten McManor war. Und so hat sie die DNA-Proben vertauscht.«

»Himmel!«, stieß Steven hervor.

Paul förderte ein Reagenzglas und eine Plastiktüte zutage. In dem Reagenzglas befand sich ein langes Wattestäbchen. »Ich würde gerne zum Abgleich jetzt eine Probe entnehmen, um die Angelegenheit zu klären. Ist das in Ordnung?«

Steven nickte baff.

»Wenn also deine DNA in der Datenbank den Treffer John Lopez ergibt, bist du …«, begann Mona.

»Der wahre Erbe des Hauses McManor«, ergänzte Charlotte. »Dann hättest du ja einen triftigen Grund, nicht nach London zurückzukehren, sondern erstmal deine Angelegenheiten hier zu klären. Wäre das nicht toll, Darling?« Charlotte gab Mona einen freundlichen Klaps gegen die Schulter und lachte.

Sie war erleichtert.

Die Dinge fügten sich. Das Leben konnte so schön sein.

Ende

Nachwort

Wer schon einmal in der Nähe von Morar geweilt hat, wird die fantastische Natur dort auch nicht mehr vergessen können. Unsterblich geworden durch solche Filme wie Highlander – Silver sands of Morar und Eilean Donan Castle oder der Harry Potter-Reihe – Glenfinnan-Viadukt und Loch Eilt.

Die Landschaft um Loch Morar und Lochaber ist zu jeder Jahreszeit sehenswert.

Wer er bis dorthin schafft, wird jedoch die Orte, wie die Seaside Lodges, das B&B The Quiet Place, die Tankstelle, den Pirates Parrot Pub und das Herrenhaus nicht so vorfinden, wie ich sie im Buch beschrieben habe.

Jeder dieser Orte hat eine Entsprechung im realen Leben, ich habe sie nur in meinem Kopf gemeinsam an diesen Ort versetzt.